小学館文庫

夏の雷音

堂場瞬一

小学館

Cover Design : Man-may Yamada
Photo : ©iStock

1

神保町《じんぼうちょう》のソウルフードは、「キッチン南海」のカツカレーである。

薄く揚がったカツは、千切りキャベツとライスに立てかけられるように置かれる。皿の面積の三分の二を覆うのは、独特のどす黒いカレーだ。いかにも香辛料が効いて辛そうなのだが、実際にはそれほどでもない。

七百円でこれほど満足できる食事は、今の日本にはこれ以外にないだろう。吾妻幹《あずまかん》は、まず両手を擦り合わせた。いつもの癖で、自分なりにこの料理に敬意を表しているつもりである。子どもの頃から何百回、この店のカツカレーを食べたことか……初めて食べたのは小学生の時だが、あの時の衝撃に比べ得る経験は、未《いま》だにないといっていい。四十年も生きてきて、ずいぶん貧相な人生ではあるが。

キャベツとカツに慎重にソースをかけ回す。カレーそのものは、カツのソースとしては少し力が弱いので、ソースを補わなければならないのだが、それがライスに染みこむのは嫌いだった。慣れたもので、今ではカツにはカレーとソース、ライスにはカレーだけという組み合わせで食べられるようになっている。

両手を合わせて、準備完了。後は一気呵成《いっきかせい》に行くだけだ。揚げたてのカツのざくざくした歯ざわり。カレーの辛味と旨味《うまみ》。時折口にするキャベツの爽やかさ。完璧だ。完全食。この世に、これほど美味《うま》い食べ物はない。時折学生たちを連れてくることがあるのだが、中にはこれが口に合わないという、とんでもない奴もいる。吾妻にとって唯一の悩みは、常に顔の下半分に生える無精髭《ぶしょうひげ》のせいで、少し食べにくいことだ。

とはいえカツカレーは、食べれば食べるほど勢いが増す。半分を過ぎると、後はあっという間だ。そこで吾妻はいつも福神漬けに手を伸ばし、味を変える。さて、いよいよフィニッシュに向けて一気だ――。

「カンさん?」

後ろから声をかけられ、吾妻は背中を強張《こわば》らせた。馬鹿者……こんな大事な時間を邪魔するとは何事だ。それでなくても、この店は狭い。他の客の邪魔になるではないか。

が、呼びかけられれば振り向かざるを得ない。

「安田《やすだ》」

安田は近くの楽器店の店主で、高校の後輩だ。短く刈った髪をワックスで逆立て、袖をカットオフした黒いTシャツというラフな格好である。遅れてきたパンク野郎。

「どうせなら鼻ピアスぐらいしてみろ」とからかいながらそそのかすのだが、本人は痛いことが嫌いだそうだ。

夜行性の男で、彼が経営する店が開店するのは昼過ぎである。そのまま夜九時まで店に詰めているので、陽《ひ》に当たる暇がない。そのため、いつも顔は蒼白《あおじろ》かった——しかし今日は、普段にも増して顔色が悪い。

「食事中だぞ。邪魔するな」

「分かってますよ」安田は申し訳なさそうに立っていた。基本的にこの店では、一人の客はカウンターで食事を取る。カウンター席と背後にあるテーブル席の間隔は狭く、そこに立たれると、他の客の邪魔になる。それでなくても人の出入りが激しいのだ。

「ちょっと外で待っててくれよ。すぐ食べ終えるから」言ってはみたものの、吾妻はさっさと食べて、まだ咀嚼《そしやく》しているうちに出て行く——それがこの店のルールである。既に食欲をなくしていた。勢いがついていたが故に、ちょっとした躓《つまず》きが致命傷になる。

「じゃあ、外で……待ってます」

「すぐ行く」

残りのカレーは、食事ではなく単なる作業になった。味気ないことこの上ない。何の用件だか知らないが、この後お茶でも奢《おご》らせよう。

普段とは打って変わって、不満を抱えて店を出る。安田は、隣の靴屋の前に立っていた。立っているだけでも汗をかくような陽気なのに、両手を脇の下に挟みこみ、寒さに震えるように肩をすくめている。

「急ぎか？」どこでお茶を奢らせようかと思いながら、吾妻は訊《たず》ねた。キッチン南海の裏手、靖国《やすくに》通りに近い方にある「ギャラリー珈琲《コーヒー》店・古瀬戸《こせと》」か……シックな雰囲気の駿河台下《するがだいした》店とは違い、こちらは壁一面に描かれた巨大な絵がトレードマークである。そうでなければ「さぼうる」。コーヒーだけではなくケーキも奢らせようか。食べても太らない自分の体質は、こういう時こそ本領を発揮する。

「店まで来てもらえませんか？」

「何でまた」安田の店に行くことはほとんどない。音楽は好きだが、自分ではギターを弾かないから当然だ。

「泥棒が入ったんです」

　どれだけ店が荒らされているかと、吾妻は覚悟を決めていた。が、実際に中に入ってみると、泥棒が入ったようには見えなかった。とはいえ、店主が「泥棒だ」と言うのだから、間違いないのだろう。吾妻は、できるだけその辺の物に手を触れないよう、気をつけた。警察のやり方は詳しくは知らないが、自分の指紋があちこちに残っていたら面倒なことになるぐらいは分かる。もっともここは、ギターを中心にした楽器屋である。多くの人が直接ギターを手にして試奏するわけで、あちこち指紋だらけだろう。

しかしこの店は、中学生や高校生が気軽に寄って、遊び半分にギターをかき鳴らすような店ではない。

扱う楽器が高いのだ。エレキギターは工業製品だから、値段を下げようと思えば、いくらでも下げられる。それこそ安い木材やパーツを使い、韓国や中国で組み立てれば、一万円、二万円でもそこそこ弾けるギターになる──と安田はかつて言っていた。一方、高い方は天井知らずだという。希少な木材を使えば、それだけでベーシックな価格はうなぎのぼりになる。市販ではなく、ワンオフのパーツを作ったりすれば、これも上限がない。そこまでいかなくても、この店には五桁の値段のギターは一本も置いていなかった。一方高い方はというと……一度、四百万円の値段がついたギターを、安田に見せてもらったことがある。ボディ全体に彫刻が施され、指板《しばん》にも白蝶貝《しろちょうがい》の貝殻で複雑な模様が埋めこまれていた。あれはギターというより、一種の木工芸品だった。ステージでは弾けないだろう。傷でもついたら、泣くに泣けない。

それ故、店の半分ほどは、ガラスケースになっている。特に高価なギターは、鍵がかかるケースの中にしまいこまれているのだ。いったい何を盗まれたのか……ガラスケースの前に立ったが、不自然に空いているスペースはなかった。

吾妻は振り返り、安田の顔を見た。相変わらず蒼白い顔をして、両腕を擦《さす》っている。少し冷房が効き過ぎているようでもあるが。

「で、何が盗まれたんだ」

「うちで一番高いギターなんです」

「例の、四百万円のやつじゃないのか？」吾妻はガラスケースの中を探した。あった……一番上の、一番目立つところに、記憶にある通りのギターが飾ってある。改めて見ると、まさに手工芸品だ。自分だったら怖くて触れない。

「値段はつけられないんですよ」

「一番高いって言ったじゃないか」

「値段がつかないギターもあるんです」

意味が分からない。吾妻は首を振り、顎を擦った。無精髭の感覚が心地よい。これは今や、自分の顔のパーツである……それにしても、値段がつかないというと、宝石などの世界のようだ。まあ、こういうのは需要と供給の関係で決まるものであり、欲しがる人がいれば、天井知らずになるのだろうが。

「よく分からないな」

「アメリカから仕入れてきたばかりなんですよ」

「アメリカなんかへ行ってたのか？」吾妻は首を捻《ひね》った。確か三日前にも、安田を街で見かけている。

「オークションを依頼しましてね……それで落としたんです」

「ギターもオークションに出るのか」

「出ますよ」少しむきになって安田が言った。「エリック・クラプトンのコレクションが放出された時とか、大騒ぎになりましたから」

「クラプトン、金に困ってるのか？」

「何言ってるんですか」少しむっとして安田が言った。「薬物依存の治療センターに寄付するためです。その時、一番高いギターには百万ドル近い値段がついたんです」

「は？」

「百万ドル。当時のレートで一億一千万円ぐらいだったかな。元は百ドルぐらいで手に入れたらしいですけどね」

吾妻は首を振った。何だか疲れる……自分には縁のない世界だ。

「何でそんな値段になるのかね」

「だから、クラプトンが使っていたからですよ。そこが本との違いなんだな」安田が、どこか優越感を感じさせる口調で言った。

まあ、それは事実なのだろうと納得して吾妻はうなずいた。吾妻は本に囲まれて暮らしているし、平均するとほぼ一日一冊ペースで古書を買うが、その時に「前の持ち主」を気にすることはほとんどない。あるとすれば、「染みをつけやがって」と苦々しく思う時ぐらいだ。しかしギターの場合、「クラプトンの名演を支えた……」という枕詞《まくらことば》がつけば、価格が跳ね上がるであろうことは容易に想像できる。そういう楽器をありがたがって集める人間がいることも——そうでなければ、安田のような商売は成立しない——分かる。自分で演奏するだけでなく、眺めてにやにやするため、あるいは他のマニアにより高値で売り飛ばす機会を狙っているということもあるだろう。

「で、盗まれたギターの値段は？」

「つけてません。売る気もないけど」

「じゃあ、いくらで落としたんだ？」

途端に、安田が居心地悪そうに目を逸《そ》らした。この男とのつき合いは長いが、こんな姿を見るのは初めてだった。

「なあ、相談に来たのはお前だろう？　俺は、こういうことは専門でも何でもないんだ。はっきり言わないなら——」

「百二十万ドル」

頭の中でさっとレートを計算する。答えが出た瞬間、吾妻は頭から血の気が引くのを感じた。

「一億二千万円近くか」

安田がうなずく。自分の頭の重みで首が折れてしまいそうな感じだった。次の瞬間に吾妻が考えたのは、この男はそれだけの金額をどう捻出したのか、という疑問だった。

一億円は、吾妻の手に余る。安田が愚図愚図しているので、吾妻は代わりに警察を呼んだ。すぐに、近くの神田署から制服警官が二人、飛んで来る。二人は特に何かを調べる様子もなく、店の前の歩道に黄色い規制線を張った。それが逆効果になること に、吾妻はすぐに気づいた。シャッターを下ろしていれば、通行人は何も知らずに通り過ぎるだろう。客向けには、「本日休業」の札を出しておけばいい。しかし規制線があることによって、道行く人に「何かある」と思わせてしまうのだ。

ほどなく、背広姿の刑事が二人、それに道具一式を抱えた鑑識の係官が到着した。吾妻はどこか落ち着かない気分になったが、安田一人では対応できそうにない様子だったので、仕方なく店に居残った。面倒見がいい性格は、こういう時にはいいことなのか悪いことなのか。

悪いことだ、とすぐに後悔する羽目になった。制服警官や若い刑事を露払いにするようにして登場したベテランの刑事——敦賀《つるが》とは相性が悪い。吾妻の大学の先輩なのだが、昔からウマが合わなかった。

「相変わらず汚い髭を生やしてるな」

一発目からこれだ、と吾妻は苦笑した。無精髭は学生時代からなのだが、会う度に文句を言われる。ちなみに敦賀の頬は、いつもつるつるしている。

「こんなところで何してる?」二言目は、脅し文句だった。

「相談を受けたもので」

「あんたは警察なのか?」

「とんでもない」吾妻は、大袈裟《おおげさ》に体の前に両手を突き出した。体の大きい自分がそうすると、ある程度の抑止力があるのは分かっている。「高校の後輩が困った目に遭ったら、相談に乗るのが普通でしょう」

「あんたは狭い範囲で生きてるんだな」敦賀が溜息《ためいき》をついた。何だか疲れて見える。真夏なので背広はなし。ワイシャツ一枚で、外したネクタイは丸めて胸ポケットに突っこんでいた。今起きたばかりのように、硬そうな髪には派手な寝癖がついている。警視庁神田署刑事課盗犯係係長。たいそうな肩書きだが、くたびれた姿を見る限り、そうは思えない。

「たまたまですよ、たまたま」吾妻はひらひらと手を振った。

「たまには神保町から出たらどうなんだ。ここに住んで、ここで生活して、ここで仕事して——よく飽きないな」

「仕方ないですよ、神保町ですから」

敦賀が首を振った。理解できないだろうな、と吾妻は思う。この街に生まれ育った人間でないと、神保町の心地好《よ》さは分からないのではないだろうか。敦賀にとっても安田にとっても、ここはあくまで仕事をするために通って来る街である。

「何も触ってないだろうな」

「もちろん」

「大学の先生が手を出すようなことじゃないよ。外へ出てな」敦賀が、手を振って追い払う仕草を見せた。

むっとしたが、逆らっても意味はない。この男は昔から強面《こわもて》で——明央《めいおう》大学空手部主将だった——それは長年の警察官としての経験でさらに強烈になっている。身長では自分の方がはるかに上回るが、それとこれとは別問題だ。吾妻は大人の愛想笑いを浮かべて店を出た。

途端に、真夏の太陽に頭を灼《や》かれる。吾妻は、道路の向かいにある釣具店の前に移動した。店内を冷やかすわけにはいかないが、歩道上に張り出した屋根の下にいれば、直射日光は避けられる。

今年はとうとう、どこへも出かけないまま、夏が終わろうとしている。吾妻にとって、長い夏休みは、明央大学准教授としての特権だった。しばしば長い旅に出る。研究のためという時もあったし、単に好奇心を満たすためという場合もある。今年はタイミングを逸して、ずっと生まれ故郷の神保町に腰を落ち着けていた。こういうのは何年ぶりだろう。都心の夏の暑さが殺人的になっていることを、今さらながら思い知った。右手で顔を扇《あお》ぎながら、向かいの安田の店を見詰める。シャッターが三分の二ほど開き、その向こうで警察官が忙《せわ》しなく動いているのが見えた。時折カメラのフラッシュが瞬く。

すぐに、一人の若者——安田の店の店員だと気づいた——が近づいて来て、不安そうに店の中を覗《のぞ》きこむ。不安なのは当然だ。出勤してきて、いきなり店内が警察官に埋め尽くされていたら、誰だってぎょっとするだろう。しばらく店の前に立ったまま、店内を覗きこんでいたが、やがて顔を出した安田に引っぱりこまれた。

吾妻は煙草《タバコ》に火を点《つ》け、また「待ち」に入った。安田の奴、よほど動転していたのだろう。それはそうだ……店に出て来て、手に入れたばかりの一億円のギターがなくなったことに気づいたら、失神してもおかしくない。奴がどこで購入資金を調達したのか分からないが、これで巨額の借金を背負いこむのは間違いない。可哀想《かわいそう》に……高校卒業後、この街の楽器店で身を粉にして働き、やっと手に入れた自分の店を畳まなければいけないかもしれない。

煙草を二本灰にしたところで——幸いなことに、この釣具屋の店先には灰皿があった——安田がふらふらと出てきた。吸血鬼か、と吾妻は一瞬思った。顔色は蒼白く、足取りも頼りない。そのまま陽光を浴びて溶けてしまうのではないか、と思った。吾妻を見つけると、ようやく安堵《あんど》の吐息をつく。道路を渡って来ると、「参りました」と弱音を漏らした。

「中はもう、いいのか」

「警察が作業中なんで」

「見てなくていいのかよ」

「小海《こうみ》に任せました」

先ほどのバイトの青年か、と吾妻はうなずいた。

「お茶、飲みに行きませんか」

「そんなことしてていいのか」

「暇はないんだけど、相談はあります」

「俺に話したって無駄だぞ。警察に任せるのが一番安心だろう」

「警察に任せたって、ギターが戻って来るかどうか分からないじゃないですか」

「そうかもしれないけど——」

「カンさん、あのギターを探して下さい」

「は？」

「あれがないと、俺、死にます」

死ぬ、は大袈裟だと思った。確かに一億円もするギターを盗まれたら大損害だろうが、命と引き換えにするほどとは思えない。

「ギャラリー珈琲店・古瀬戸」でアイスコーヒーを力なくかき回しながら、安田が何度目かの溜息をついた。

「だいたい、何でそんなに高値がつくんだ？　古いギターだろうが」

「いや、奇跡的に新品同様です」

「高価な宝石でもついているとか？」四百万円のギターに施された精巧な彫刻を思い出しながら吾妻は訊ねた。

「そういう感じじゃありません」

「そんなギターが、どうして――」吾妻は声を潜めた。「一億円もするんだ？」

「世界に一本しかないからですよ」

安田の説明は分かりにくかった。吾妻がこの世界に疎いせいもあるのだが、いくら話を聞いても、すっと頭に入ってこない。

曰《いわ》く、問題のギター――ギブソン社の通称「58」は、プロトタイプであり、名前が示す通りに一九五八年に作られたものだ。この頃、ギブソン社は何本かの変形ギターを売り出していたが、その系譜に連なる物である。後に商品として生き残ったのは、三種類だ。フライングV、エクスプローラー、少し後に登場したファイアーバード。安田は自分のスマートフォンに保存した写真を見せてくれたが、確かにいずれも変わった形をしている。いかにも弾きにくそうな感じだった。

「こういうのも高いですよ。オリジナルが出てくれば」

「出てくれば？」その言い方が少しだけ引っかかった。

「そもそも生産本数が少ないから、市場にほとんど出回らないんです。それだけ希少価値が高いということで」

「この『58』も？」

「希少価値という点では、はるかに高いですよ。何しろプロトタイプで、一本しか作られなかったから。当時としてもコストがかかり過ぎて、生産にはゴーサインが出なかったようですね。ボディとネックは最上質のコリーナで、当時としては珍しいスルーネック構造でした。そのせいで製造コストが跳ね上がったんですけどね。ピックアップや他の金属パーツも、このギターのためだけに特別に作られたものです。他のギターと共通のパーツはほとんどないんです」

用語はともかく、特殊なギターだということは分かる。安田は、ギターを盗まれたショックを忘れたように、浮かれた口調で話し続ける。

「このギター、数奇な運命をたどったんですよ。プロトタイプだから当然販売されなくて、ギブソン本社で保管されていたんですけど、一九六七年にジミー・ペイジの手に渡っています」

「レッド・ツェッペリンの？」

「そうです。ギブソン本社に見学に行って、そこで見つけて強引に譲り受けた、というのがこの業界の伝説です。一種の強盗ですよね」安田が苦笑した。「ペイジが実際に使ったかどうかは分かりません。アルバムのクレジットを見ても、使用機材には入っていないし、残された映像でも確認されていないんですね。ペイジの手には余ったのかもしれないな」

「余る？」

「ペイジは、ギターがヘタクソですから」

そうなのか？　吾妻は言葉の意味を捉えかねた。仮にも世界的なロックバンドのギタリストを摑《つか》まえて「ヘタクソ」扱いとは。吾妻は、高校時代の文化祭で安田の演奏を見た事がある。その頃パンク小僧だった安田のギタープレーこそ、ヘタクソの極致のように聞こえたものだが。

「その後、一時クラプトンの手に渡って、それからエドワード・ヴァン・ヘイレンが手に入れて、彼からさらにジム・サーが買い取った」

「ジム・サーって、あのジム・サーか？」

「この業界でジム・サーといえば、あの人でしょうね」

ジム・サー。六十年代から七十年代に活躍した、幻のギタリスト。幻と言われるのには理由があり、とにかく活動ペースがのんびりしているのだ。ファーストアルバムを出したのは六十八年。これはアメリカで大ヒットを記録したのだが、次のアルバムがリリースされたのは七十六年だった。世はパンクロック全盛期で、真面目にギターを弾くサーは、多くの若いファンからそっぽを向かれた。翌七十七年にもアルバムを発表しているが――彼のリリース間隔としては最短――これも酷評された。復活したのは八十年代で、八十三年に発表した四枚目のアルバムが、アメリカだけでトリプルミリオンを達成してからだ。

「四枚目のアルバムでメーンで使ったのが、『58』なんですよ。でも、あまりにも貴重なものなので、サーはライブでは使っていなかったようです。ステージ上で演奏されたのは、一度しか確認されてません。クラプトンが、一九七八年のコンサートで使った映像が残っていて……曲は『プレゼンス・オブ・ザ・ロード』でした」

「で、今まではどこに隠れていたんだ？　サーが持っていた？」

「その辺、はっきりしたことは分かりません」安田が肩をすくめる。

「それを、どういう経緯でお前が競り落としたんだ?」

「突然出てきたんですよ」安田がスマートフォンを操作し、次の写真を見せる。いわゆる変形ギターではなく、形はレスポール——それぐらいは吾妻も知っている——に近い。ただし、ボディ全体に凝った象嵌《ぞうがん》が施してあるので、見た目はやはり木工芸品のようだった。「経緯は分かりませんけど、アメリカでオークションにかけられるっていう噂《うわさ》があって。それで代理人に頼んだんです」

「結果、お前が競り落とした」

「代理人が、ね」安田が訂正した。

それにしてもギター一本にこの値段……信じられない。そう言えば以前、安田から古いギターの適正価格について聞いたことがあった、と思い出す。不思議なことに、エレキギターは、状態さえよければ、古い方が高値がつくのだという。木材が程よく乾燥し、ピックアップの磁力が落ち、枯れたいい音を出すようになるのだという。完全オリジナルのギターなら、とんでもない高値がつくのも珍しくないようだ。何しろ消耗品のパーツも多いわけで、作られた時そのまま、ということの方が少ないらしい。

安田が主張する世界最高のギター——一九五九年製のギブソン・レスポール・スタンダード——は、八十年代までは日本円で二百万円ぐらいで取り引きされていたのが、バブルの時期に一気に八桁まで価格が吊《つ》り上がったのだという。「アメリカ中の質屋を日本の楽器屋が探し回ったんです」というのが安田の説明だった。どうやらアメリカでは、楽器屋ではなく質屋にいい楽器が眠っていることが少なくないらしい。安田曰く、「ポーン《質》ショップ《屋》ギター」。

それにしても、「58」は高過ぎる。安田が競り落としたというのが、未だに信じられなかった。

「お前、どこからそんな金を調達してきたんだよ」

「もう、あちこちからかき集めました」安田の表情が暗くなる。「秘蔵の、五十九年製のレスポール・スタンダードも売り払ったんです」

「ああ、あれか」見せてもらったことがある。吾妻の目から見れば、赤がくすんだように変色した地味なギターだったが。見た目と価値は関係ないらしい。「そこまでして、どうして手に入れたかったんだ?」

「幻のギターだからですよ。手に入らないかもしれないと思っていた物が出てきたら、カンさんだって金を積むでしょう?」

「俺の場合は大したことはない」集めると言っても、所詮本だ。元々の価格がギターに比べて圧倒的に安いから、高騰してもたかが知れている。それに、必要な本はあくまで、研究のための実用書だ。どんなに装幀《そうてい》が綺麗《きれい》な本——本自体に希少価値があるものを見つけても、ただ飾っておくためだけに買うことはない。だから、本の保管も滅茶苦茶《めちゃくちゃ》だ。申し訳ないと思いながら、本棚に入り切れない本は、自宅でも大学の研究室でも、床に積み上がっている。

「ギターの場合は、どうしてもね……コレクターの人もいるし、我々のような楽器屋だって、珍しいギターは血眼《ちまなこ》になって探すんですよ」

「売るつもりだったのか？」

「いえ」安田がアイスコーヒーを一口飲んだ。「売らないで、うちの店の象徴にしたいんです。そのために、空調も変えたんですよ。万全のコンディションで、長く保管しておくために」

「そんな理由で買ったのか？」飾っておくために？　楽器の売り買いを商売にしている人間の発想としては、理解に苦しむ。

「もったいなくて売れないし、まあ、『58』目当てに人が来てくれれば、他のギターも売れるかもしれないでしょう？　それに、あのギターを競り落としたということで、俺の評判も上がるんです」

「何だか、愛情が感じられないな」

「コレクターだったら違うかもしれませんけど、そこはやっぱり、商売ですから。でも将来は、博物館を開きたいんで、その核にしたいんですよ」

「何だ、それ」吾妻は、手にした煙草を取り落としそうになった。「そんなの、初耳だぞ」

「ギターだけの博物館、です。日本国内だけでも、希少なギターはたくさんありますからね。そういうのを集めて、きちんと展示したいんです」

かなり異様な博物館になるのは目に見えていた。老夫婦が時間潰しに立ち寄るような美術館とは違い、若者で溢《あふ》れるだろう。それもかなりハードなファッションの。したり顔でそこにいる安田の姿を思い浮かべると、何だか変な感じだった。館長の肩書きがついても、破れたTシャツで通すつもりなのだろうか。

「とにかく、『58』はそのとっかかりということです」

「ないと困る」

「困るどころか……」安田の顔が一気に暗くなった。「うち、破産するでしょうね」

「保険、かけてないのか？」

「特殊な物だから、保険屋も扱いに困っていて、今相談している最中だったんです」

「だったら一億円、丸々損したのか？」

「正確には一億二千万円」安田が、力なく言った。「代理人に払った礼金とか、輸送のための金とか……穴が開きました」

「それは……」慰める言葉がない。もう少し上手《うま》く立ち回る手もあったかもしれないが、今それを言っても安田の落ちこみは直らないだろう。保険会社と話をしている間は、アメリカで保管しておく手もあったはずなのに。「大変なのはよく分かったけど、何で俺に相談してきたんだよ。金のことなら、俺に聞いても無理だぞ」

「そんなこと、当てにしてませんよ」安田が唇を尖《とが》らせた。「何としても見つけ出したいんです……助けてくれませんか？」

「無理」吾妻は一言で拒絶した。「そういうことは、警察に任せておくのが一番だ。向こうはプロなんだから」敦賀の顔を思い浮かべながら言う。

「警察が、真面目に探してくれると思います？　無理ですよ。出てこないって、宣言されました」

「これはただの窃盗事件じゃないぞ。多額盗難だ」

「警察は、探す気もないんですって」

そうかもしれない、と吾妻は思った。現金ではなく希少品の盗難というと、絵画などが想定される。しかしこれまで、盗まれた絵が戻ってきたようなケースはあまりないはずだ。戻ってくるにしても何十年も後とか……安田がそれに耐え切れないのは分かる。

「警察に見つけ出せない物は、俺にも見つけ出せないよ」

「そんなことないですよ。犯人はたぶん……この街にいる」

「よせよ」吾妻は安田をたしなめた。神保町は、吾妻が生まれ育った街である。そこをけなされたような気分になった。「何か根拠があるのか？」

「カンさん、音楽、好きでしょう？」

「まあな」洋楽一辺倒。それで育ったというわけではないが、物心ついた頃から、常に音楽が身の周りにあったのは間違いない。

「音楽好きなら、気になる事件でしょう？」

「そう……だな」無理矢理な理屈だ、と思うが好奇心は湧きあがってくる。

「ギターを盗もうなんて、楽器屋かコレクターしか考えませんよ。そしてこの街には楽器屋がたくさんある。そしてカンさんは、夏休みで暇だ」

「暇なわけじゃない」

「この街のことを、カンさんほどよく知っている人はいないでしょう。神保町の探偵みたいなものなんだから、探し出せるんじゃないですか？」

「だったら、報酬を要求しようかな」

安田が本気かどうか知るために、金の話を持ち出した。予想していなかったが、安田はあっさり首を縦に振った。

「いくら出せるか分かりませんけど、お礼をする気持ちはありますよ」

冗談だよ、と言うタイミングを逸してしまい、吾妻もうなずいた。自分の仕事ではないと拒絶する気持ちもどこかにあったが、それよりも好奇心とお節介な性格の方が強い。

煙草を一本灰にする頃には、吾妻はこの可哀想な後輩を助けてやることを決めていた。


神保町といえば本の街。

この街が日本全国に誇れるのは、まずそれである。だが、ここに住む人間としては、声を大にして「それだけじゃない」と宣言したい。確かに、靖国通り沿いに建ち並ぶ大型書店や古書店の姿は圧倒的だが、神保町界隈《かいわい》は音楽、そしてスポーツ用品の街でもあるのだ。

古本、音楽、スポーツと三つの柱があるのだが、それぞれテリトリーは違う。靖国通りの駿河台下交差点を基点にして、西側が書店街、東側がスポーツ用品店の街、そしてJR御茶ノ水駅へ上っていく道路の両側が楽器屋街だ。このうち、吾妻の主な生息地は、駿河台下交差点の西側になる。准教授を務める明央大学のキャンパスもそちらなので、毎日の通勤コースでもあるのだ。古本屋が朝から開いていなくて助かる、といつも思う。もしも午前八時から開いていたら、途中で寄り道ばかりで毎日遅刻するだろう。

吾妻は、「ギャラリー珈琲店・古瀬戸」を出て、あてもなく歩き始めた。盗まれたギターを探す……それが簡単でないことはすぐに分かる。確かにこの街には楽器店が多いが、安田が疑うように、同業者の誰かが「58」を盗んだとは考えられない。いや、そんなこともないか……好事家なら、何としても手に入れたいと考えるかもしれないし、一億円という金額は、どんな犯罪の動機にもなり得る。法学部准教授として刑法を教えている吾妻は、もっと安い金が原因で、もっと酷《ひど》い犯罪が起きたケースをいくらでも知っていた。

靖国通りの一本裏道を歩き、「さぼうる」「さぼうるII」と二軒並んだ前を通って地下鉄の出入り口に出る。この二軒の店は、昭和の臭いを色濃く残す、神保町の喫茶店の基準だ。天井が低く、穴倉のような雰囲気だが、秘密の話をするにはいかにも相応《ふさわ》しい。もっとも大学の教員に、そんな機会は滅多にないのだが。

神保町の交差点を渡り、岩波ホールの前に出る。もう一度信号待ちをして交差点を渡り、靖国通りの北側へ出た。ここから大学までは、歩いて五分ほど。自宅からでも十分かからない。東京で働く者としては、通勤で楽をしていると思うが、雨の日には「十分も歩くのか」と文句を言いたくなる。

結局、大学へ来てしまった。普段、歩きながら考えをまとめることも多いのだが、今日は無理だった。暑過ぎる……午後二時の気温は殺人的で、吾妻はシャツが体に張りつくのを感じた。まったく、いつから日本の夏はこんなことになってしまったのか。

夏休み中の大学は閑散としている。学生時代を含め、この大学へ通うようになって二十年以上になるが、暑いのを別にすれば嫌いな時期ではない。都心の大学らしくキャンパスが狭いせいで、学生がいる時期は、うるさ過ぎる。心穏やかにいられるのは、長期の休みの時だけだ。

この時期の大学は、正門から続く並木道のイチョウが色濃い。黄色く染まる晩秋も捨てがたいが、緑の葉が一杯に広がると、夏の陽射《ひざ》しを少しだけ遮ってくれて、涼しさを感じられるのだ。

夏休みとはいえ、学生の姿もちらほらと見かける。中には、クソ暑いのにスーツ姿の学生もいて、吾妻は少し同情した。今頃まだ、就職活動中……決まる人はとっくに決まり、まだ動き回っている連中には焦りもあるはずだ。吾妻たちの頃はここまで就職状況はひどくなかったし、そもそも吾妻自身は一度も大学の外で働いたことがないから、学生たちの苦悩は本当は分からないのだが。だいたい自分は、学生たちの就職に関しては何の役にも立たない。ずっと大学にいたということは、外部とのコネクションが少ないのと同義で、どこかへ押しこんでやることもできない。せいぜいできるのは、法科大学院に通う学生たちの試験勉強を助けることだが、こちらはむしろ、普通の就職よりも難しい。試験の成績だけが問題になるので、コネなど通用しないからだ。

明央大の法学部棟は、この大学の中で最も古い建物の一つだ。戦時中、度重なる空襲でキャンパスの大部分が火の海になる中、法学部棟は生き残った。さすがに戦前の建築なのであちこちがぼろぼろになっているのだが、吾妻はここを愛していた——特に夏場。壁が厚いせいか外の熱が遮断され、冷房が最小限で済むのだ。本と書類が多い吾妻の部屋では、扇風機やエアコンの風が、大混乱を引き起こすことがある。

准教授の部屋は、教授の部屋に比べると一回り小さい。それでも、何人かで共同部屋を使っている他の准教授に比べればましだ、と吾妻はいつも自分に言い聞かせている。もっとも、あまりにも物が溢れ過ぎていて、自由に動けるスペースなどほとんど残されていないのだが。

資料を広げたり、学生たちと話をしたりする広いテーブルの脇を、体を横にして通り過ぎて、デスクに辿《たど》り着く。デスクには、二十一インチのモニターが二台乗り、それだけで一杯になっている。他人が見れば、何と散らかった部屋だと思うだろうが、吾妻はこの狭さが気に入っていた。デスクにつくと、両側の本棚から圧迫感を覚えるのだが、それすら心地好い。全てを自分でコントロールできるコックピットにいるようなものだ。狭いスペースで何とか後ろを向いて窓を見ると、お気に入りのイチョウ並木が目に入るのもいい。本棚に圧迫されて窓の幅が狭くなり、窓というより絵画かテレビの画面を観《み》ている感じだが。

パソコンを立ち上げ、「58」について調べていく。大枚を叩《はた》いて競り落とそうとするぐらいだから、安田も詳細に調べているはずだが、思い入れが強すぎるので、説明には主観も入っていただろう。できれば客観的に知りたかった。

だが、何でも情報が転がっていると思われるインターネットでも、拾えない情報はある。「58」に関する情報は乏しかった。一番多いのが、「エリック・クラプトンがステージで一回だけ使った」ということに関するもので、それもオリジナルのサイトから転載に転載を重ねただけの情報のようだ。これでは役に立たない……念のために英語に絞って検索してみたが、結果は同じようなものだった。

もしかしたら、クラプトンが使っていなかったら、「58」はここまで伝説的なギターになっていなかったかもしれない。一つだけついていたのは、その映像が残っていたことだ。動画共有サイトで検索すると、画像は粗いものの、クラプトンが「58」を抱えて「プレゼンス・オブ・ザ・ロード」を歌う姿を確認できた。もっともこの頃のクラプトンは、絶好調というわけではない。ギタリストというよりはボーカリストという感じで、ギターの音にも迫力がなかった。

この時から既に三十年以上が経《た》っている。クラプトンが弾く「58」の美しさは分かったが、そのコンディションは今でも保たれているのだろうか。誰かが盗んで、つい最近まで空調の効いた倉庫で保管していたとすれば、一億円も納得の値段なのだが。

さて、どうしたものか……楽器屋を当たっていっても、素直に話してくれるわけがない。「あなたが盗んだんですか？」と聞いたら、正気を疑われるだろう。ここはまず、「58」についてもっと詳しく調べる必要がある。ネットで探せない物は、知っている人間に聞くしかない。となると、やはり楽器店か。音楽そのもの——ポピュラーミュージックについては人並みに知っているものの、楽器についてはよく分からない。専門家に話を聞いても、果たして理解できるものかどうか。

ドアがノックされる音で、我に返った。「どうぞ」と声を返すよりも先にドアが開く。こういう無礼なことをする人間は……予想通り、逢沢杏子《あいざわきょうこ》が顔を覗かせていた。

「カン先生、いたんですか」

「いるよ。ここは俺の部屋だから」

「お茶奢ってくれません？　喉渇いちゃって」杏子が右の掌《て》で顔を扇いだ。

「君ね、ここは喫茶店じゃないんだぞ」

「冷蔵庫、開けますよ」人の話をまったく聞かずに、杏子が部屋の片隅にある冷蔵庫の前にしゃがみこんだ。両脇には本が積み重ねてあり、扉を開けるのも難儀するほどなのだが、小柄な杏子は苦にならないようだった。ミネラルウォーターを確保して、立ち上がるとにやりと笑う。

そういえば……彼女はいつも、首にボーズのヘッドフォンをぶら下げている。学生の分際で買えるような値段ではないはずだが……音楽好きなのは間違いないだろう。長い黒髪には手を入れていないようだが、服装もどことなくパンクっぽい。今日もピンクの迷彩柄——これを迷彩柄と言っていいかどうか分からないが——のTシャツに、オリーブ色の太いカーゴパンツという格好だった。足元は履きこんで味が出ている黒のブーツ。このクソ暑い中、よくあんなブーツを履いていられるものだ……右耳にだけ、ピアスの穴が三つ空いているのも、いかにもパンクっぽい。しかし音楽好きなら、援軍になってくれるかもしれない。

「君、ギターは詳しいか？」

「何ですか、いきなり」杏子が眉をひそめる。

「おいおい、パンクファッションは伊達《だて》かよ？」

「これ、パンクじゃないですよ」杏子がTシャツの襟首を摘《つま》んだ。

「パンクじゃなけりゃ……」

「グランジです。カン先生が若い頃、流行《はや》ってたでしょう？　ニルヴァーナとか」

ああ、あれか……しかしあれは、ファッションと言えたのかどうか。チェックのネルシャツにくたびれきったジーンズが定番で、寒くなれば、上にカーディガンを羽織る。要するに、家にある一番安い服を合わせてきた、という感じである。確かに吾妻がこの大学の学生だった頃、周りにはそういう格好の男たちがたくさんいた。女子には敬遠されていたはずだが……。

「ファッションじゃなくて音楽の話なんだけど」

「私ですか？　普通ですよ、普通」

「いつも聴いてるのは？」

「うーん、最近はジャスティン・ビーバー。可愛《かわい》いし」

「可愛いって……」

「だって、一九九四年生まれだし」

何とまあ……若い子が音楽シーンで活躍するのは、日本に限った話ではないらしい。

「その人……その子は歌手なわけだ」

「そう」

「で、君はギターのことには詳しい？」

「全然」杏子が肩をすくめる。「何でそんなこと聞くんですか？　カン先生、ギターでも始めるんですか？　趣味としては悪くないけど」

「いや、そういうわけじゃない」本当の理由は言うべきじゃないな、と思った。

杏子は、要するにバイトである。明央大学法学部の伝統として、教授・准教授はなるべく学生に仕事を回すべし、というものがある。学生向けのアルバイトが少なかった何十年も前からの習慣のようだが、今でも脈々と続いている。吾妻も、何人かの学生を使っていた。資料の整理――本気でやるのは一人では無理だ――や海外の文献の翻訳。杏子は、妙に馴《な》れ馴《な》れしく生意気なところがあるが、仕事はできる。特に英語が得意なので、翻訳はお手の物だった。

「何でもないんだ。忘れてくれ」

「何か、気になりますねえ」杏子がにやりと笑った。八重歯は矯正すべきレベルだが、彼女自身はそれを気に入っているようだ。

「いいから気にしないでくれ」

「別にいいですけど……水、ご馳走様《ちそうさま》でした」

「ああ」

入って来た時と同じように、杏子は唐突に去って行った。しつこいかと思えば、あっさり引いてしまう――猫のようなタイプだ、と吾妻は分析している。機嫌がくるくる変わる。ああいうタイプとつき合う男は大変だろうな、と考え、思わず苦笑してしまった。同じ年齢の学生だったら、相当苦労するだろう。

自分も喉の渇きを覚え、吾妻は立ち上がった。苦労してしゃがみこみ、冷蔵庫の扉を開けると、中は空である。杏子が飲んだのが最後の一本だったのか。仕方ない、生協で水を仕入れてくるか……そう思ってドアに手をかけた瞬間、電話が鳴り出した。

精神的に不安になっている安田が泣きついてきたのではないかと思ったが、電話してきたのは予想もしていない人物だった。敦賀。嫌な予感がした。ここの電話番号は調べれば簡単に分かるが、今まで一度たりとも敦賀から電話がかかってきたことはない。かかってきても困るのだが……気安く話せるタイプではないし、警察官と知り合いでもあまりメリットはない。刑法の現実的な担い手という意味では、吾妻の研究にも深い関係を持つ相手ではあるが……。

「あんた、何で携帯を持ってないんだ?」

「特に必要ないからですよ」

「今時そんなことで生きていけるのかね」

「お陰様で、何とか」実際、必要ないのだ。家と大学の往復。急に呼び出されることもない。

「ところで吾妻先生、ちょっと署までおいでいただけますかね」敦賀の声には、難詰するような響きがあった。

「何ですか」嫌味ったらしい言い方に、吾妻は背筋がひやりとするのを感じた。

「今回の事件について、ちょっと話を聴かせてもらいたいんだ」

「俺は何も知りませんよ」

「だったら何で相談を受けた? 被害者は、一一〇番通報するより先に、あんたに連絡してきただろうが。何か事情を知ってるんじゃないのか」

「まさか。安田は慌ててただけじゃないですか」実際そうだと思う。

「そうかもしれないが、とにかくちょっとおいでいただけますかね。話を聴いておきたいんで」

「話すことはないと思いますけど」

「あるかないかは、こっちが決める。二十分以内で頼む」

そっちが来ればいいじゃないかと思ったが、口には出さなかった。警察を敵に回していいことなど、一つもない。


酷暑の中、神田署まで歩くのはしんどかった。しかしタクシーを拾うまでもない。靖国通りを渡り、細い裏道を歩いて十五分ほど。快適な法学部棟にいて汗が引いたと思ったのもつかのま、シャツはまた濡《ぬ》れ始めた。

神田署は、白山《はくさん》通り、靖国通り、首都高都心環状線、本郷通りが作る四角形の中にある。神保町、小川町《おがわまち》、淡路町《あわじちょう》の駅から歩いて来られる場所だが、交通の便がいいとは言えない。ビルが建ち並ぶ中にあるのは、いかにも都会の警察署という感じで、「神田」という名前が想起させる下町情緒は感じられない。

神田署には、何度か足を踏み入れたことがある。ただし、子どもの頃だ。この地に生まれ育った子どもとして、交通安全教室などに参加したからだ。剣道も教えていたはずだが、運動に縁のなかった吾妻には遠い世界の話だった。それも、古い庁舎時代の話である。今の庁舎は、吾妻が中学生になった頃に建て替えられた物だ。道路に向かって細長い、素っ気無い直方体の建物。

気合いを入れ直して庁舎に入り、刑事課を訪ねる。怒声が飛び交い、刑事たちが慌《あわただ》しく走り回り、容疑者が「俺はやっていない」と泣き叫ぶような様子を想像していたのだが……静かだった。だいたい、昼間のこの時間帯には、刑事たちは出払っているのだろう。夏という季節のせいかもしれない。警察は、大学や製造業の企業のように、盆休みに全員が休めるわけではないのだ。順番に休暇を取るはずで、七月から八月にかけては、くしの歯が抜けるように人が少なくなるのだろう。

少し気合いが抜けた。同時に、きつく効いた冷房で汗が引いていくのを感じる。案内してくれた刑事に教えられ、敦賀を見つけた。

敦賀は、自席で書類に目を通していた。彼のデスクの前には、向かい合わせにデスクが四つ並んでいるのだが、そこには誰も人がいない。部下の刑事たちは聞き込みに回っているのだろう、と吾妻は勝手に想像した。

吾妻に気づくと、敦賀は空いた椅子に座るよう、促した。出来るだけ離れて座りたかったが、それも不自然なので、仕方なく一番近い席に腰を下ろす。敦賀はしばし吾妻を無視したまま、書類に視線を落としていた。目は動いているが、集中している気配はない。これは一種のプレッシャーだな、と吾妻は読んだ。お前なんか小物だ、俺の仕事が終わるまで待て、という無言の圧力。そう考えると、嫌な気持ちは失《う》せた。まあ、この商売はこの商売で、いろいろ大変なこともあるのだろう。敦賀の行動は容認できたが、煙草が吸えないのは辛《つら》い。次第に苛立《いらだ》ちが募り、喉が煙草を求め始めた頃、ようやく敦賀が顔を上げた。

「何で何も言わないんだ」

「呼んだのは敦賀さんですよ。俺の方では、別に話はないんですから」

「なるほど」

何がなるほどだ？　どうして分かったようにうなずく？　これも虚勢か、と吾妻は見抜いた。こっちは、お前が知らないことまで知っている。だから何も隠すな……自分を大きく見せようとしているだけだ。どうも、この男からは威圧感が伝わってこない。知り合いでなければ、もう少し自分はビビッているかもしれないが、と吾妻は思った。

「安田さんから連絡があったのは何時頃？」

「連絡というか、あいつが会いに来たんですよ。俺は昼飯を食べてました」

「どこで」

「キッチン南海」

「ああ」敦賀が蔑む視線を吾妻に向けた。

「よくあんなところで飯を食えるな。少しは健康に気を遣ったらどうだ」

「おかげさまで、今のところは快調です」人間ドックの検査結果はオールグリーン。肥満にも縁がない。一方の敦賀は、様々な薬の世話になっている。降圧剤、コレステロール値や血糖値を下げる薬。かつてのスポーツマンの面影はない。

「あんなところ、長いこと行ってないよ」

「もったいない。神保町で仕事していて、キッチン南海に行かないのは反則です」

「冗談じゃない」敦賀が力なく首を振った。

昔はあれほど頻繁に通っていたのに……店を教えたのは吾妻だった。体育会空手部に所属して、常に腹を減らしていた敦賀にとって、あの店は貴重なカロリー供給の場所だったはずである。

敦賀が急に真顔になった。

「……で、お前が盗んだのか？」

2

　お前が盗んだのか、と問われ、吾妻は一瞬切り返しの言葉を失った。「まさか」と否定するのは簡単だが、それだけでは能がない。気の利いた台詞《せりふ》で敦賀をぎゃふんと言わせたかったのだが、こういう時に限って頭が動かない。

結局、「否定します」と短く断言するしかできなかった。敦賀が真っ直《す》ぐ顔を覗《のぞ》きこんできたので、見返す。二人の視線はしばらくぶつかり合ったが、先に敦賀が目を逸《そ》らした。悪質な冗談だったのだ、と吾妻は悟った。何か具体的な疑いがあったわけではないのだろう。

「勘弁して下さいよ」ふっと力を抜き、吾妻は軽い調子で言った。「何で俺がギターを盗まなくちゃいけないんですか」

「一億円は、あらゆる犯罪の動機になるんでね」

「だいたい、あいつがそんな高い買い物をしたことも知らなかった」自分も敦賀と同じようなことを考えていたな、と思いながら吾妻は言った。

「どうも、話がおかしいんだが」敦賀が丸い顎を撫《な》でる。「警察にではなくて、お前に先に連絡してきたのは、どういうことだ」

「あいつとは、先輩後輩の仲ですからね」

「何か困っても、お前は俺に連絡してこないだろう」敦賀が憤然として言った。

「あいつがどうして俺に会いに来たかは知りませんよ。知りたかったら、あいつに直接聴いて下さい」警察を信用していないからだ、と分かっている。警察に任せても、盗まれたギターが戻ってくるとは思っていないのだ。だからと言って、吾妻に頼んでくるのも筋が違うのだが……人に何か頼まれることは多いし、ほとんどの場合は断らないのだが、これは事情が違う。頼る相手が違うんじゃないか、と改めて思った。

「その辺は、もう聴いた。ところが、何だかはっきりしないんだ」

「安田がはっきりさせられないことを、俺が説明できるわけがないでしょう」警察は信じられないなどと、刑事の目の前では言えないだろう。安田がまごついてしまうのは当然だ。

「ふうん」関心なさそうに言って、敦賀が書類に視線を落とした。「あの店、今まで何回か泥棒に入られたの、知ってるか？」

「そうなんですか？」初耳だった。

「いずれも保険で処理されてるから、実害はなかったとも言えるんだけどな……ギターを盗む奴なんか、いると思うか？」

「一億の値段がついたら、あらゆる犯罪の動機になるんでしょう？」吾妻は敦賀の台詞を繰り返した。

敦賀がむっとした表情で睨《にら》みつけてくる。生意気言うな、とでも言いたげだった。吾妻は、意識して涼しい表情を浮かべることにした。これが敦賀の手なのかもしれない。こちらを怒らせて、失言を誘う。

「自作自演かもしれないぞ」敦賀が声を低く抑えて言った。

「あいつがやったって言うんですか？」

「シャッターにも非常ドアにも、こじ開けた形跡がないんだよ。合鍵を使ったと思う」

「最近の泥棒は、それぐらいの腕はあるんじゃないですか」

「警備会社と契約してないのもおかしいだろう」敦賀は納得しなかった。「高額商品もあるんだぞ。しかも何度も泥棒に入られてるのに、用心が足りないんじゃないか」

「要するに、あいつがギターを盗まれたと自作自演して、保険金を騙《だま》し取るつもりだったとでも？　なるほど、それは分かりやすい詐欺ですね。ただし、その仮説には難点があります。あいつ、問題のギターに関しては、まだ保険に入ってなかったんです。あまりにも高額なんで、交渉が難航してたようですね」

「そんなものかね？　保険屋は、ありとあらゆる物を扱うはずだが」

「詳しい事情は分かりません。あいつ、舞い上がってたんじゃないかな」

「何だか、えらくいわくのあるギターだそうじゃないか」

敦賀が音楽に興味があるとは思えなかったので、吾妻は簡単に説明した。もちろん敦賀は、この辺の話はとうに安田から聴いているはずだが。

「よく分からん世界だ」敦賀が首を振った。

「本当に自作自演だと思ってるんですか」

「可能性の一つとしては、あり得る」

「例えば店員を使って、夜中に盗ませたとか」

敦賀がにやりと笑った。自分が言いたいことを吾妻が代弁した、と思ったのかもしれない。

「意味が分かりませんね」吾妻は、自分で言った自作自演の可能性を即座に否定した。

「分からないとは？」

「そんなことをして利益が出るかどうか、ですよ。あいつは、問題のギターをほぼ一億円で競り落としました。経費もそれなりにかかってるでしょうね。そこまで金をかけて手に入れたギターを盗まれたことにして、保険金を手に入れる？　仮に保険に入っていたとしても、そんなことをする意味が分からない」

「まあ、な」敦賀が渋い表情を浮かべた。

「それにあれは、特別なギターらしいですよ。コレクターの人は、金儲《かねもう》けしたいわけじゃなくて、持つことに意味を見出《みい》だすものでしょう」

「俺には理解できない趣味だな。それに安田さんは、趣味じゃなくて商売であの店をやっているんだろう。金になるなら、そっち優先で考えるんじゃないかね」

「でも、金になる手段を考えていなかった……はずです」

「そういうことになるか」渋い表情で、敦賀が腕を組んだ。「となると、普通の窃盗事件として扱うべきかね」

「それを決めるのは警察ですよ」

「一億で落札されたギターだから、高額商品なのは間違いない。ただ、正直なところ、ぴんとこないんだ」

「右に同じくです」吾妻は肩をすくめた。「どうも、楽器の世界には楽器の世界で、独特なルールがあるみたいですね」

「ああ」

「安田の説明だと、ムンクの『叫び』が盗まれたことぐらいの意味がありそうですよ」

「それは額が違う」敦賀が両手で顔を擦《こす》った。「あれは確か、百億近い金額で落札されたんだぞ」

「確かに桁が違いますね」絵に百億というのも、吾妻の想像を超えた世界だが。

「しかし、一億となると無視はできない。うちの署では珍しい高額窃盗事件だからな」

「普段は暇なんですか？」

敦賀のこめかみがひくひくと痙攣《けいれん》した。余計なことを言った、と吾妻は後悔したが、一度発した言葉は取り消せない。

「一億の値段がつく物が盗まれるなんて、日本全国どこでもそんなにある事件じゃないんだよ」

「失礼しました」

しかし実際のところ、神田署の盗犯係はそれほど忙しくないはずである。ここの管内には、一般民家が少ないのだ。バブル期の地上げ後、ワンルームマンションがあちこちに建ち始めたが、人が住む街、というイメージではない。基本的には小さな会社や商店が並んでいるのだが、そういうところは警備会社と契約を結んでいることが多いので、敢《あ》えて盗みに入る人間もいないだろう。だいたい、窃盗犯の意欲をかきたてそうな物があるとも思えないし。古本？　あり得ない。トラックを乗りつけて盗んでいっても、どれだけの金になるというのか。

「高額窃盗——それも現金じゃなくてブツの場合には、裏にマーケットがあるのが犯行の前提になるんだ」

「盗んでも、売りさばけないと金にならないわけですね」

「だから、車はよく盗まれるんだよ。ロシアや東南アジアでは、日本車の人気がまだ高い。そういうところへ持ちこめば、いい金になる。盗む奴、運ぶ奴、向こうで売りさばく奴——しっかりシステムができてるわけだ。美術品の場合は、もっとこぢんまりとしているようだがね。有名な作品は、市場に出回ればすぐに盗品だと分かるから、一対一の交渉になることが多いようだ」

「ギターは?」

「そもそもそういう市場が存在するかどうか、俺は知らない」

「盗犯の専門家なのに?」

「口の利き方に気をつけろ」敦賀がすかさず忠告を飛ばした。

「失礼しました」吾妻は素直に頭を下げた。この男を怒らせても、いいことは何もない。「そんなに頻繁に盗まれる物でもないんですね」

「だろうな。少なくとも、俺の知っている限りでは」

「となると、絵画のように裏マーケットは存在していなくて、一対一の取り引きになる?」

「どうしても問題のギターを欲しい人間がいて、自分で盗み出したか、誰かに依頼したか」

「そんなことを依頼する人がいるとしたら、自分で所有するため、でしょうね。売り払うのは難しい」

「ああ。その存在が世の中に知られていなければともかく、今回はオークションがニュースになっているからな」

「そうでしたか？」

「先生、新聞ぐらい読めよ」敦賀が渋い表情で警告した。「一億だぞ？　少し前に、新聞記事になってる」

「気づきませんでした」

敦賀がファイルフォルダから新聞のコピーを取り出した。先ほどからの短い時間で、よく資料を揃《そろ》えたものだ、と感心する。同時に、このニュースを見逃していた自分の迂闊《うかつ》さを恥じた。新聞はよく読むようにしているのだが。

吾妻は記事にさっと目を通した。

【ニューヨーク＝時事】人気ギタリストのエリック・クラプトンが、ステージで一度だけ演奏したギターがオークションにかけられ、ギターとしては異例の１２０

万ドル（約1億1千8百万円）で落札された。落札者の名前は非公開だが、日本人と見られている。

このギターは、米ギブソン社が一本だけ作ったプロトタイプのエレキギターで、ギター愛好家の間では、『58』の愛称で知られている。クラプトンら数人のギタリストが所有した後で行方が分からなくなっていた。出品者は「正当に入手したもの」と説明している。

「そもそも、何か危ない感じがするだろう？」敦賀が身を乗り出して、記事のコピーを摑《つか》んだ。「いったいこのギター、どこから出てきたのかね」

「それこそ、アメリカにはブラックマーケットがあるんじゃないですか？」

「ＦＢＩが乗り出してきたりすると、面倒なことになる」

「まさか……それはないんじゃないですか？　オークション会社だって慎重になるはずですよ。変な物を出したりすると、評判にかかわるから」

「そんなものかね」不満そうに言って、敦賀がまた腕組みをした。太い腕の筋肉が盛り上がる。「しかし、色々怪しい感じはするぞ」

「警察的にはそうかもしれませんけど、俺には関係ないですね」

「余計なことをするなよ」

「余計なこと？　何ですか」吾妻はわざとらしく肩をすくめた。

「お前のお節介癖は、昔から変わってないだろうが。安田さんに泣きつかれて、何とかしようと思ってるんじゃないか？」

「俺は、容疑者から、『そうじゃない何か』に格上げですか？」

敦賀が無言で吾妻を睨みつけた。今度は肩をすくめるわけにもいかず、すっと視線を逸らす。脅しをかけられているのは気に食わなかったが、機嫌を損ねないように……と気を遣う。しかし、一つだけ確認しておかねばならないことがあった。

「これが普通の盗難事件だとしたら、ギターは戻ってきますかね？」

「保証はできないな」

「戻ってこないと、どうなるんですか？」

「それは、警察には分からん。本当に保険がかかっていないとしたら、被害者には泣いてもらうしかないだろうな」

まあ……これが普通の反応なのだろうと思う。現場の法執行官は、迂闊なことは言わないものだ。「大丈夫ですよ」の一言が被害者の精神を弛緩《しかん》させた結果、いざ悲劇的な結末に終わった場合は、かえってショックが大きくなる。

「とにかく、余計なことはするなよ」

吾妻はうなずくだけにした。声を出さないことで、証拠を残さなかったつもりである。法廷ではそうなる。動作や表情の変化は、公判においては証拠にならないのだ。裁判員裁判で、裁判員がどういう印象を受けるかは別問題だが。もちろん敦賀たちは、それこそ相手の顔つきの変化、言葉の揺れから積極的に何かを読み取ろうとするだろう。

もっとも、俺の顔は変化していないはずだがな、と吾妻は確信していた。顔の下半分をぼやかす無精髭《ぶしょうひげ》のせいもあって、ポーカーフェイスには自信がある。だいたい、一々表情を変えていたら、阿呆《あほ》な学生たちとはつき合えない。大学で教えるということは、我慢と同義語なのだ。

午後も遅くなったが、一向に気温が下がる気配はない。こういう日は冷たいビールを一気に呑《の》んで、喉の奥から体を冷やすのがいいのだが……この街には、ビールを美《う》味《ま》く呑ませる店はいくらでもある。しかしさすがに今日は、一杯行こうか、という気になれなかった。敦賀には脅しをかけられたが、一度湧いた興味を抑えることはできない。

取り敢えず、もう一度安田に会ってみよう、と思った。まさか今日は店は開けていないだろうが……家に直接乗りこむことになるかもしれない。確かあいつは今、亀戸《かめいど》に住んでいる。総武線で一本だから行くのは面倒ではないし、少しJRの冷房の恩恵を受けておくのもいいと思ったが、まず店の方に回ってみた。店を開けてはいないが、中には誰かいるようだった。相変わらずシャッターが三分の二ほど開いている。既に警察官の姿はなかった。店の中を覗きこむと、安田が壁に向かってぼんやりと腰を下ろしているのが見えた。何となく、声をかけにくい雰囲気ではある。先ほどよりもずっと落ちこみ、生気を抜かれたような感じだった。

店内に足を踏み入れると、安田が気づいてびくりと体を震わせる。吾妻だと分かると、ほっとして肩を上下させたが、顔に浮かんだ笑みは硬かった。エアコンも効いておらず、穴倉のような店内には、熱い空気が淀《よど》んでいる。さらに汗が吹き出てきて、吾妻は掌《てのひら》で額を拭った。髭も、こういう時は邪魔臭くなる。

安田が力なく会釈する。Tシャツには汗が滲《にじ》み、髪もぺったりとして、ひどく落ちぶれた感じがした。

「今頃ショックが出てきたか？」

腰を下ろすような場所がないので、仕方なく安田の隣に立つ。これだけ暑いと、高価なギターにダメージが出るのではないかと心配になった。

「警察が、本気で捜査してくれないんですよ」

「お前の自作自演だと思ってるぞ」

安田がびくりと身を震わせ、顔を上げた。目がかすかに潤んでいる。

「どこで聞いたんですか？」

「さっきまで警察にいたんだよ。否定しておいたけどな」

「……すみません」

「お前が盗んでも、何のメリットもないじゃないか。なあ？」

「そうなんですよ。保険にも入っていないのに……どうしましょう」

「見つかればいいんだろう？」

「見つかりますかね」

「見つけて欲しくて、俺に連絡してきたんだろうが」

「見つかりますか？」繰り返す声には、わずかに力が戻っていた。

「保証はできないけどな」先ほどの敦賀と同じようなことを言っている。思わず苦笑したが、安田はそれには気づかない様子だった。

吾妻は周囲を見回し、小さな丸椅子を見つけ出してきた。一メートルほどの距離を置いて、安田の隣に座る。何となく会話がしにくく、壁にレイアウトされたギターを見詰めて、切り出すタイミングを待った。これはこれで美しいものだと思う。高級な製品のみ扱う店だけあって、家具のように綺麗《きれい》に木目が浮き出たギターが目立つ。実際木目を生かすために、塗装は全て薄めになっているようだった。漂う香りは独特である。レモンのような、機械油のような……悪い匂いではないのだが、慣れていないが故に、鼻が少しだけ不平を訴える。

「さっきは、ほとんど話を聴けなかったな」

「すみません、動転してたんで」

「昨夜からの出来事を、順を追って話してくれないか？　警察にも聴かれたと思うけど、俺も知っておきたいんだ」

「昨夜は九時に店を閉めました。いつも通りです」

そこから始まった安田の説明を、吾妻は頭に叩《たた》きこんだ。正確には、聞いているだけで頭に入ってしまう。この記憶力にはいつも助けられるな、と思いながら、時折相《あい》槌《づち》を打って彼の話をスムーズに流してやった。

夜九時に店を閉め、いつも通りにきちんと施錠。毎日の習慣で、店内の鍵がかかる場所——彼の話では七か所あるという——については、全部チェックした。店員二人が全て調べた上で、最後は安田がもう一度確認。

「58」が入っていたケースの鍵は、安田しか持っていない。店の鍵自体は店員にも持たせているのだが、とりわけ高価なギターが入っているケースについてだけは、安田本人が管理することにしていたのだという。とにかく、昨夜店を閉めた時点では異常はなく、安田は真っ直ぐ帰宅したという。その時間——十時頃——に帰ると、七歳の長男と五歳の長女はもう寝てるんですよね、と言って寂しそうな表情を浮かべる。パンク野郎も、年を取れば子煩悩な父親になるということか。

そして今朝店に出て来て、店の鍵が開いているのに気づいたという。かけ忘れたか、と一瞬焦ったが、そんなことはないとすぐに思い直した。用心深い安田は、毎晩店のドア、さらにシャッターに鍵をかけた後、シャッターの一番下にチョークで短い線を引く。誰かが無理にこじ開けようとしたら、それで分かるのだという。

「お前、アメリカのハードボイルドとかよく読むのか?」

「はい?」

「いや、何でもない」

ドアに髪の毛や紙マッチを挟んでおいて、侵入者の有無を確認するという手は、小説の世界ではお馴染《なじ》みである。そういえば、紙マッチを挟んでおいたら、侵入者がベッドの上一杯に紙マッチを残していったというシーンがあったのは、どの小説だったか。

「鍵をこじ開けた形跡はなかったんだな」

「ないですね」

「店自体の合鍵を持ってるのは、お前と店員二人と、他に誰がいる?」

「いないと思います——いないはずです」

「今まで働いていた店員とか」

「ああ」安田が、床に視線を落とした。言葉を切ったまま、しばらく考えている。やがてゆっくりと顔を上げると、首を振った。「三人いたんですけど、辞める度に鍵をつけ替えました」

吾妻は首を捻《ひね》った。何となくちぐはぐな感じがする――その原因にはすぐ気づいた。安田は今まで、何回か盗難事件に遭っている。だから用心深くなるのは当然で、鍵のつけ替えも決して神経質過ぎるとは言えない。その一方で、警備会社とは契約せず、高価な「58」にも保険をかけていない。

――安田に対しては、一片の疑念がある。可哀想《かわいそう》だと考える反面、裏で何かしているのではないかとも思える。

「警察は、店員にもたっぷり話を聴くだろうね」

「二人とも、署に連れていかれてますよ」

「容疑者として？」

「そういうわけじゃないでしょうけど」安田が首を振った。「念のためなんじゃないですか」

「辞めた店員も同じ扱いを受けると思うよ。その三人は、今何をしているんだろう」

「二人は他の楽器屋で働いていて……一人はミュージシャンです」

「メジャーレーベルで？」

「インディーズですけど、今はそんなに差はないですよ。メジャーの宣伝も、あまり効果がなくなっているから」

安田が立ち上がった。ひどく難儀そうで、膝の悪い年寄りのようにも見える。カウンターの奥に入って一枚のCDを取ってきた。水面に多色の絵の具を流したような抽象的なジャケットで、バンド名とアルバムタイトルらしき物がある。

world's end flower garden/amazing

「これ、どっちがバンド名なんだ?」

「最初の方」安田が軽く笑った。少しだけ緊張が解けたようだった。「略称、WEFG。何でこういう長い名前をつけるのか、分かりませんね。名前はシンプルなのに限りますよ」

「バイトをしていた奴のパートは?」

「ギター。今どき珍しいテクニカルタイプですよ。それを言えばWEFG自体、最近は流行《はや》らないメロディック・スピードメタルですけど」

「ジャケットの感じだと、そうは思えない」

「それも個性なんでしょう」安田が肩をすくめる。「ちなみに、そいつを疑っても無駄ですよ」

「というと？」

「今、九州方面をツアー中です。昨夜はZepp福岡でした」

「なるほど……なあ、正直に聞かせてくれないか」

「何でしょう」安田がまた緊張して、背筋をぴんと伸ばした。

「誰が盗んだか、本当に心当たりはないのか？　合鍵を持っている店員が一番怪しい感じがするけど」

「それはないと思います……ないと信じたいですね」安田が吐息を吐く。「二人のことはよく知ってるし、そもそもそんな度胸はないですよ」

「一億円が目の前にぶら下がっていたら、誰だって血迷うんじゃないかな」

「それにしたって、ですよ」安田が口を尖《とが》らせる。

「辞めた三人の店員のうち、残りの二人についてはどうだろう。当然ギターの価値も分かっているわけだし、この件、新聞記事にもなっているだろう？」

「まあ……そうですね」安田が顔をしかめる。「でも、こっちの名前なんかは分かっていないはずだったのに」

「だけど、こうやって店に展示してたわけだから、お前が落札したことはばればれじゃないか。もしかしたら、『58』が欲しかったというよりも、お前を困らせようとした、ということは考えられないかな。保険にも入っていないってことは、お前は一億をどぶに捨てたことになる」

「勘弁して下さいよ」安田がとうとう泣き出した。

大の大人が泣くのを見ると、気分が悪くなる。その原因を作ったのが自分だと考えると尚更《なおさら》だった。

もやもやした気分のまま、また街を歩き回る。結局自分はこれだ、と思う。街を歩き、街に溶けこむことでストレス解消ができるし、考えもまとまる。

神保町の現在のシンボル、三井ビルディングと東京パークタワーの前を通り、白山通りを渡って小学館の前に出る。左へ折れると、すぐそこが共立女子大だ。そのまま白山通りを南下すれば一ツ橋。首都高の高架をくぐり抜けると竹橋駅が間近で、その辺りまで行くと、自分のテリトリーからは外れる。吾妻の普段の行動範囲は、ほぼ神田「神保町」「駿河台」「小川町」に限られるのだ。他の地域を歩いても別に問題はないのだが、集中力が削《そ》がれるような気がする。「場の力」のようなものを信じているわけではないのだが。

一ツ橋の交差点を右折し、共立女子中高校の前を通って、首都高都心環状線脇の道路に出る。首都高の向こうには、九段合同庁舎、法務局、千代田区役所が並んでいる。

道なりに歩いて行くとやがて靖国通りに突き当たるが、吾妻はそこまで行かずにまた右へ折れて細い脇道に入った。まだ空気には熱が籠っているものの、日はかなり西に傾いていて、陽射《ひざ》しの直撃は避けられる。そろそろビールを呑んでもいい時間だ。夕食をどうしようかと考えた瞬間、天ぷらが頭に浮かぶ。昼もカツカレーを食べたのに、また揚げ物か、と思わず苦笑してしまった。しかし神保町には、若者向けに油をたっぷり使う料理の店が多い。天ぷらも例外ではない。山の上ホテルの超高級な天ぷらは別格として、安くて美味く、ボリュームたっぷりの天ぷらを出す店も少なくないのだ。この近くにも、最近開店したばかりの新しい店や、老舗《しにせ》中の老舗である「いもや」など数店舗がひしめいている。チェーン店まで含めれば、交差点ごとに天ぷらを食べさせる店がある、と言ってもいい。

しかし、いくら何でも二食続けて揚げ物はきついし、時間もまだ早い。かなり気楽な暮らしをしているとはいえ、人がまだ働いている時間帯にビールを呑むのも気が引けた。

だったら、もう一働きだ。吾妻はすぐ近くにある古書店「オールド・ネイビー」に足を向ける。

神保町の古書店は、大きく分けて二種類ある。書籍なら何でも取り扱う、いわゆる「古本屋」と、あるジャンルに特化した店だ。そして神保町を神保町たらしめているのは、後者の特殊な古書店である。歴史書、学術書、あるいは雑誌……研究者や作家、編集者がこの街を愛するのは、探せば必ず目当ての本が見つかるからだ。在庫がなければ、店主は意地になって見つけ出してくる。彼らの粘り強さは、吾妻に言わせれば「本の探偵」だった。

「オールド・ネイビー」は、その中でも極めつけの特殊な店である。扱うのは音楽出版物のみ。以前はこの街にも中古のレコード、CDショップがたくさんあったが、それらの店が軒並み商売を畳む中、平然と生き延びてきた。レコードやCDなどよりも、楽譜の方がメディアとしての歴史は長い。レコードが登場する前は、「曲を買う」のは楽譜を買うことだった……もっともそれはクラシックの世界の話であり、「オールド・ネイビー」が扱うのはロックを中心としたポピュラー音楽の関連書籍である。雑誌の品揃えは驚異的で、吾妻は店頭で、一九六九年の「ヤング・ギター」創刊号を見つけたことがある。楽譜も充実していた。そして大量の楽器のカタログ……こういう物は、楽器メーカーが無料で配るもので、それを売るのは筋違いだと思うのだが、何故かよく売れるという。昔のロック少年たちが懐かしがって買っていくのか、古い楽器を探す人が参考にしようとしているのか。

人の嗜好《しこう》は様々だが、神保町にはそれを満たす場所がある、ということか。

店主の岡崎《おかざき》は、呑み友だちでもある。元ミュージシャン。何十年も前にギターを置き、突然転職したと聞いている。思い切った商売替えだが、本人は今の仕事を楽しんでいるので問題ないのだろう。

店に入ると、古本屋特有の黴《かび》っぽい匂いに出迎えられる。それは吾妻にとって、生まれてからずっと周りにあった香りだった。鼻の奥がむずむずしてくるのだが、その中に一分間身を置いていると、心地好《よ》くなってくる。音楽関係の書籍ばかりを扱うこの店でも、匂いは同じだった。

岡崎は、店の奥にあるレジで瞑想《めいそう》していた。瞑想というか、白いイアフォンを耳に突っこんで目を閉じている。首が静かに左右に揺れていた。まったくこの人は……客が何人もいるのに、その様子を見ようともしない。ただひたすら、自分だけの世界に引きこもっていた。聴いているのはグレイトフル・デッド辺りか。何しろ本人が、グレイトフル・デッド世代なのである。白と茶色が混じった長い髪をポニーテールにして、顔の下半分は髭が伸びるに任せている。吾妻は一応、無精髭に見えるように髭の手入れをしているのだが、この男はまったく気にしてもいないようだ。

吾妻は、イアフォンをそっと引いて彼の耳から抜いた。驚く様子もなく、岡崎がゆっくりと目を開け、にやりと笑った。

「安田の件か？」

「早耳ですね」

「この街では、噂《うわさ》が回るのが早いんだよ……で、何で俺のところにきた?」

「盗まれたギター……『58』のことについて知りたいんです」

「あー、あのギターねえ。話がちょっと長くなるよ」

「ビールタイムの前にちょうどいい」

岡崎の顔に笑みが広がる。立ち上がると、店のどこかにいる店員に向かって声をかけた。すぐに若い店員――安田の店で働いている方が似合いそうな髪型とファッションの青年だった――がどこからか飛んで来て、直立不動になる。岡崎は本人の適当な性癖とは裏腹に、店員は厳しく躾《しつ》けているようだ。

「ちょっとここを頼む」

言い残して、狭い階段を二階へ上がっていく。階段脇の壁も本棚で、ぎっしり埋め尽くされている。横を見ると、つい本に目を取られてしまうので、ひたすら岡崎の尻を眺めながら階段を登った。時代遅れのベルボトム。最近は裾幅が少し遠慮がちになって「ブーツカット」と呼ばれるが、岡崎の場合はあくまで「ベルボトム」である。それもヴィンテージ加工を施したものではなく、本物のヴィンテージ。一度、「これはステージで穿《は》いていたことがある」というジーンズを見せてもらったことがあったが、嘘《うそ》だとは思えなかった。

二階は倉庫で、書棚が部屋の半分ほどを占めている。残り半分のスペースには巨大な作業用のテーブルが置かれていた。ここで本の中身を確認したり、値つけなどをするのだ。

吾妻は岡崎の向かいに腰を下ろした。岡崎は尻が椅子に落ち着くや否や、煙草《タバコ》に火を点《つ》ける。古書店主の中には、極端に煙草を嫌う人間がいる——火事の危険があるし、本も傷むからだ。しかし岡崎の場合、本の質に関してはそれほど重視していないし、とにかく煙草が我慢できないヘビースモーカーなので、どうしようもない。

「コーヒーは欲しくないか」

「いいですね」

岡崎は煙草と同様、コーヒーも手放せない人間で、いつも美味いコーヒーを準備している。こだわりは相当なもので、自分で水出しコーヒーを作るほどである。クソ暑い中を歩いてきて、とろりとした喉越しの水出しコーヒーはありがたいな、と思ったが、岡崎が用意したのはエスプレッソだった。

「最近、こいつに凝ってるもんでね。手軽でいい」

「ああ……いただきます」小さなカップに入ったエスプレッソは、二口で飲み干せる。少し物足りないが、胃はすっきりしたようだった。もしかしたらこれが昼間のカツカレーの消化を促し、夕飯には天丼をいけるかもしれない。

「しかし、何で安田がそんなに金を持ってたのかね」最初に岡崎が口にしたのは疑問だった。

「あちこちからかき集めた、と言ってましたよ」

「とはいえ、一億なんて額は簡単には出てこないぞ」

「一億なんて話、どこから聞いたんですか？」

「あんた、新聞は読んでなかったのか？　落札されたっていう記事が出た時、この業界ではずいぶん話題になったんだぜ」

吾妻は頰を軽く叩いた。どうやら自分だけが、その記事を読んでいなかったらしい。

「岡崎さんは、楽器関係の人じゃないでしょう」

「広い意味でのこの業界、だ」少し不機嫌そうに言って、岡崎がエスプレッソに砂糖を加えた。角砂糖は、エスプレッソの量に比してかなり大きいように見える。だが岡崎にとっては適量なようで、いかにも美味そうに一口呑んだ。

「岡崎さん、『58』については詳しいですか？」

「この業界の人間の常識としては知ってるけど、大したネタは持ってないよ」

吾妻は、がっかりした内心が表に出ないよう、表情を引き締めた。その瞬間、ふと疑問が浮かぶ。

「ところで、何で最初に安田のことだって分かったんですか？」

「あんたは安田の高校の先輩だ。今でも安田とよくつるんで遊んでいる。安田はあんたを頼りにしているし、あんたは面倒見がいいというかお節介な人間だ。安田があんたに泣きついて、あんたが何とかしてやろうと腰を上げたっていうのは、馬鹿じゃない限り簡単に想像できるね」

すっかり読まれているか……吾妻は思わず苦笑いした。実際今までも、こうやって何度も面倒事に首を突っこんできたのだ。岡崎も吾妻の気持ちを読んだように、にやりと笑う。

「で、まず手始めに、盗まれた『58』が何なのか、基礎知識を仕入れようとした——そういうことだな？」

「ご名答です」

「ちょっと難しい話だ」岡崎が、背後の書棚に目をやった。「『58』に関しては、今までにいろいろなことが書かれている。中には『存在していない』という説もあるぐらいなんだ」

「だけど今回、オークションで一億の値段がついたんですよ？　偽物だとしたら、こんなことにはならないでしょう」

「ちょいとギャップがあってね。所有者が何度か変わって……最後にはっきりしていたのは、ジム・サーだ。その後、所有者がはっきりしなくなっている。盗まれたという噂だけど、そもそも偽物だったという説も根強くあるんだ」

「偽物って……そんな物を作って、誰かが得するんですか?」

「コンピューターウイルスを作る人間の動機は何だと思う?」岡崎が人差し指を立てた。「個人情報を盗み出したり、何らかの利益を得ようとする奴もいるだろう。だけど多くの人間は、自分の腕試しをしたいだけだって言うそうじゃないか」

「それは分かりますよ。強固なシステムをどこまで壊せるか、チャレンジみたいなものでしょう」

「そうなんだ。楽器の場合はね……日本の楽器メーカーなんか、最初はみんなコピーから始まったんだよ」

「そうなんですか?」

「六十年代から七十年代にかけて……ギターの最高峰といえば、フェンダーのストラトキャスターかギブソンのレスポールだった。ただし当時は、一ドル三百六十円の時代だったから、アメリカでは大した額じゃなくても、日本ではとんでもない高値になった。というわけで、本物を弾けない人のために、日本のメーカーがコピーモデルをたくさん作ったんだ。技術屋っていうのは、凝る人は徹底して凝るからな。それこそ、自分の技術を自慢するために作ることが目的になってくる。オリジナリティも大事なんだけど、どれだけ正確にコピーするかも重要なんだ。実際、本家のフェンダーやギブソンが、五十年も前の自社製のギターをコピーしているぐらいなんだから」

「何か変じゃないですか、それ」

「とはいえ、オリジナルを再現したギターにも高い値段がついて、それが飛ぶように売れるんだよ……五十九年製のレスポール・スタンダードは簡単に手に入らない。多少値が張っても、その忠実なコピーモデルに対する需要はあるわけだ」

「それはあくまで、製品レベルの話ですよね。『58』みたいな特殊なモデルの場合、それとはちょっと違うんじゃないですか」

「それは、その通りなんだな」岡崎が両手で胁の髪を後ろに撫でつけた。「世界に一本しかないギターなんて、ちゃんとした評価ができるわけがない。クラプトンやヴァン・ヘイレンが所有していて、サーが四枚目のアルバムを作る時にメーンで使ったっていうのは、この業界では十分伝説になる話なんだけど」

「希少なギターなのは間違いないですよね」

「音もよかったんだよなあ」岡崎が目を細めた。「あの、サーの四枚目のアルバム……日本ではそれほど人気が出なかったし、来日公演をやってもギターを弾く奴しか観《み》に来ないんじゃないかなんて言われたけど、あの音は神がかってたね」

音楽はよく聴く吾妻だが、楽器それぞれの音に関してはよく分からない。こればかりは、実際に楽器をやる人間でないと、詳しいことは言えないのだろう。

「何というかね、音色だけで人を魅了するギタリストっていうのもいるんだよ。ヴァン・ヘイレンのデビューから三枚目ぐらいまでとか、八十年代初頭のマイケル・シェンカーとか。攻撃的なのにスイートな部分があるっていうのが、いかにもロックらしいわけだ」

「サーの場合は?」

「同系統だね。激しいけど、柔らかみもある。矛盾してるようだけど、スローバラードで泣きのフレーズが入る時なんか、たまらんね。アルバムあるけど、聴くかい?」

吾妻は首を振った。アルバム一枚聴かされていたら、一時間近くが無駄になってしまう。

「時間がないんですよ」

「あ、そう。音源はネットにいくらでも転がってるから聴いてみなよ。あれは、今でも痺《しび》れるね。三十年前の音とは思えない。というか、この三十年、音にあまり進化はないんだね」

「そういい音も、ギターの賜物《たまもの》ですか?」

「もちろん、ギターだけで全部が決まるわけじゃないけどな」岡崎が左の前腕部を平手で叩いた。「最後は腕……どんな機材を使っても同じ音になるのが、超一流のギタリストってものなんだ」

それではギターを持ち替える意味などないではないか、と吾妻は思った。本人には微妙なニュアンスが分かるかもしれないが……ステージなら、演出上、見栄えを変えるために持ち替えるのは理解できるのだが。

「で、今回はどうして突然オークションに出てきたんでしょうね」

「さあ、どうかな」岡崎が首を捻る。「詳しい事情は分からない。それこそ、アメリカにいる専門家にでも聞いてもらわないと」

それはもう少し先だ、と吾妻は思った。癖というべきか、研究方針というか、何かあると吾妻はまず文献に当たる。文字で記録された物を頭に叩きこんでからの方が、現場の様子も理解しやすい。

「先に、参考資料を見たいですね」

「参考資料は、ねえ……」岡崎が首を捻って後ろを向いた。頭の動きから、視線が彷徨《さまよ》っているのが分かる。こちらに向き直ると、すっと肩をすくめた。「間違いなくあるよ。でも、どこにあるか分からない」

「古書店をやっていると、どの本のどこに何が書いてあるか、全部把握してるもんじゃないんですか」

「まさか」岡崎がカップを持ち上げた。中を覗きこんでから、すぐにテーブルに戻す。「うちみたいな店だと、どんとまとめて買ってくるんだよ。雑誌が多いからな……もちろん、めくってみることはあるけど、それは傷んでいないかどうか、確かめるためだから」

「でも、どこかに書いてあったのは覚えてるんでしょう？」

「突っこむなよ、カン先生」岡崎が苦笑する。「それはそうだが、自分で探すんだな。さすがに俺も、そこまでは手伝えない。この倉庫の中、自由に見てもらっていいから」

親切なのか適当なのか……苦笑しながら吾妻はうなずいた。とはいえ、自分一人で二階の倉庫を全部ひっくり返すとなると、時間がいくらあっても足りない。いくら夏休み中とはいえ、これでは……その瞬間、吾妻の脳裏にいいアイディアが浮かんだ。自分には、いつでも使えるアルバイトがいる。

「埃《ほこり》臭いんですけど」杏子は二階に上がって来た瞬間に顔をしかめた。正確には、「しかめた」ではなく変顔レベルだったが。くしゃみを堪《こら》えて、表情が崩れてしまっているのだ。

「マスクがある」吾妻は準備しておいた大きなマスクを取り出した。

「マスクじゃ無理じゃないかなあ」文句を言いながらも、杏子がマスクを受け取った。顔が小さいので、マスクをかけると顔の半分以上が隠れてしまう。

「上出来だよ。それで埃はシャットアウトできる」本当は埃などないのだ。ここに運びこむ時に、岡崎は一度本を綺麗に掃除し、埃などは完全に落としてしまう。杏子の鼻を刺激しているのは、実際には埃ではなく古本特有の匂いだ。吾妻にとっては心地好いものだが、慣れない人にとってはくしゃみの元だろう。

「これ、絶対アレルギーになりますよ」杏子がむき出しの両腕を擦った。

「心配するな、すぐに慣れるから」

「食事だけじゃ、割に合わないですよね」杏子は文句をやめようとしなかった。「バイト代、お願いします」

「無事に見つかったら、な」

「成功報酬は、法的にいろいろ問題あるんじゃないですか」

「ちゃんとそういう契約をしておけば、後から問題になるようなことはないんだぜ」

「そもそも、契約した覚えはないんですけど」

「バイトなら、他にたくさんいる」我ながら嫌な脅し文句だと思う。しかし、いつまでも愚図愚図と言い合いを続けているわけにはいかないので、吾妻はぴしりと言った。だいたい、杏子を頼りにしているからここに呼んだわけだし、時間も無駄にしたくない。

「いもやじゃなくて、山の上ホテルの天ぷらにしてもいいぞ」

あそこの天ぷらは、夜だと一人前最低で一万円はかかる。バイト代としては二日分に相当する感じだ。

「どうでもいいけど、山の上ホテルの天ぷらって本当に美味《おい》しいんですか？」

「美味いよ」自信を持って言い切るのは難しいのだが。子どもの頃から何度も通っているのだが、値段に圧倒されて、肝心の味を正当に評価できないのだ。どうしても、いもやで気軽に食べている方が安心できるし満足感も高い。

「高けりゃいいってもんでもないでしょう？」男のような口調で杏子が反論した。

「別に、嫌ならいいんだぜ。他に頼む人はいくらでもいるんだから」

もう一度脅しにかかると、杏子はようやく諦めたようだ。まあ、いい……うまく資料が見つかったら、飯を奢《おご》るだけではなくバイト代ぐらい出してやろう。

「この倉庫全体では、五万冊ぐらいの本があるそうだ。ほとんどが雑誌」

「五万ですか？」目しか見えないが、杏子が早くもうんざりしたような表情を浮かべているのが分かった。

「何も、五万全部を確認しようとは思わない。まず、クラシック系やジャズ系、J－POP関係は捨てていい。雑誌の中でも、ロック系を中心に探すんだ」

この倉庫の中は、混乱しているように見えてそこそこ秩序だっている。岡崎は、少なくとも雑誌ごとに固めて保管しているのだから、あちこち視線が飛ぶようなことにはならないだろう。

「メインは、そうだな……『プレイヤー』と『ギター・マガジン』、それに『ヤング・ギター』だ」岡崎曰《いわ》く「三大ギタリスト向け雑誌」。ギタリスト向けなので、ギターその物に関する情報も載っているという。というより、ほとんどがその情報。こういうのはファッション誌と同じで、読者にいかに物を買わせるかがポイントなのだろう。楽器業界の応援団のようなものだ。「その中で、『58』というギターに関する記事を抜き出してくれ。そんなに多いわけじゃないと思う」

「何なんですか、その『58』って」

「幻のギターだ」

「よく分かりませんけど」杏子が肩をすくめる。

「俺もよく分からないんだ」吾妻も肩をすくめた。「だから調べる」

「そういう情報、ネットで拾えないんですか?」

「よく見てみなよ。ネットの情報っていうのは、一九九五年以前の物は圧倒的に少ないから。ウィンドウズ95が出て来る前は、インターネットなんて、誰にでも使える物じゃなかったんだ」

「つまり、有史以前のこと、というわけですね?」

「その通り」上手《うま》いことを言う。吾妻はにやりとして両腕を広げた。「インターネット普及以前の情報は、なかなかインターネットに上がってこないんだ。印刷物を書き起こしてネットに上げるなんて面倒なこと、誰もやりたがらないだろう」

「しかも、書き起こすべき現物がなかったりしますしね」

「それが全部、ここにあるんだ」

「世の中、無駄だらけですよねえ……こんなに紙が……エコとは正反対じゃないですか」

「でも、古本屋はエコなんじゃないか？　ただ捨てるんじゃなくて、それを再利用しようというのが狙いなんだから」

「エコ論争、やめます」杏子が顔の前で両手を組み合わせ、バツ印を作った。「早くやりましょう。何だか体が痒《かゆ》くなってきました」

それは分かる。慣れない人にとって、この場所は決して心地好くはないはずだから。

吾妻はまず、書棚全体の状況を把握した。書棚は全部で十五。壁の三面を覆っている他にも、部屋の中央部にきちんと並べられている。AからOまで名前をつけ、どこをチェックしていけばいいか、確認する。

Aから I までが雑誌の棚だった。順番に従って探していけば簡単なのだが、問題は低い位置にある雑誌だ。中腰、あるいはしゃがみこみながら中身を確認していくのは疲れる。吾妻は、当該の雑誌を部屋の中央にある作業用テーブルに運び、そこで確認するよう、杏子に指示した。座りながらなら、さして疲れない。

吾妻は、自分ではその場で確認しようと考えていた。古本屋や図書館には慣れているから、窮屈な姿勢で本を読むのも苦にならない。面倒になれば、床に座りこんでしまえばいいし。

が、その読みは甘かった。雑誌というのは罪な物で、人の目を惹《ひ》きつける作りになっている――もちろんそうでなければ存在価値がないのだが、つい記事に目が行き、それで時間が潰れてしまう。今は亡きミュージシャンのインタビューなどは、簡単には読み飛ばせない。途中、何度か気合いを入れ直して、ひたすら目次を眺める作業に戻るのだが、知っている名前を見つけると、どうしてもそのページをめくってしまう。

「ありましたよ、カン先生」

杏子の声に我に返る。テーブルの方へ行くと、彼女が雑誌を大きく広げていた。

「この連載。『名ギター列伝』っていうやつに載ってます」

確認すると、一九九〇年の物だった。見開き二ページ、モノクロの写真二枚入り。クラプトンが「58」を抱えているのは、ライブ映像から切り出したもののようで画像が粗かったが、サーの方は鮮明だった。どうやら、メガヒットした八十三年のアルバムのジャケットらしい。それにしても、サーというのも冴《さ》えないオッサンではある。この頃既に、三十代だろうか。既に太り始めていて、「ロックギタリスト」という言葉から連想されるシャープさがない。アメリカ南部生まれというせいもあるのか、どこか人がよさそうな中年男にしか見えなかった。このアルバムが大ヒットしたアメリカでは、ルックスはあまり重視されないということか。

「ジム・サー。知ってるか？」

「全然」杏子が肩をすくめた。

「俺が子どもの頃に大ヒットしたんだよ。『ラスト・デイ・オブ・ラブ』とか、知らないか？」すらすらと曲名が出てきて、自分でも驚いた。あの頃、吾妻はまだ十歳。今よりは洋楽が自然に流れていた環境だったといえ、まだ小学生だったのに……もともあの曲は今でも、「八十年代っぽさ」が必要な映像などでよく使われるから、後から頭に染みついたのかもしれない。

早く連載に目を通したかったが、もう少し調査を進めたい。どうせこの雑誌は買っていくのだから、後で目を通すことにしよう。

静かに時間が流れる。階下から時折岡崎の声が流れてきたが、それ以外には物音一つしない。こういう時間は悪くないが、いつまでも続くものではない。「飯を食いに行かないか」と岡崎が声をかけてきたのは、午後八時だった。それまでに、積み上げた雑誌は十冊、本は三冊になっていた。

3

結局天ぷらか……吾妻は胃もたれを感じながら、家にたどり着いた。既に夜の十時半。これから何かをするには疲れ過ぎているが、取り敢《あ》えず資料の整理ぐらいはしておかないといけない。放っておくと、資料というやつは自己増殖でもするように増えていくのだ。その都度整理をしないと、新しい資料が来た時には収拾がつかなくなってしまう。

もっとも今日持ってきた資料は、普段吾妻が扱う資料とはまったく違った。その辺に置いておいても、別の資料に紛れるようなことはないだろう。

吾妻の自宅は、神保町の最新のランドマークである三井ビルディングと東京パークタワーの裏手——この二つの高層ビルとすずらん通りに挟まれた一角にある。この街の他の地域と同じように、古書店や小さな会社が目立つ一角だが、未《いま》だに木造モルタル建ての古い一軒家が残っていたりする。街全体が、未だに昭和に——昭和四十年代辺りか——取り残されたようなものである。

ただし吾妻の自宅は、まだ築十年しか経《た》っていない、小さなビルだった。元々は、祖父の代から続いた土地である。その祖父は十一年前に亡くなり、家を相続した父親は、相続税対策、その他諸々《もろもろ》の事情で、一軒家をビルに建て替えた。十年前といえば、今と変わらず不景気で不動産需要も冷えこんでいたが、幸いほとんどの部屋に借り手がつき、今も九割方埋まっている。吾妻の家——部屋は、ビルの最上階である五階にあった。

五階には二部屋しかない。一つが、吾妻が使っている広い1LDK。もう一つの部屋は、元々両親が使う予定になっていた。十年前、このビルが完成する直前に母親が急死しなければ、両親は今でも、隣の部屋に住んでいたかもしれない。

傷心の父親は——葬儀で泣き崩れた姿を見て、吾妻は想像もしていなかった父の愛情の深さに仰天した——完成したばかりのビルを捨てて、アメリカに渡ってしまった。落ち着くまでよく考えた方がいい、という吾妻の忠告を完全に無視して。

まあ、止められないだろうな、と吾妻もすぐに諦めた。やはり学者である父親は、現実離れしているというかロマンティックな男で、時折激情に駆られて訳の分からない行動に出るのだ。

あれは、吾妻が小学生の時だっただろうか——ある日学校から帰ると、父親が荷物を積み上げていた。引っ越しでも始まるのかという騒ぎだったが、すぐに父は「これからアメリカに行く」と高揚気味に打ち明けた。ラフカディオ・ハーンのニューオーリンズ時代を研究するために現地に赴く、と。ラフカディオ・ハーン＝小泉八雲。世間では、「日本の作家」として認知されているが、アメリカにいた時代にも、何冊か著書を発表している。アメリカ文学――特に十九世紀末から二十世紀初頭にかけての作家が専門の父は、「アメリカの作家」としてのラフカディオ・ハーンに突然惹《ひ》かれたようなのだ。

こういうことは、何度もあった。記憶にある最初はこの時だが、その後も、前触れなしに一か月、二か月とアメリカに飛ぶことはよくあった。

そして妻の死をきっかけに、父は日本で暮らすことに完全に興味をなくしてしまったようである。煩雑な法的手続きも、浮世離れした彼の心をすり減らしたようだ。結局、何度か短期滞在した時に研究生活のベースにしていたミシガン州の大学に居を落ち着け、いつの間にか「終身教授」の肩書きまで手に入れていた――ビルの管理を全て吾妻に押しつけて。吾妻にすればまったく余計な仕事なのだが、傷心の父を思い、仕方なく引き受けた。

ただし、父の本音がどこにあるかは、未だに分からない。本当に生活能力のない人で、アメリカでもちゃんと生きているのかどうか、分からないのだ。大学のホームページからは名前が削除されていないし、年に何回かは電話がかかってくるのだが……

既に六十代後半に入ったこの人の最期はどうなるのだろう、と時々心配になることがある。酒が好きな人だから、酔っぱらってどこかの側溝にはまり、溺死——何となく、そういう死に方が似合いそうだ。

ちなみに自分の専門ではないが、父はブコウスキーを愛読している。

まあ、こちらとしても、一人の暮らしは気楽なものだが。母親が亡くなった後、父と二人暮らしをするのは、とても耐えられなかっただろう。吾妻は感情が比較的フラットな人間だが、父親は波がある。ハイテンションな時と落ちこんでいる時は、まるで別人だ。二人きりで暮らすとなると、こちらが迷惑を被るのは目に見えていた。だから、こういう風に離れて暮らしているのは悪いことではない。お互いに元気ならそれでいいのだろう。

吾妻は、二つある部屋を寝室と作業部屋に分けていた。リビングルームは十五畳ほどの広さがあるのだが、窓に面していない壁は全て書棚にしてある。十年前にここに住み始めた時には、まだ棚には余裕があったのだが、現在は全て埋まっていた。部屋の中央には、普通の事務用デスクの二倍の面積を持つ特製のデスク。ノートパソコンが乗っているだけで、空いたスペースでいくらでも本や資料を広げられるようになっている。その横にはソファ。夜中まで調べ物をしていて、面倒臭くなるとそこで寝てしまうこともしばしばだった。ソファの向かいの位置には、床に直《じか》にテレビが置いてある。見にくい位置だが、気が向いた時にニュースを観《み》るぐらいなので、困ることはない。

最近は、寝室にも本が入りこんできて、寝る時にも何となく落ち着かない気分になっている。そちらにはまだ書棚を置いていないので、本は床に積み重なる一方なのだ。持ち帰った資料をデスクに置いた瞬間、かすかな酔いを感じる。岡崎、それに杏子と、結構なペースでビールを呑《の》んでしまった。水が欲しいな……小さなキッチンの冷蔵庫を検《あらた》めたが、ミネラルウォーターがない。生温《なまぬる》い水道の水を飲む気にはなれず、どうしたものか、冷蔵庫を開けたままで一瞬凍りついてしまう。ビールのせいで、少し判断能力が落ちているようだ……結局吾妻は、部屋を出た。一階がコンビニエンスストアなのである。吾妻にすれば、「外の台所」。いい年をして、コンビニエンスストアの食べ物に頼るのも情けない話だが、忙しさに負けて料理をする気にもなれない。それに最近は、コンビニの食べ物だって馬鹿にできないのだ。

しかしこの日は、水を仕入れるだけにした。五百ミリリットル入りのペットボトル、六本。大きいのを買わないのは、ミネラルウォーターを飲む時にはコップを使いたくないからだ。ボトルから直に飲むのも何となくだらしない感じがするが、洗い物は少なければ少ないほどいい。都心部で暮らしていくには、効率が一番大事なのだ。

夜の店番をしているのは、知り合いの若い店員だった。というより、明央大学の学生である。吾妻が教えている法学部ではなく経済学部なのだが、もう一年以上もここでバイトしているので、吾妻もすっかり顔見知りになってしまった。

「何だかご機嫌ですね」

「今日はビールが美味《うま》かったんだよ」吾妻は無精髭《ぶしょうひげ》を擦《こす》った。

「ああ……暑かったですからね」

「夏休みは、実家へ帰らないのか？」

「稼ぎ時なんで」店員がにやりと笑う。

タフな奴だ、と吾妻は感心した。都心で生まれ育った自分には、地方出身学生の生活実態や気持ちが分からない。彼がアルバイトに明け暮れているのは、授業料を稼ぐためなのか、それとも何か趣味に注《つ》ぎこむためかは分からないが、こうやって自分で頑張っているのは大したものだと思う。もう少ししたら、就職活動が忙しくなって、バイトも控えざるを得ないだろうが……今の学生は可哀想《かわいそう》だとつくづく思う。大学生活の半分とは言わないが、三分の一ぐらいは、就職のことを心配しているのではないか。卒業してそのまま大学に残った自分には、その苦労は本当には理解できない。

そう考えると、自分も父親同様、浮世離れした人間かもしれない。金を儲《もう》ける手段は、不動産からの収入。大学での研究は、ほとんど趣味のようなものだ。頭を悩ませるのは税金のことぐらいで、それも知り合いの税理士に任せてしまっているから、自分で計算する必要もない。一生懸命アルバイトしている学生からすれば、実に気楽な立場だろうな、と思う。

だから、人の面倒を見てやりたくなるのかもしれないが。

「58」に関する情報は、ゆっくりと集まりつつあった。その由来、音色、デザインの特異性……エリック・クラプトンのインタビューの中で——この人は、今まで何本のギターを弾き倒してきたのだろう——「使うのが難しいギターだ」という一節が目についた。「素晴らしいトーンを持っているが、それを常に出すのが困難だ」と。「わがままな女みたいだね」というコメントもあった。

ギターというのは、そういうものなのだろうか。電気を使って増幅するから、「楽器」というより「機械」の印象もある。常に同じコンディションで同じ音が出そうなものだが、そうでもないのだろうか。同じようなコメントは、エドワード・ヴァン・ヘイレンのインタビューにもあった。「こいつはじゃじゃ馬だ」。

ジム・サーだけが、ひたすら絶賛していた。これも古いギター雑誌に載っていたインタビューなのだが、彼は「俺は楽器に関しては煩《うるさ》い男だ」と前置きしながら、「ようやく理想のギターに出会えた」と「58」を手放しで褒めている。「この音は完璧で、俺の理想そのものだ。『58』のサウンドは、曲を生み出すインスピレーションになる。

一生手放すことはないだろう」と、最高の妻を褒めるような調子である。インタビューだから大袈裟《おおげさ》に言っているのだろうし、翻訳が正確かどうかも分からないが、惚《ほ》れこんでいたのは間違いない。道具を使う人間というのは、だいたいこんな感じなのだろう。手に直接触れ、使う物は大事にしたいと考えているのではないか。

謎は、ジム・サーがこのギターを手放してしまったことである。

その理由は、昨日「オールド・ネイビー」で見つけ出してきた雑誌や本の中には見つからなかった。さて、どうしたものか……インタビューの中の重要なポイントにマーカー——吾妻のこだわりは黄色いマーカーを使うことだ——を引き終えると、吾妻は大きく伸びをした。午前八時。朝から自由になる夏休みとはいえ、こんな時間から埃《ほこり》臭い資料に向き合っていると、さすがに鬱々たる気分になる。誰かに話を聞ければいいのだが……他の楽器屋、あるいはギターに詳しいミュージシャン。しかし、雑誌などに書いてある説明の繰り返しになるだけではないか、と思った。何しろ「58」は幻のギターなのである。

ベランダに出て、大きく伸びをする。朝から暑い……今日も、日中の最高気温は三十五度になるようだ。いったいいつから、日本はこんな亜熱帯のような国になってしまったのだろう。都心部の常で、見上げる空はどこかかすんで見える。

急に空腹を覚えた。昨日の昼夜連続油もの攻撃も、一晩経つとその影響は消えてしまったようだ。だいたい、朝から何も口にせずに、古い雑誌をひっくり返しているのも変な話である。せめて何か、胃に入れておこう。

冷凍庫を開け、かちかちに凍った食パンを引っ張り出す。二枚。それをトースターに入れて、焼き上がるのを待つ間にコーヒーメーカーの準備をした。ほどなく、コーヒーが落ちる香り、それにパンが焼けていく香りが部屋に満ちていく。まあ、その気になれば自炊ぐらいは……と思ったが、パンを焼いているぐらいで自慢はできない。

焼き上がったパン二枚は、オリーブオイルで食べた。小皿にたっぷりのオリーブオイルを注ぎ、ちぎったパンをぎゅっと押しつけ、隙間に染み入らせる。塩も何もなし。ただ、爽やかなオリーブオイルの香りを感じるだけだった。同じ油脂分を使うにしても、バターやマーガリンよりはよほど体にいいのでは、と思う。

二枚目の半分は、手作りのマーマレードで食べる。これは、どういう風の吹き回しか、杏子がくれたものだった。「手作りか？」と聞いたら笑って誤魔化していたので、多分彼女の母親が作ったものだろう。実は杏子の母親は、吾妻の大学時代の先輩である。吾妻が一年生の時の四年生。「司法試験研究会」——吾妻は結局司法試験を受けなかったが——で一緒になったので、当時からよく知っている。面倒見のいい人だった……結局彼女も司法試験は受けずに商社に入社し、すぐに結婚して家庭に入ってしまった。そしてその娘が、今は吾妻の教え子……東京は広い街だが、時に妙な狭さを感じることもある。

このマーマレードは、甘みを抑えて苦みを感じさせるもので、甘い物が苦手な吾妻にも嬉《うれ》しい味だった。彼女は学生時代から料理が得意だったのか、それとも専業主婦として自然に腕を上げたのか……杏子からよく話は聞かされていたが、久しぶりに会いたいな、と思った。変な意味ではなく、かつての先輩と昔話をするのもいい。

腹が膨れて人心地ついた。残ったコーヒーを啜《すす》りながら、再びデスクにつく。ふと思いついてパソコンを立ち上げ、ジム・サーについて検索を始めた。

考えてみれば、「58」の情報に関する「ハブ」はこの男なのだ。「ジム・サーが持っていた」以降の情報が分からず、今回のオークションでも出所がはっきりしない。だいたいこちらも、「オークション会社が危ない物を出すわけがない」と考えているだけで、現実は分からない。「58」がサー以外の人間から出品されたとなったら、サーはどの時点でギターを手放し、その後誰の手に渡ったか、が問題だ。

そんなことは、今現在「58」がどこにあるかということとは関係ないと言ってしまえばそれまでだ。細かいことが気になってしまうのは、性格としか言いようがない。本筋とは関係なくても、一度気になると調べずにはいられないのだ。あるいは納得するまで徹底して議論する。この手の性格は、法学部の人間に多い、とよく言われる。しばしば「議論のための議論」になるのだが、法律は解釈を巡って、常に論争の余地があるのだ。そういうものがあまりなさそうな刑法の分野でも、解釈を巡る問題はある。

オフィシャルサイトはなし……六十年代から八十年代に活躍した人だから、ウェブには縁がなかったということか。九十年代半ば以降も活躍していたとしたら、本人、ないし周りの人間がウェブサイトを開設するのが自然だろうが。念のため、本人名義のドメインがないかどうか、検索する。「jimsuhr.com」では登録がなかった。もしかしたら、かつて登録されていても削除された可能性も……吾妻は、ウェブページのアーカイブ検索サイトに飛んだ。ここでは、様々なページのキャッシュ情報を蓄積しているので、何年前にどんな様子だったかを見ることができる——存在してさえいれば。しかしここでも、情報は引っかからなかった。

ウィキペディア日本語版には項目なし。日本での認知度はそれぐらいなのだろうか、と吾妻は訝《いぶか》った。ギタリストから見たらともかく、一般的には「ラスト・デイ・オブ・ラブ」の一発屋、という感じかもしれない。俺の場合はその中間の認識かな、と思う。もちろん「ラスト・デイ・オブ・ラブ」は八十年代定番の曲として知っているわけだが、今は彼が息の長い、職人技を持ったギタリストだという知識もある。

英語版にはそこそこの長さの記事があったが、詳しいことは分からない。少なくとも、「58」についての記載はなかった。まあ、この項目については、昨日「58」について調べた時に分かっていたのだが。今度はサー本人についての記載もじっくり読みこんでいく。

サーは、一九八三年に大ヒットしたアルバム「83」の後、例によってアルバム制作のペースを落とし、次のアルバムが出たのは一九九〇年、その後は一九九九年だった。どうやら、二十一世紀になってからは、ギタリストとしての活動はないらしい。念のため、フェイスブックなどでサーを探してみたが、本人は使っていない様子だった。ウィキペディアの記事を信じるとすれば、サーは既に六十六歳。この年でもまだ活躍しているロックミュージシャンもいるが、引退していてもおかしくはない。少なくとも、表立った活動はしていないのだろう。

一九九九年に出したアルバム、「エンド・オブ・ザ・センチュリー」をアマゾンで探す。ジャケットを確認したが、ギターは写っていなかった。これは、現物を確認した方がいい。ついでに、「83」も手に入れよう。「83」には、「58」の写真も載っているというし。もしもサーが機材にこだわるギタリストだったら、アルバムに使用楽器を記載している可能性もある。それを見れば、サーがどの時点で「58」を手放したか、ある程度は絞りこめるのではないだろうか。

ますます、「58」の行方そのものからは外れていくな、と吾妻は苦笑した。だがこういう脇の話から、本筋のヒントが出てくることもないではない。

こういう時、行く店は決まっている。しかし、それまで数時間、時間を潰さなければならない……神保町が目を覚ますのは、昼前なのだ。

シャッターが開くのを待っているうちに、脳天が焼けてきた。まだ午前十一時だというのに、陽射《ひざ》しは凶暴なほど強く、汗が頬を流れ落ちる。まったく、どうしてこんなに暑いのか。

シャッターを開けた女性が、驚いたように目を見開く。

「カン先生、どうしたんですか？」

「ちょっと探し物」

「うちに？」

「そう。もう、いいかな？」

「どうぞ、どうぞ」最初の驚きは消え、女性は愛想のいい笑みを浮かべた。シャッターを上まで開けきり、自分は脇にどいて吾妻を中へ通す。

神保町近辺は本と音楽、スポーツの街だが、実は街によって「棲《す》み分け」ができている。古書店などが集まっているのは「神田神保町」、楽器屋が建ち並んでいるのは「神田駿河台」、スポーツ用品店は「神田小川町」の靖国通り沿いが多い。かつて、レコード店はこれらの見えない境界線を無視して、「神田」と名前のつくあちこちにあった。だが今や、レコード店は絶滅寸前である。

中古レコード店「アングリー」は、数少ない生き残りの一つだった。住所は「神田淡路町」、細長いビルが建ち並ぶ一角にある。かなり古びたビルの一階だ。店主の萩《はぎ》麻美《あさみ》が何に対して怒ってこの店名をつけたのかは分からないが、店内は名前のイメージを具現化するように、黒と赤で統一されている。そういえば、麻美のTシャツも、赤と黒のストライプだ——と思ったら、ACミランのホーム用ユニフォームだった。彼女の趣味とは思えないのだが。

麻美は、外から来て神保町に居ついてしまった人間の一人である。元は、明央大法学部で吾妻の教え子だった。学生時代はアマチュアバンドで活動し、卒業後はその趣味を生かして、この街で中古レコード店を開いた。今時商売にならないのではないか……と吾妻は心配したのだが、実際にはそこそこうまくいっているようだった。競合の店が少なくなったので、遠方からわざわざ買いに来る人——通販もしている——で賑《にぎ》わっているらしい。CDはともかく、今時アナログレコードを欲しがる人がいるのが、吾妻には謎だったが。

麻美が店を開いたと聞いた時には心配して、何度か欲しくもないCDを買いに来たものだが、今はそんな心配をする必要はなくなったようだ。

店内は既に冷房が効いていて、快適だった。吾妻はシャツの襟を引っ張り、冷風を中に導き入れた。それでほっとして、カウンターの奥でレジをチェックしている麻美のところへ歩み寄る。それにしても、こういう雰囲気は懐かしい……店は奥に向かって細長い作りなのだが、中央には長い棚があり、アナログのLPレコードがずらりと並んでいる。昔のレコード屋は、どこもこうだった。両側にはCDの棚。とにかく量が多く、見ているだけでも時間が経ってしまいそうだ。

「で、カン先生、何かお探しですか？」

「ええとね、ジム・サーなんだけど」

「ジム・サー？　ずいぶん渋いのが好きなんですね」麻美が声を上げて笑った。屈託のない笑いで、両耳にぶら下げたフープ型のイヤリングがゆらゆらと揺れる。イヤリングは、髪に一筋入った金のメッシュに合わせたような金色だった。

「趣味じゃないんだけど、ちょっと調べ物をしてるんだ」

「法学部の先生が？」麻美が目を見開く。「全然関係ないじゃないですか」

「いろいろあるんだよ、いろいろ」ここはウィンクするべきところだろうか、と思ったがやめにした。それを試みると、吾妻は大抵、両目を瞑《つぶ》ってしまう。

「ちょっと待って下さい」麻美が、手元のパソコンを操作した。すぐにレコードの棚に向かい、一枚のアルバムを取り出す。「これ、『83』です」

「それはあるんだ」

「一番売れたアルバムですから」

「他に、『アメリカン・ウェイ』と『エンド・オブ・ザ・センチュリー』はどうだろう」

「それって、いつ頃のアルバムでしたっけ？」再びパソコンの画面に視線を落としながら、麻美が訊《たず》ねる。

「『アメリカン・ウェイ』が一九九〇年、『エンド・オブ・ザ・センチュリー』が九九年」

「ええと……はいはい、ありますよ。ここには置いてませんけど。ちょっと待って下さい」

言い残して、麻美がレジの後ろのドアを開ける。奥はバックヤード、というか倉庫になっているようで、段ボール箱が積み重なっているのが見えた。かなり大量。あそこから、簡単に見つけ出せるのだろうか。

しかし吾妻の懸念を他所《よそ》に、麻美は五分もしないで出てきた。在庫管理はしっかりやっているようである。そういえば、講義でもかなり入念に下準備をしてくるタイプだった。

「はい、全部揃《そろ》いましたよ」

新しい二枚のアルバムはＣＤだった。それはそうか……ＣＤが普及し始めたのは八十年代の前半だったはずで、それからしばらくは、アナログ、デジタル同時発売も普通だったと記憶している。八十年代後半以降は、ほぼCDだけになってしまったのではないか……。

吾妻は三枚のアルバムを、レジのカウンターに重ねて置いた。まず、「83」から見ていく。裏ジャケットには、確かにギターの写真がずらりと並んでいた。アナログ時代のレコードは、アートワークに凝った物も多い――というか金をかけていない物などないのだが、これは普通の人が見たら「手抜き」に思うだろう。ギターの写真が十枚、並んでいるだけ。そこに被《かぶ》さるように曲名や参加ミュージシャンの名前が記載されているのだが、見た目としてはまるでギターのカタログである。吾妻はすぐに、「58」を見つけた。メーンで使ったギターだからかもしれないが、上下二段に並んだ写真の一番左上に位置している。番号が振ってあるわけではないが、この並びだと「ナンバーワン」の扱いだろう。

カラー写真で改めて見ると、「58」の美しさは際立っている。これをステージで使うには、かなり勇気が必要だったのでは、と想像した。ライブはとかく激しくなりがちで、楽器もあちこちにぶつけて傷がついたりするだろう。

ライナーノーツを引っ張り出し、ざっと見ていく。「使用機材」の一覧があり、その中に当然「58」もあった。リストは膨大である。ギターだけで二十五本――ジャケット裏の写真は一部だったのだ——あり、その他アンプ、エフェクター、マイクなどまで記載されている。サーが機材にこだわり、自信を持つギタリストなのは間違いないようだ。

他のCDは綺麗《きれい》にパッケージされていた。包装を破らないと中を見られない。わざわざ探してもらったのだから、ここは金を落としていくか……吾妻は財布を取り出して、「いくらになるかな？」と訊ねた。

「曲を聴きたいんじゃなくて、中身を調べたいだけなんでしょう？　だったらその包装、破ってもいいですよ。後でいくらでもやり直せるから」

「それじゃ悪い」

「別にいいですよ」

しばらく押し問答を続けた末、吾妻は何とかアルバム三枚の代金を受け取らせた。

麻美が何となく不満そうだったので、釘《くぎ》を刺す。

「金は、貰《もら》える時には貰っておかないと駄目だぞ」

「先生からお金を受け取るのは嫌なんですよ」

「むしろ、誤魔化して高く売りつけろ。そうじゃないと東京では生きていけないぞ」

「神保町は、そういう街じゃないでしょう」

麻美の言葉に、虚を突かれた。長年暮らしている自分には、神保町のあらゆる人々、出来事が完全に「日常」なのだが、麻美のように後から入って来た人間は、別の感想を抱くらしい。

「そういう街じゃないって……じゃあ、どういう街なんだよ」

「東京で一番の下町」

そういう印象か……確かに、この辺は江戸時代からの「下町」地域である。神保町付近にいると実感できないが、ちょっと北の方へ行けば、昔ながらのランドマークである神田明神があるわけだし。ただ、吾妻の感覚では、あそこは「神田」という別の街である。

「まあ、でも、とにかく買ったから……開けていいかな」

「どうぞ」

吾妻は、今度は遠慮なく包装を破いた。中古CDなので、元々のぴっちりした包装ではなく、剝《は》がすのも簡単だ。簡単に開けて、またジャケットとライナーノーツを確認する。

「アメリカン・ウェイ」のジャケット裏も、「83」とほぼ同じデザインだった。そこには「58」の写真がある。ただしポジションは、下段の中央。すぐに想像したのは、「二軍落ち」だった。「83」でメーンで使われたギターがサブになった、という感じではないだろうか。そして「エンド・オブ・ザ・センチュリー」のジャケットには、

「58」の姿はない。ライナーノーツで確認しても、「アメリカン・ウェイ」のリストにはあって、「エンド・オブ・ザ・センチュリー」にはない。

結論。ジム・サーは「アメリカン・ウェイ」を制作した一九八九年から一九九〇年にかけては「58」を持っていたが、その後、一九九九年までのどこかで手放した。

当たり前過ぎる。これでは絞りこめない。吾妻は顎を撫《な》でた。どうも、この話を掘り下げても意味はないようだ。気にはなるが、サーの事情をいくら調べても「58」が見つかるわけではない。

「必要なこと、分かりました?」麻美が愛想よく訊ねた。

「まあね」

「何か、満足してないみたいですけど」

「こういう資料で分かることは、限られてるな」

「誰かに直接聞かないと?」麻美が悪戯《いたずら》っぽく笑った。

「そう、判例を読むのも大事だけど、実際に裁判を傍聴すると、いろいろなことが分かってくる」

吾妻は学生に、積極的に裁判所へ行くように勧めていた。法廷は公開の場であり、生で裁判を学ぶ最高のチャンスなのだから。

「じゃあ、ジム・サーに会いに行かないと。夏休みでしょう?」

「生きてるのか死んでるのかも分からない」

「そうですよねえ……もうお爺《じい》ちゃんですからね」

確かに。そういう人に直接話を聞いても、何が起きたか分からないのではないだろうか。

吾妻は大学の研究室に赴いた。レコードを聴いてみようと思ったのだが、自宅にはプレーヤーがなかったからだ。十年前に引っ越した時に、大量の荷物を整理するために、使わない物を研究室へ運びこんでいたのだ。そのまま、書棚の片隅で埋もれていたのだが……久しぶりに電源を入れてみるとちゃんと動いたので、レコードをターンテーブルに乗せる。こういうことをする感覚も久しぶりだった。

いきなり大音量でハードなギターのリフが流れ出し、慌ててボリュームを絞る。吾妻は「ラスト・デイ・オブ・ラブ」は知っていたものの、このアルバム自体は買わなかったし、通して聴いた記憶もない。

何というか、アメリカのミュージシャンというより、イギリスの香りが強い感じがする。このアルバムが出た一九八三年と言えば、「第二次ブリティッシュ・インヴェージョン」の時期だったか……デュラン・デュランとか、カルチャー・クラブとか。彼らが体現した一種の軽やかさは微塵《みじん》も感じられず、むしろ七十年代の香りが強い。

マイナー調の曲が多く、ギターの音にも重苦しい湿り気が感じられた。この湿り気が、「58」の特徴的な音色なのだろうか。もちろん、他の機材によって音はがらりと変わってしまうのだろうが。

ただし、曲はいい。ギタープレーは激しいというより「渋い」感じが強かったが、曲自体は分かりやすく、コンサートでは観客が揃って合唱できるタイプが多い。なるほど、この時代にはこういうのが受けていたんだよな……「商業ロック」などと言われていたのを思い出す。そしてシングルヒットした「ラスト・デイ・オブ・ラブ」。ミドルテンポで、所々でシンセサイザーのオーケストラル・ヒットが入るのが特徴だ。この曲は、「どんな曲でも大仰にしてしまう」と言われたギミックの走りではないだろうか。だが、この曲ではそれほど大袈裟な感じにはならず、いいアクセントになっている。

しかし、いい曲だ。耳に馴染んだ八十年代の記憶、という感じ。他の曲に比べて多少浮いている感じはあるが、ギターソロになると、いつものジム・サーである。音数はすくないのだが、ビブラートが個性的で、旋律が全体にうねっている感じだ。

ふと気づくと、A面が終わっていた。これは引きこまれるアルバムだな……ひっくり返してB面を聴こうかと思った瞬間、電話が鳴った。何だよ、夏休みなのに。舌打ちして受話器を取り上げると、やけに切迫した安田の声が飛びこんでくる。

「どうなりました？」

「お前な……」吾妻は額を揉《も》んだ。「昨日の今日で、どうなるはずもないだろう。焦り過ぎだよ」

「いや、でも、何とかなるかなと思って」

「どうにもならないよ」

「そんな、殺生な」

「焦るな。今日、店はやってるのか？」

「開けてません」急に声を潜める。「警察が、まだいろいろ調べてるんで」

「お前、調べられたのか？」

「朝一番で呼び出されましたよ」声が暗い。「何だか、俺も疑われてるみたいで」

「お前がやったのか？」知り合いの検事から聞いた尋問のテクニック。時間を置いて同じ質問を繰り返すと、相手が嘘《うそ》をついている場合、綻《ほころ》びが生じる——後輩相手にこんなテクニックを使うのは嫌だったが。

「勘弁して下さい」本当に泣きそうな声だった。「俺がそんなことしても、何にもならないじゃないですか」

「そうだな」うなずき、受話器を右手から左手に持ち替える。「で、警察の方はどういう見方なんだ」

「内輪の人間がやったって考えてるみたいです」

吾妻は一人うなずいた。確かに……鍵が壊されていないことを考えると、内部犯行しか考えられない。安田がそんなことをしてもメリットがないのだから、二人のバイトのうちどちらか、ということになる。吾妻は、その二人とも顔見知りだ。知っている人間が犯罪に手を染めているかもしれないと考えると、ひどく嫌な気分になる。

「まだ、誰も逮捕されたわけじゃないから」あまり慰めになっていないと思いながら吾妻は言った。

「そうですけど……これじゃ店も開けられないし、困りました」

「そうだな」ふと思いつき、質問を変える。「お前が『58』を落札したことを知ってる人間は、どれぐらいいるんだろう」

「それは……」安田が口ごもる。「どうなんでしょう？　新聞記事にもなったけど、俺の名前は出てないですからね」

「新聞に出てないだけだ。ネットなんかでは流れてるんじゃないか？」

「少なくとも俺は聞いてませんよ」

「いつから店で飾ってたんだ？」

「盗まれる二日……三日前からです」

なるほど。その間、客はどれぐらい来ただろう。安田の店は、他の楽器店と違って、開店時間中にずっと客が入っているような気安い雰囲気ではない。デパートと高級ブティックの違いというか、あの店に入るには、それなりの覚悟が必要なのだ。だいたい吾妻が遊びに行った時にも、客がいた例《ためし》がなかった。ということは、「あそこに『58』がある」という噂《うわさ》はそれほど広がっていなかったのか。見るだけなら見たい、という人もいるはずだが――美術館に絵画を見に行くような感覚で。

電話を切り、ツイッターとブログを検索して、「58」に関する噂を調べる。話はかなり広がっていた。それも当然で、今日の朝刊では「盗まれた」という記事が出ていたので、こういう情報を拡散しようとする人間がいるのは無理もないことである。ただし、どこにも安田本人や店の名前はない。所詮、ネットに出回る情報などこの程度の物だ。そのうちに具体的な名前などが晒《さら》される可能性もあるが、安田はあくまで被害者だし、ネット上で被害を被ることはないだろう。

アルバムをひっくり返し、B面を聴く。吾妻でさえ、この「レコードを裏返す」作業は、ひどく懐かしい物だった。だいたい、自分が音楽を聴くようになった八十年代の前半には、既にCDが普及し始めていたのだし。

B面も、全体のトーンはA面と同じ感じだった。壮大だが渋い。曲は分かりやすいが、マイナー調。相反する要素が複雑にバランスして、「これしかない」という最高の一枚になっている。サーにとって、このアルバムを作る時に、「58」がどれだけ大きな役割を果たしたのか……あるいは、「58」を手に入れたからこそ、このアルバムが完成したのかもしれない。ギタリストにとって、ギターは手の延長のようなものだろう。もしも理想のギターが手に入ったら、音楽の奥行が一気に深くなる、あるいは幅が広がる可能性もある。

だったら、「83」の次のアルバム、「アメリカン・ウェイ」がヒットしなかったのはどうしてだろう。レコードを止め、今度は「アメリカン・ウェイ」を最初から聴いてみる。何というか……「83」の焼き直しという感じがする。曲調、ギタープレー、全てが「83」と似通っており、「二枚組アルバムの二枚目」と言われても納得してしまいそうだ。これだけの間隔を置いたリリースだと、同じミュージシャンでも音作りが完全に変化したりするのだが。

面倒なものだなと考え、腕を組む。世間に仕事は数々あれど、ポップミュージックにかかわるそれはひどく厄介だろう。少しでもファンがつけば、違うことをやると「変わった」と嫌われる。十年一日同じことを続けていれば「マンネリ」と敬遠されてしまう。そしてコンサートでは、誰もが知っているヒット曲を毎回演奏しないといけない。いい加減、うんざりしてくるのではないだろうか。そんな中、六十年代後半から三十年以上もキャリアを刻んできた――ペースは緩やかだが――サーは、もしかしたら異様に粘り強い性格の持ち主なのかもしれない。

──と、音楽業界のあれこれに思いを寄せていても仕方がない。少しでも調査を進めないと。警察と同じように、近所の聞き込みでもしてみるか……ギターが盗まれたのは、店が閉まる午後九時から、翌朝の十一時の開店までの間だったのは間違いない。ただし、その十四時間、あの近辺にはほとんど人がいないことを吾妻は知っている。店の近辺には住居──マンションさえなく、飲食店も少ない。午後八時を過ぎれば、店はほとんど閉まってしまい、人通りも少なくなるのだ。メトロの神保町駅へ向かう人たちのルートからも外れている。目撃者を捜すのは至難の業だろう。

それでも、警察は既に容疑者を割り出しているのではないか、と思った。あの辺にも、あちこちに防犯カメラが設置してある。店の正面が上手《うま》く映る位置にあれば、誰かが妙な時間に店に入ろうとしている場面を捉えているはずだ。

どうするか……一瞬躊躇《ためら》った後、敦賀に電話を入れる。敦賀はいかにも迷惑そうで、早く電話を切りたくて仕方がない様子だった。しかし吾妻は、敦賀がそういうことのできない人間だと知っている。相変わらず怖い先輩なのだが、元々礼儀知らずのことをする男ではない。

「防犯カメラはどうなんですか」余計なことは言わず、いきなり本題を切り出した。

「防犯カメラがどうした」

「あの辺に、いくつもあるでしょう。店の様子、映ってないんですか」

「残念ながら、角度が悪い。もしも映っていたら、とっくにそれを使ってる」

「そうですか」さすがに防犯カメラも、ある街全ての様子を記録するわけではないのか……残念だと思う反面、街中あちこちに防犯カメラが設置されている光景も不気味だとは思う。防犯を取るか、プライバシーを取るか……そういう議論が深まらないまま、カメラの数だけは増えていくのだが、法律的に考えても難しい一面はある。イギリスのような「防犯カメラ先進国」では、犯罪抑止と捜査に大きな効果を上げているようだが、知り合いのイギリス人の学者は、「あまりいいことではない」と憤慨していた。紳士の国では、かような監視体制は許されない……そうも言っていられないほど、治安は悪化しているようなのだが。

「首を突っこむんじゃないよ」敦賀が忠告する。

「突っこんでませんよ。興味があるだけです」

「興味本位で電話なんかされたら、ますます困る」

「世間的にも、だいぶ注目されているじゃないですか」

「嫌なこと、言うなよ」

しかし、それは事実なのだ。大学に来て新聞各紙をざっと見てみたのだが、揃ったように社会面の漫画脇で、三段か四段の見出しが立っている。盗まれたのが珍しいギターだということ、それに「一億円」以上という巨額の落札価格だったことが、扱いが大きくなった理由だろう。

　吾妻は、敦賀以外にも何人かの刑事とつき合いがある。司法の最前線を知りたいので、時々一緒に酒を呑んだりするのだが、彼らはマスコミの報道に対して、複雑な反応を示す。自分が取り組んでいる事件は、大きく報道してもらいたい——目立ちたい。だが、肝心のことは隠したままにしたい。「肝心のこと」は捜査の核心に触れる情報であることが多い。マスコミとしては、捜査の流れに関係なく、そういう情報を「特ダネ」として書いてしまいたい——そうすれば、もう一段大きな扱いになる——のだが、警察としては、どうしても秘密にしておきたい場合も多いのだ。相反する感情。

　敦賀は、もっと単純な秘密主義者である。「新聞記者なんて、こっちの言ったことだけを書いてればいいんだ」と何度か零《こぼ》したことがある。事件の発生なんか報道してくれなくてもいい、犯人を逮捕した時にでかく書きまくればいいんだ——あまりにも虫がよ過ぎる言い分だ。実際には、新聞記事がきっかけになって捜査が動き出すこともある。

「ニュースを見た人からは、何か情報提供はないんですか」

「ないな」嫌そうな口調だった。

　それもさもありなん、である。神保町界隈《かいわい》は、新宿や渋谷、六本木などの巨大な繁華街とは趣が異なる。ああいう街では、二十四時間、必ず誰かが動き回っているものだ。それ故、どんな時間に事件が起きても、目撃者が出てくる可能性は高い。一方神保町は、場所によっては夜中も開いている店もあるが、基本的に夜は遅くない。しかも安田の店の界隈は、繁華街ではないのだ。誰かが偶然通りかかって、犯行を目撃する可能性は低いと言っていいだろう。

「とにかく、首を突っこむなよ、先生」

「こっちが何か情報を持っていても、ですか?」

「何かあるのか」

「いや、何もないですけど……」

「だったら、研究室で大人しくしてろ」ぴしゃりと言って、敦賀は電話を切ってしまった。

宙ぶらりんだ……吾妻は、ゆっくりと受話器を架台に戻した。やはり、思い切って聞き込みでもしてみるか。大学の准教授がそんなことをしても何にもならないのだが、少なくとも自分が刑事たちより有利な点がある。

ここは、俺の街なのだ。刑事たちは、「仕事」でこの街とかかわっている。だが俺は、この街で生まれ育ち、今も暮らしている。安田の店の近くで商売をする人間の中にも、顔見知りは多い。刑事が訪ねて行っても話さない人もいるだろうが、知り合いが顔を出したとなると、また話は別だろう。ちょっと気楽な感じで話をしてもらえれば……よし、ジム・サーのことをこれ以上調べても「58」の行方は分からないし、他に上手い手も思いつかない。刑事と同じく、「足で稼ぐ」だ。

吾妻は腰を上げた。まず、帽子を手に入れなければならないな、と考える。この強烈な陽射しの中、頭を晒したままで外を歩き回るのは、自殺するようなものだ。もっとも、神保町に帽子専門店があったかどうか、記憶にない。結局俺は、この街の全部を知っているわけではないのだな、と苦笑しながら部屋を出た。ただし、他の対策はある。スポーツ用品店に行けばいい。今や空前のランニングブームで、走る際には陽射しを遮る帽子も必需品なのだ。もっとも、今日の格好——シャツにジーンズ——に合う帽子が、スポーツ用品店で見つかるとは思えなかったが。

結局帽子は買わなかった。買う必要もなかった。軒を連ねる店から店へ渡り歩いたので、冷房で程よく体が冷やされる。とはいえ、有益な情報は手に入らず、顔見知りと雑談ばかりになるのは痛かった。

最初のヒントをくれたのは、楽器店の店主、奥本《おくもと》だった。さすがにこの業界に詳しく、サーの情報も少しだけ知っていた。

「苦しくなったんですよ」

「生活が？」

苦笑しながら奥本がうなずく。後ろで一本に縛った髪が揺れた。この男は元々の地元の人間ではないが、吾妻は町内会の活動などで顔見知りだった。神保町界隈では、町会ごとにいろいろな活動を行っていて、商売をする人たちは積極的に参加している。奥本もその例に漏れなかった。一方吾妻は、商売をしているわけではないが、古くからの住人——親も神保町育ちだ——なので、何かとイベントに引っ張り出されることが多い。この前は確か、春先に行われたボウリング大会で顔を合わせた。

「サーって、『83』が売れた後で迷走を始めちゃってね」

「その後の『アメリカン・ウェイ』も似たようなアルバムだったじゃないか」

「あれは、レコード会社の意向。一度売れたら、同じ路線で作るのは鉄板でしょう？ ただ、時代が違っちゃったからなあ」

「ああ、なるほど」

「八十三年に『83』が出て、『アメリカン・ウェイ』が八十五年だったら、大成功していたと思う。ああいうアリーナロック系は、あの頃が全盛期だったし」

「アリーナロック？」

「ああ、日本ではあまり言わないですかね」奥本がにやりと笑う。金歯が覗《のぞ》いた。

「つまり、アリーナクラスの大会場を一杯にするようなバンドのことですよ」

要するに、コンサートの動員数が多いバンドか。よく分からなかったが、うなずき、先を促す。

「あの頃のサーは、でかい会場を満員にできる動員力があったんですよ。少なくとも『83』の頃は。でも、次のアルバムが九十年でしょう？　あの頃って、グランジなんかが出てきて、八十年代型の商業ロックは馬鹿にされ始めたから」

「なるほど……で、売れなくなった」

「それで金に困って、ギターを売り払った——という噂ですけどね」奥本は断定はしなかった。それはそうだろう。そんな話は、本人かその周辺しか知らないことだ。

「相手は？」

「それは知りません。ただ、うちみたいな楽器屋じゃないだろうなあ」奥本が店内をぐるりと見回した。彼の店は、中古楽器を専門に扱っている。ギターが多いが、アンプやエフェクターも揃っている。エフェクターなどはぼろぼろで——床で踏まれるのだから、こうなるのも当然かもしれない——それを敢えて求める人がいるのは、吾妻には理解できない世界だ。

「コレクターとか？」

「ミュージシャン仲間とか。あの頃、『58』はもう伝説のギターになってたから、売ろうと思えばそれなりの高値がついたと思いますよ」

「そんなに高い金を払うものかね？」

「ギターの値段なんて、需要と供給の関係で決まるんですよ。一度高い値段がつくと、それでまた価格が高騰する——で、今回のオークションでは一億円」奥本が人差し指を立てた。

「妥当か？」

「妥当でしょうね」

依然として、理解できない世界だ。趣味とはこういうものかもしれないが……頭を振って、濁った考えを追い出す。

「誰が手に入れたのか、噂でも知らないか？」

「それは聞いてないなあ」奥本が首を捻《ひね》る。「でも、安田も何を考えてたんですかね」

「何が」

「客寄せにしたって、ギターに一億円以上は出さない——出せないでしょう。あいつにそんな金があったとは思えないし」

「かき集めたって言ってたぜ」

「それでも、一億円以上ですよ？」奥本が人差し指を立てた。「おかしいのは、これがオークションだってことですよ。だってオークションは、いくらで落札されるか分からないじゃないですか。落札してから慌てて金を用意するなんて、絶対不可能だと思うんだよな……バブルの頃ならともかく——そもそも、俺らの規模の小売り業だと、銀行も簡単に金は貸さないし」

「そうか」

確かに……そもそも、安田が「58」を手に入れた経緯も、簡単に納得できるものではないのだ。一度、あいつを厳しく追及した方がいいのだろうか。だが基本的に、あいつは気のいい男、後輩である。あまり突っこむと、精神的なダメージが大きくなるだろう。

面倒なことを引き受けてしまった、と吾妻は溜息《ためいき》をついた。

何の手がかりもなく、汗だけを流し、一日の終わりには疲れ切っていた。軽くビールを呑んで、普段よりも早くひっくり返ってしまう……翌朝、吾妻はベッドではなくソファの上で目覚めた。またやってしまったか。ここで寝ると、だいたい首を痛める。

今朝は無事だったが、目覚めは不快だった。電話で起こされたのだ。電話は……書棚の一角に、コードレスフォンが置いてある。何とかソファから床に降り立ち、のろのろと歩いて行って電話を摑《つか》んだ。

「もしもし」

「俺だ」

敦賀だった——敦賀？　何でこんな時間に？　壁の時計を見る。午前五時過ぎ。まさか、犯人が捕まったのだろうか？　だとしても、この時間は奇妙過ぎる。

「安田さんが殺された」

吾妻は、電話を取り落としそうになって、慌てて摑み直した。言葉の意味は……分かっている。だが、そんなことが現実に起きたとは思えなかった。

4

朝五時半――真夏とはいえ、まだ街は薄暗い。さすがに普段、この時間に街を歩くことはないので、ある意味新鮮な光景である。とはいえ、普段と違う光景として目立つのは、飲食店の近くのゴミ捨て場ぐらいだ。最近少なくなったと思ったカラスが何羽も、ゴミを突《つつ》いている。散乱したゴミが歩道に散らばり、汚いことこの上ない。東京が清潔な街だというのは、大いなる誤解だ。

自宅から安田の店までかかる五分を三分に短縮しようと、吾妻はほとんど走るような早足になった。夜も明け切っていないのに、早くも蒸し暑い。汗が滲《にじ》み出すのを感じたが、どうしようもなかった。

安田の店は、一昨日と同じように――いや、それ以上に大騒ぎになっていた。店の周囲には黄色い規制線が張られ、近づけなくなっている。身を乗り出すと、辛うじてシャッター、そして周辺を覆うブルーシートが見えるだけだった。投光器の光がまぶしく、さらに時折瞬くフラッシュの光が、緊張感を増幅させる。

規制線の内側で、後ろ手に手を組んで警戒している若い制服警官に声をかけた。

「敦賀さんは？」

「入らないで下さい」若い警官は、緊張した面持ちで両手を広げた。

「いや、入らないけどさ……敦賀さんに呼ばれたんだよ」連絡がいっていないのだろうか、と訝《いぶか》った。

「離れて下さい」

「だから……」頭の固い警官の態度にはむっとしたが、ここは殺人事件の現場なのだから仕方がない。

だいたい、敦賀はどうして俺に電話をくれたのだろう。殺人事件だったら、部外者は絶対に近づけたくないはずなのに……もしかしたら俺を疑っている？　まさか。そうだとしたら、電話などせずに、直接家に押しかけてくるはずだ。

さて、どうしたものか。ほとんど起き抜けなので、まだ頭も働かない。近くに自動販売機を見つけて、ミネラルウォーターを買った。本当は煙草《タバコ》が吸いたいところだが、現場でそんなことをしていると何を言われるか分からないので、パッケージに鼻を突っこみ、香りを嗅ぐだけで満足する。水を一口飲むと、夕べ呑《の》んだビールの名残が、一気に体から洗い流されていくようだった。もう一口。それで頭もすっきりしたが、どうしていいか、方針は決まらない。まあ……そのうち敦賀の方で俺を見つけるだろう。

そんなことより、問題はこの喪失感だ。「心に穴が空いたようだ」とはよく言うが、そういうレベルの話ではない。痛いのだ。もしかしたら心筋梗塞の痛みとはこういうものではないか——経験したことのない凄絶な痛みと聞いている——と考え、胃の辺りに拳をねじ込む。

あり得ない。

吾妻はこれまで、母親をはじめ多くの人間を見送ってきた。人はいとも簡単に死ぬもので、昨日まで元気に笑っていた人間が、翌日には冷たい骸《むくろ》になっていることも珍しくはない。しかし、殺されたとなると話は別だ。他人の手で人生を終わらされるなど……。

しかも安田は、特別な存在だった。つき合いは長い——もう二十年以上になる。高校生の頃そのまま、少し頼りない感じで大人になってしまったが、それでも彼なりに人生をエンジョイしていたはずだ。とにもかくにも、好きな音楽、楽器関係の仕事を続けられ、店もそれなりに流行《はや》っていたのだから。

何度、あいつと酒を呑んだことだろう。話は……ぴたりと合うわけではない。吾妻の音楽知識は、単なるファンの枠を出ないし、楽器のことに至ってはまったく分からない。一方安田も、吾妻の専門である法律——特に刑法のことなどさっぱりなのだから、一緒に酒を呑んで楽しいはずがない。ところが何故《なぜ》か、あの男といると快適だった。話題の中心は昔話になるのだが、二人が通った高校の雰囲気が独特で、特にあの頃在籍していた生徒には変わり者が多かったせいで、「あいつは今どうしている」という普遍的な話題も、極めてバリエーションに富むことになる。吾妻の同期だけでも、ジャズ歌手として今も全国を回っている女性が一人、舞台俳優として活躍している男が一人、ベストセラー作家が一人——女性だが、男とも女とも取れるペンネームを使っている覆面作家——がいる。硬い方では、都議会議員が一人、中央官庁の官僚が二人、弁護士が二人と、人材には事欠かない。何年かに一度は同窓会で集まるのだが、話題が途切れることはなかった。

そういう連中の話題を肴《さかな》にして、安田と酒を呑むのは、自分にとって何よりの癒しの時間だったのだ、と今更ながら気づく。安田が死んでも、絶望で俺が自殺することはないだろうが、人生から大事な明るさが消えるのは明白だった。

悲しみと同時に、重苦しい責任も感じる。安田がトラブルに巻きこまれていたのは明らかだったが、自分はその苦しみをどこまで理解していただろう。むしろ、安田自身がこの事件に関与していたのではないかと、かすかに疑っていたぐらいだ……ひどい話である。もっと素早く、懸命に動いていたら、安田が死ぬこともなかったかもしれないのに。

しかし、ギターが盗まれたことと、安田が死んだことに関係があるのか、まったく分からない。今のところ安田は、あくまで被害者である。想像もつかない状況だった。自分はあくまで法解釈と研究が仕事であり、事件の現場その物には疎いのだと実感する。

五分ほどその場で立ち尽くしていると、ようやく店の方から敦賀が近づいて来た。険しい表情で規制線を越え、ゆっくりした足取りで吾妻を目指して来る。吾妻も、ミネラルウォーターのボトルを揺らしながら敦賀に近づいた。

「いったい何があったんですか」敦賀が口を開く前に訊《たず》ねる。

「安田さんが殺された」

「それは聞きましたけど、どういうことなんですか」話しているうちに、感情が昂《たかぶ》ってくるのを意識する。「何で奴が殺されるんですか！」

「それは、犯人しか知らない」

「どうしてここで？　あいつ、昨日も店を開けられなかったと言ってましたよ」電話で話したのは昼頃だったか……当然、あれから家へ帰ったと思っていたのだが。

「それは分からない」

「家族へは連絡したんですか？」

「今、こっちへ向かってる」厳しい表情で、敦賀がうなずいた。

家族が遺体と対面することを考えると、また鼓動が激しくなり、呼吸するのも苦しくなる。まさか、まだ小さい二人の子どもが一緒に来ることはないだろうが……安田の妻は、ごく普通の女性なのだ。音楽とは縁がなく、専業主婦として家庭を守っている。吾妻も二、三度会ったことがあるが、控え目で、余計なことは言わない女性だ。気が強い人なら、何とか乗り切れるかもしれないが……彼女がこの状況に耐えられるかどうかは分からない。

「先生、昨日も安田さんと話したんだよな？」

「ええ」

「いつ」眉がきゅっと上がり、目が細くなる。

「昼頃でしたかね。研究室に電話がかかってきました」

「内容は？」

「愚痴を零《こぼ》されただけですよ……警察のやり方に対して、とか」少しだけ台詞《せりふ》に皮肉をまぶした。

「俺たちがどうした」敦賀の声はひどく不機嫌だった。

「ここで言うことじゃないでしょう」

敦賀が右手を拳に握った。ごつい、石のような拳。それで圧力をかけているつもりかもしれないが、吾妻は無視した。こういうのには慣れている。ほどなく、敦賀が手を開いた。さすがにこの場で暴力に訴えるつもりはないようだった。

「その時の様子は？」

「店を開けられないって、困ってましたよ。まだ現場検証をしてたんですか？」

「手間取ったんだよ」敦賀が顔を歪《ゆが》める。「とにかく物が多くてな。ああいう場所だと、すぐには終わらないんだ」

「で、誰を疑ってたんですか？　店員？」

「いや」

「あの二人は店の合鍵を持ってます」

「そうだが、それ以外に疑う材料は何もなかった。アリバイも成立している」

よく喋《しゃべ》るな、と吾妻は急に心配になった。敦賀は普段、秘密主義を通している。酒が入っても、自分の仕事の内容について語ることなど、ほとんどないのだ。それが今回に限って、どうして？

困っているのだと分かった。この一件が「重大事件」になっているのは、昨日の朝刊各紙を見ても明らかである。当然、上からの圧力も高まっているだろう。しかも手がかりがまったくないとしたら、間違いなく焦る。まさか、実は自分に助けを求めている？「やるな」と言われると逆にやりたくなってしまう性格なのを見抜かれているのか？　だとしても、こちらからそんなことを確かめるわけにはいかない。敦賀は、そういうことを言われると激怒するタイプなのだ。まあ、いいだろう……少なくとも今はこうやって、情報を聞けているのだから。

「どういう状況で見つかったんですか」

「新聞配達が見つけた。今朝早く……一時間ちょっと前だな」

敦賀が腕時計を見る。釣られて吾妻も自分の時計を確かめた。今、午前六時。真夏の早朝、まだ暗い中を自転車で走り回っていた新聞配達が、突然死体を見つけてどれだけ驚いたかは想像に難くない。

「店の中ですか？」

「中というか外というか……」

敦賀が両手をこねくり回す仕草をした。そんなに説明できない状況なのか、と吾妻は首を捻《ひね》った。

「上半身は店の中、下半身は外だった」

「まさか」吾妻は思わず息を呑んだ。その言い方だと、体の真ん中で切断されたように聞こえる。

「先生が想像しているようなことじゃない」敦賀が顔の前で手を振った。「シャッターが半分開いていて、頭から店の中に突っこんでたんだ。下半身は歩道に残ってた」

多少ほっとしたものの、安田が死んだという事実は消えない。

「何で……どうやって殺されたんですか」

「検視がまだ終わってないから、はっきりしたことは言えない。何しろ、遺体がまだ現場にあるからな」

吾妻は唾を呑んだ。わずか数メートル先で安田が死んでいる……かすかに死臭——血の臭いを嗅いだような気がした。吾妻の顔色が蒼白《あおじろ》くなっているのに気づいたか気づかないか、平然とした調子で敦賀が続ける。

「首を切られてるんだ。一面が血の海だから、死因は出血多量ってことになるだろうな」

「防犯カメラは？」

「あの店の前は、ちょうど死角になってるって、昨日も言ったよな」怒ったように敦賀が吐き捨てる。

「そうでした……」どうも調子が狂っている。だが、それが当たり前なのだと吾妻は自分を甘やかすことにした。親しい後輩が殺された直後なのだ。自分の脳細胞は、ショックで正常時の半分も動いていないだろう。

「先生、連絡が取れるようにしておいてくれよ」両手をポケットに突っこんだまま、敦賀が吾妻を睨《にら》んだ。

「どういう意味ですか」まるでアメリカの警察小説のような台詞だ。柄の悪い刑事が、容疑者——往々にして無実の——に対して「街を出るなよ」と警告するのはお約束の場面である。

「どうもこうもない。あんたは安田さんと親しい人間なんだから、これから話を聴く必要が出てくるかもしれないだろう」

「予《あらかじ》め言っておきますけど、俺にはアリバイはないですよ」

敦賀が眉をくいっと上げた。からかわれているのか、犯行の告白なのか、摑《つか》みかねている様子だった。

「安田が殺されたとしたら、昨日の夜中から今朝の五時ぐらいまでの間でしょう？」

「そうなるな」敦賀が顔を擦《こす》る。「当直で署に泊まっていたのが、ラッキーだったのかどうか」

「敦賀さんの事情は分かりませんけど、夕べ遅くから今朝の五時までだったら、俺は家にいましたから。アリバイを証明できる人間はいません」

「だろうな」

「ただし、俺にアリバイがあるかどうかを、俺が証明する必要はありません。刑訴法では、当事者主義訴訟が基本ですから、それを証明する役目は訴追する側——検察官に負わされます」

「そんなことは分かってるよ」敦賀が面倒くさそうに首を振る。「とにかく、連絡は取れるようにしておいてくれ」

「どこへも行く用事はありませんから」吾妻はうなずいた。「俺はいつでも、この街にいます」

そう、俺は常に神保町にいる。ここが「自分の街だ」という意識が強いからだ。逆に言えばこの事件は、自分の足下を汚されたようなものである。誰かがふざけた真似《まね》をしている。

かつてこの街は、激しい地上げ攻勢にさらされたことがある。吾妻がまだ十代の頃だが、古くからこの街に住んでいた人、商売をしていた人たちが、故なく追い出されるのを何度か見てきた。地上げする側からすれば、「違法ではないので問題ない」ということなのだろうが、吾妻は許せなかった。法律を学ぼうと思ったのは、地上げを目の前で見て、この街を守りたいという意識が芽生えたからかもしれない。ただし、法執行官にはならない。警察官にせよ検事にせよ、自分の意思では勤務場所を決められないからだ。十分な法律知識を身につけ、この街にずっと根を下ろして暮らすことで、地元の人たちの役に立てるのではないか、と考えた。

だからこそ、地元でこんな凶悪な事件が起きるのは許せない。警察を出し抜く気はなかったが、自分でも少し調べ回ってみようと思った。敦賀はいい顔をしないだろうが、わずかでも手がかりを提供できれば、事件の解決は早まるはずだ。早く犯人を捕まえることでしか、安田の供養はできない。

神保町は、地上げに負けなかった。弱くなった歯が抜けるように、古い建物は何軒かなくなっていたが、それはあくまで一部の事象である。全体に再開発の波はこの街を洗っておらず——この二十年で大きく街の景色を変えたのは、三井ビルディングと東京パークタワー、それに明大の新しい高層キャンパス・リバティタワーぐらいのものである。街を東西に貫く靖国通り沿いの景色は、驚くほど変化がない。

それと同様、住む人もさほど変わっていない。こういう時は、やはりずっとこの街に住んでいたメリットが生きる。

吾妻は規制線を避けて、安田の店の裏側に回りこんだ。いずれは警察も、周辺の聞き込みを始めるだろうが、その前に自分でも話を聞いてしまおう。

店の裏側には、一階が商店——雑貨屋だ——になっている民家がある。戦前に建てられたような古い建物なのだが、今でも人が住み、商売も続いている。コンビニエンスストアがいくらできようが、こういう店は神保町ではなくならない。店先には季節の果物も並び、吾妻は時々、大学からの帰り道に立ち寄ってリンゴを買ったりする——つまり、お馴染《なじ》みさんだ。

そして、ここの現在の主人である沢田《さわだ》保子《やすこ》も、八十二歳になってなお、店同様健在である。商売人としても、人としても。年寄りなので夜も朝も早くなっている——吾妻はそれに賭けた。犯行時刻当時、もう目を覚ましていたのではないだろうか。目を覚ましていたどころではなかった。保子はグレーのTシャツにゆったりしたスカートという格好で、電柱の陰に隠れて路地を窺《うかが》っていた。この先には規制線が張られており、最短距離で安田の店には行けない。

「保子さん」

声をかけると、びくりと身を震わせて、こちらを振り向く。

「覗《のぞ》きはいけませんよ」

「気になるじゃない」煙草でがらがらになった声で、保子が答える。今も煙草が手放せないヘビースモーカーで、酒も人並み以上に呑む。しかしまったく健康で、腰も曲がっていなかった。夫を既に亡くしていることを除けば、曇り一つない人生である。

「まだ大騒ぎしてますよ。近づかない方がいい」

「あら、そう」納得いかない様子で、店の方へ戻って行く。さすがに店は開けていないが、シャッターは半分上がっていた。そこを屈《かが》んでくぐり、先に店内に入った。吾妻もすぐ後に続く。

保子が灯《あか》りを点《つ》けると、よく知った店内の様子が浮かび上がった。いつも通り、きちんと整理されている……生活雑貨が何でも揃《そろ》う店なので、もっと雑然としていて然《しか》るべきなのだが、店内一杯に広がった棚は、どこに何があるか、初めて入った人でもすぐに分かるほど整理されている。吾妻は身を屈めて、頭上にぶら下がった「台所用品」の札を避け、店の奥にあるテーブルについた。保子はだいたい立ったままレジについているのだが、それに疲れるとこのテーブルで一休みする。

「カンさん、あんた、たまにはちゃんと髭《ひげ》を剃《そ》りなさいよ」

座るなり、クレーム。吾妻は苦笑しながら、頬から顎を撫《な》でた。確かに、顔を汚す無精髭は鬱陶しくなることもあるのだが、今ではこれも重要な顔のパーツだと思っている。

「何か聞くか見るかしませんでしたか」前置き抜きで、吾妻はいきなり切り出した。

「どういうこと？」

「裏で事件が起きたんですよ？　静かな時間だし、何か聞こえてもおかしくない」

「事件って……安田君が殺されたって聞いたけど、本当なの？」

失敗した、と吾妻は天を――天井を仰いだ。当然保子は、何が起きたかを知っていると思っていたのだ。だがこんな時間だと、さすがに起き出しているのは保子ぐらいである。はっきりした情報は分からなくても当然だ。自分が真相を伝える役目を負ってしまったことが、心に重くのしかかってくる。

「詳しいことはまだ分からないんですけど」突っこまれないように前置きしてから、

吾妻は簡単に状況を説明した。詳しく話さないつもりだったが、そもそも自分自身も詳しい状況を知っていないのだとすぐに思い至る。

「何でそんなことに、ねえ……」保子が、皺《しわ》の目立つ右手を左手で握り締める。「安田君が、何でこんな目に？」

「分かりません」

「あの子、よくうちへ来てくれたのよね」

「そうなんですか？」店のすぐ近くにはコンビニエンスストアもあるのに。

「コンビニなんかより、こういう古臭い店が好きなんだって。どうでもいいようなものを、よく買ってくれた……あれは、優しさだと思うけどね」

「そうですか」安田は、少しでも店の経営を助けようと思っていたのかもしれないが、だとしたら空回りだったことになる。保子も吾妻と同じようにビルの持ち主で、食うにはまったく困っていないのだ。儲《もう》けの少ない雑貨店をいつまでも続けているのは、単なる税金対策である――その知恵を授けたのは、吾妻と大学の同期で、今は税理士をやっている男だった。安田の勘違いだったわけだが、それでもあの男の優しさが偲《しの》ばれる。

「何だか、ものすごく高いギターを買ったんだって？」

「一億」

保子が声にならない声を上げた。震える手で煙草を引き抜き、火を点ける。それを見て、吾妻も自分の煙草をくわえた。今日最初の一本。水を飲んだだけの喉に、煙の刺激は厳しく、思わず咳《せ》きこんでしまう。ゆっくりと咳を鎮め、保子の顔を見て仰天した。指先で涙を拭っている。保子とのつき合いも長いが——生まれた時からだ——今まで一度も、涙を流すのを見たことはなかった。夫の葬式でも、泣いていなかったと思う。

「真面目にやってる子が、何でこんな目に遭うのかねえ。理不尽よ」

「まったくです」

「カンさん、高校の先輩だって言ってたね」

「ええ」

「いつも話してたよ。頼りになる先輩がいてよかったって」

吾妻は、喉が詰まるような嫌な感じを味わった。それは確かに、普段から商売の愚痴を聞いてやったりはしていた。だが、それで業績が上向くわけでもなく、俺は基本的に、あまり頼りにはならなかったはずだ。

あいつはそうは思っていなかった。

「そのギター、盗まれたって聞いてるけど」ティッシュペーパーで洟《はな》をかんだ保子が、いきなり話題を変えた。

「ええ」

「そんなもの盗む人、いるのねえ」

「一億ですからね」

「それと今日の事件と、何か関係があるの？」

「それは分かりませんけど……」人から指摘されてみれば「ある」としか思えない。もちろん、直接つながるだけの材料はないのだが、一人の人間が、これほど立て続けに酷《ひど》い目に遭うとは考えられない。盗難も殺人も、一連の流れの中の出来事としか考えられない。

「で、今朝は何か見ませんでしたか？　事件が起きたのは朝五時より前なんですけど、それぐらいの時間だったら、保子さん、もう起きてるでしょう？」

「それより前に、何だか騒がしい音がして、目が覚めちゃったんだけど……」保子が頰を撫でた。

「何時頃でした？」

「四時？　四時半？　とにかくそれぐらい」

「どんな風に騒がしかったんですか」

「言い合う声が聞こえたのよ。酔っ払いかと思ったけど……この辺でも、夜中にそういう酔っ払いがうろうろしていることはあるから」

確かに。神保町でも、日付が変わっても開いている店はいくらでもある。そういうところで閉店まで呑んで、後は始発までの時間潰しに街をぶらつく、というのはよくあるパターンだ。ただし、保子の「言い合う」が、酔っ払い同士の絡み合いだったかどうか……。

「その言い合いですけど、片方が安田だったということは？」

「そこまでは分からないわよ」保子が顔をしかめる。「こっちだって、半分寝ぼけてたんだから」

「何か、具体的な言葉とかは聞いてませんか？」

「分からないわねえ。結構、大きい声で話してたけど」保子が首を傾《かし》げる。

煙草を揉《も》み消し、吾妻は腕組みをした。さて、どうしたものか……単なる酔っ払いだった可能性が高いのでは？　午前四時、酔っ払った二人組が始発電車まで時間を潰すにはどうするだろう。ここから少し歩いた場所にあるロイヤルホストは開いているだろうか。あそこなら常に人がいるはずで、目撃者がいる可能性は——いたとしても、もう店を出ているのではないか。電車は動き出している。

他に、深夜までやっている店は……ないことはない。いや、深夜どころかこの時間にも営業している店があったはずだ。カラオケ店だが、あそこなら人の出入りも多い。何か見ている人間がいるかもしれない。

吾妻は、保子に礼を言って表へ出た。百メートルほど歩き、ビルの一階から五階までを占める巨大なカラオケ店に出向く。一階の受付に入ると、低い音で流れるBGMが耳に飛びこんできた。それと一緒に、個室から零《こぼ》れ出るかすかな歌声も。

この店には、今年の春、一度だけ来たことがある。ゼミの呑み会の後、流れで……結構呑んでいたので、どんな具合だったかよく覚えていない。料理がやたら豪華、というかボリュームたっぷりのものだったことだけは記憶にあるが。

朝六時半……店は七時閉店だった。受付のカウンターについた若い店員が、欠伸《あくび》を嚙《か》み殺しながら壁の時計を睨んでいる。そろそろ閉店なので、まだ歌っている客を追い出さなければならない時刻だ。受話器を取り上げ、だるそうな声で「時間ですので、終了、お願いします」と告げる。言い終えて溜息《ためいき》をついた瞬間、吾妻に気づいた。

「すみません、今日はもう終わりです」いかにも面倒臭そうに言った。

「それは分かってる。ちょっと話を聞かせてもらっていいかな」

「何ですか」若い店員が身じろぎした。緊張で肩を強張《こわば》らせる。

吾妻はカウンターに近づき、わざとだらしなく肘をついた。顔が近づくと、店員がすっと後ろに身を引く。吾妻は彼の名札を素早く読み取った。稲葉《いなば》。

「えーとね、稲葉君」一つ咳払い。

「何ですか」

急に名前を呼ばれ、警戒感を露《あらわ》にする。受話器に左手を置き、いつでも取り上げられるようにしているのが見えた。右手もカウンターの下に隠れている。あれはたぶん……非常用の通報ボタンを探っているのだろう。一々釈明するのも面倒なので、吾妻はダイレクトに質問を浴びせかけた。

「午前四時頃、この辺で何か変なことはなかったかな?」

「四時頃って……」稲葉が腕時計を見た。「三時間ぐらい前?」

「そう。誰か、この辺を走って逃げたりとか、喧嘩《けんか》していたりとか」カウンターは道路に正対しているので、何かあれば気づいていた可能性もある。

「いや、分からないですね」

「何も見ていない?」

「見てないです」

営業中なのに居眠りでもしていたのではないか、と吾妻はかすかに憤った。しかしどんな人間でも、午前四時に集中力を保っているのは難しいし、見ていないという人間をこれ以上責めようもない。仕方ない、諦めるか……と思った瞬間、奥の方のドアが開き、数人の男女が塊になって出て来た。朝だというのにやたらとテンションが高く、これからどこかへ出撃しようという構えである。

「元気だねえ」

呆《あき》れて吾妻が言うと、稲葉が苦笑した。受付へ向かってくる一団をちらりと見て、吾妻は思わず目を剝《む》いた。杏子……まだこちらには気づいていないが、テンションが高いのは間違いない。スキップしているというか、一歩ごとに飛び跳ねているというか、朝六時台だというのに元気一杯である。長い髪は一本にまとめて、肩の前に垂らしている。ぴっちりした黒いTシャツに、下はだぼっとしたカーゴパンツ。足元はドクターマーチンの黒いブーツだった。男がやったら、工事現場のバイトか、と言われるような泥臭いスタイルである。

「あれ、カン先生?」酒が入っているのか、声も甲高い。塊の中から抜け出して駆け寄ってくると、吾妻の腕に手をかけた。「先生もオールですか?」

「まさか。ただの早起きだよ」

「やだ、何か年寄り臭いし」

「馬鹿にするな。俺だって忙しいんだ……しかし、元気だな」

「若いから。臨時収入もあったし」

「……ああ」そうか、一昨日本を探すのを手伝わせて、五千円渡したのだった。あれが夜遊びの軍資金になったのか。

「で、こんな朝早くから何やってるんですか」徹夜だというのに、化粧っ気のほとんどない杏子の顔は艶々していた。

「ちょっと呼び出されてね」今朝の一件は杏子に話せない。ギターの盗難事件ぐらいならともかく、彼女を殺人事件に巻きこむことはできないのだ。だが、ヒントぐらいは……。「ここへは何時ぐらいに来た?」

「えー、補導ですか?」杏子が悪戯《いたずら》っぽく笑う。さほど酔っている様子はない。

「まさか。俺は高校の先生じゃないから」

「四時過ぎかな? 四時半ぐらい? だって、スタートが遅かったから、仕方ないじゃないですか」いきなり言い訳を始める。

四時? 四時頃にこの辺をうろついている人間は、何人ぐらいいるだろう? 吾妻は、杏子と一緒にいた一団をさっと眺めた。男二人、女二人……杏子を入れて五人か。うちの大学の学生だろうか? 見覚えはないが……この辺には幾つも大学があり、サークル同士のつき合いもあるから、他の大学の学生かもしれない。皆、毒がなさそうな連中だった。逆に言えば、あまり頼りになりそうにない……何となくほっとして、吾妻は杏子との会話に戻った。

「この店に入る時、何か見なかったか?」

「カン先生、抽象的な質問は駄目っていつも言ってるでしょう」杏子が悪戯っぽく笑った。

「じゃあ、何かじゃなくて、誰かを見なかったか? 逃走中の奴とか」

「逃走……」杏子が顎に人差し指を当てた。「逃げるっていうか、走ってる人はいたけど」

当たりか？　吾妻は鼓動が跳ね上がるのを感じた。

「まさか、ジョギングじゃないだろうな？」

「朝四時にジョギングしている人がいるわけないでしょ」杏子が吾妻の腕を軽く叩《たた》いた。やはり酔っ払っている？　今酔っ払っているとしたら、午前四時にはどうだったのだろう。杏子は元々、しっかりした娘《こ》であり、少々酒を呑んでも崩れることはないはずだ。吾妻は彼女の記憶力に賭けた。

「どんな人間だった？」

「えーと、若い人。若い男」

「服装は？」

「黒っぽいTシャツだったと思うけど……下も黒いジーンズか何か」

やけにはっきりしている。あまりにもはっきりした証言は、すぐに信じこむわけにはいかない。午前四時の出来事であり、杏子も酒が入っていただろうし。

「ずいぶんよく覚えてるな」

「だって、全力疾走してたから。変でしょう」

「酔っ払いがふざけてたんじゃないか？」

「お酒が入っていて、あのスピードで走ってたら、すぐ吐いちゃうよ」杏子が不満気に言った。自分の証言を疑うのか、とでも言いたげに。

「どっちへ行った？」

「ええとね、駿河台下の交差点の方」

安田の店からこのカラオケ店の前を通ったとすれば、確かに駿河台下の交差点に行き当たる。あの辺なら、夜中でもタクシーを摑まえやすいはずだ——逃亡するつもりならば。

「その話、俺以外の人間にも話してくれないかな」

「誰に？」

「警察」

杏子の顔から、すっと血の気が引いた。

「警察」と聞いた途端に緊張してしまった杏子をリラックスさせるために、吾妻は彼女を近くのファミリーレストランへ誘った。この店は席で煙草が吸えないのが難点だが、朝七時にゆっくりと話ができる場所は、さすがにここぐらいしかない。

携帯を持っていない吾妻は、店に行く途中で見つけた公衆電話から、神田署に連絡を入れた。敦賀に伝言を頼んでから店に入る。この時間でも、店内はそこそこ混んでいた。一晩中遊んで、ちょっとファミレスで仮眠を取ろうとする人間は、案外多いようだ。

「何なんですか、いったい」オレンジジュースのグラスにストローを乱暴に突き刺しながら、杏子が文句を言った。

「一昨日手伝ってもらった件だけどな……」吾妻は言い淀《よど》んだ。杏子も、吾妻のゼミの関係で何度か裁判の傍聴に行っている。凄惨な事件の詳細が法廷であからさまにされる場面も、何度となく見てきているが、実際に「人が殺された」などと聞かされたことはないはずだ。だがここで言っておかないと、後で話がややこしくなる。「実は、ギターを盗まれた被害者が殺された」

「マジで?」杏子が目を見開く。「何でそんなことになったの?」

「分からない」吾妻は首を振った。「現場が奴の店——あのカラオケ店のすぐ近くなんだ。君があの店に入った午前四時頃が、犯行時刻かもしれない」

「マジで?」杏子が繰り返す。「じゃあ、私が見たのは犯人かもしれないんですか?」

「可能性はあるな。四時か四時半頃、現場近くで言い争う声を聞いた人がいる。その後で、君が逃げる人を目撃したとしたら……」

「うわ、ヤバ」杏子が拳を口元に持って行った。「目撃者として証言しないといけない、ってことですよね」

「そいつが犯人かどうかは分からないけど、警察には話さないといけない。もうすぐ来ると思うから、ちょっと待ってくれ」無性に煙草が吸いたくなってきたが、ここで彼女を一人にしておくわけにはいかない。「話せるぐらい元気か?」

「全然元気ですよ」杏子が肩をすくめる。

「若いな」思わず苦笑してしまう。

「若いよ」

にやりと笑みを返してから、杏子がオレンジジュースを啜《すす》った。怖い物知らずなのか、度胸が据わっているのか……普段のつき合いから、後者だろうと吾妻は見当をつけた。ふいに杏子が目をしばしばさせ、欠伸を噛み殺す。

「さすがに眠いだろう」

「先生のところで寝かせてくれればいいのに。家、近いんでしょう?」

「それは、いろいろとまずいな……倫理的に」

「そうですか? 大学の中でなければ、何しても関係ないでしょう」

「おいおい」

「やだな、本気にしないで下さいよ」杏子が喉を見せて笑った。「ただ眠いだけですから……でも、これから警察に話を聴かれて、それから家に帰るの、面倒臭いな」

「君、家はどこだっけ」

「西大島《にしおおじま》」

ということは、都営新宿線で通学しているわけか。確かに、これから事情聴取を受けて帰ると、中途半端な一日になるだろう。

「それにしても、夏休みだっていうのに遊び過ぎじゃないのか」

「だって、今のうちだけでしょう？　来年――三年生になったら、就活の心配をしなくちゃいけない」

「就職はどうするつもりなんだ？」

「先生、それ、今する話？」急に不貞腐《ふてくさ》れたように言って、杏子が口を閉ざす。何物も気にしないように見える杏子にしても、就職は大きな問題なのだろう。

「朝飯、食べておくか？」

杏子がちらりとメニューに視線をやった。

「今はいい」

「じゃあ、警察の方の用事が終わったらにするか」

「食欲出るかどうか、分からないけど。さっきまで、ちょいちょいつまんでたし」

「そうか」

だったら流れに任せるか。吾妻はコーヒーを一口飲み、思考が流れるのに任せた。一つ、大きな疑問が頭に入りこんでくる。安田は、あんな時間に自分の店で何をしていたのだろう。仕事だったとは考えられない。警察に仕事の邪魔をされ、営業再開のために店を片づけていた可能性もあるが、それにしても午前四時というのはいかにも遅過ぎる。ずっと店にいたのか、自宅にいたのにわざわざ呼び出されたのか……前者なら、強盗の線も考えられる。あるいは店を閉めようとした時――シャッターが半分閉まっていたのがその証拠だ――に酔っ払いに絡まれ、喧嘩になって殺されたとか。しかしそうなると、首を切られていたのが不自然になる。日本では、ナイフを持ち歩いている人間も少ないのだ。よほど性質《たち》の悪い人間と絡んでいたのだろうか。後者なら、安田は吾妻が知らない事情を抱えていた可能性も出てくる。夜中に呼び出され、店まで来るということは、よほどの事情があったに違いないのだから。

もしかしたら、ギターを盗んだ人間が接触してきた？ 吾妻は、ふと思いついたこの可能性に飛びついた。敦賀とも話したのだが、窃盗犯が「58」をどこかに売り飛ばして金に換えるのはかなり難しいだろう。となると、安田に「買い戻し」を要求するのは不自然ではない。確か、そんなミステリがあったのではないか？ 確か、トマス・チャスティン……その話では、盗まれたのは絵だったはずだが、ギターでも一億円という価値がついていたら、取り引きの材料にしようとする人間がいてもおかしくはない。その取り引きで揉めて、犯人が安田を刺殺した――あり得ない想定ではないな、と吾妻は一人納得した。

「何だ、いきなり呼び出しやがって」

声をかけられ、吾妻は顔を上げた。敦賀が険しい表情を浮かべて立っている。一緒にいるのはおつきの若い刑事か。吾妻は一度席を立ち、杏子の脇に移動した。杏子がすっと奥に滑りこみ、吾妻が座るスペースを空ける。敦賀と若い刑事は、二人の向かいに座った。

「コーヒーでもどうですか」

「そんなものはいらない。目撃者がいるという話だが……」敦賀が杏子に視線をやった。「こちらのお嬢さん？」

「うちの学生です。逢沢杏子」

「どうもー」

語尾を伸ばし、踊るような口調で杏子が言った。途端に、敦賀の表情が強張る。馬鹿、と吾妻は心の中で舌打ちをした。刑事を挑発して怒らせても、いいことは何もないのに。

「目撃者がどうこう言ってたそうだな。何で先生が、探偵の真似事をしてるんだ」

「今、それは言わなくてもいいじゃないですか」成り行き、好奇心、何よりも可愛《かわい》い後輩を思う気持ち——自分の中では整合性は取れているのだが、ここで敦賀に説明することとも思えない。「まず、話を聴いて下さいよ。現場近くのことなんです」

吾妻は杏子を促し、カラオケ店に入る前に見た男のことを説明させた。敦賀は仏頂面のまま、うなずきもせずに聴いていたが、隣に座った若い刑事は、必死で手帳にボールペンを走らせている。

杏子は一分とかからず供述を終えた。敦賀は男の服装、態度、一人だったかどうかなどについて詳しく突っこんだが、杏子もそれ以上話すべき材料はもっていなかった。それに、急にエネルギーが切れてしまったようで、目が塞がりかけている。

「一度、署に来てもらった方がいいな」

「供述調書を残すような話とも思えませんが」杏子を警察に行かせるわけにはいかないと思い、吾妻はやんわりと拒否した。

「先生、あんたは現場の話はよく知らないだろうが」

「法的な手順として――」

「ああ、もういい」敦賀が面倒臭そうに頭を振った。恐らく彼も、数時間しか寝ていないはずで、疲労感とのしかかる責任が、苛立《いらだ》ちを加速させているのだろう。「これは大事な証言なんだ。ちゃんと調書に落としておく必要がある」

「彼女は逃げも隠れもしませんよ。俺の学生なんだから」

「そういう問題じゃない」

敦賀はかなり焦っているな、と吾妻は判断した。

「だいたい、盗犯担当の敦賀さんが、何でこの事件の捜査をするんですか？」

「流れだよ、流れ」敦賀が面倒臭そうに言った。「当直だったら何でもやらなくちゃいけないし、盗難事件との関連も考える必要がある」

「関連があるんですか」

「あんた、やりにくい人だね、先生」敦賀が両手で顔を擦った。

「この件は、俺にとっても大事ですから。大事な後輩のことなんですよ」

「後輩思い、学生思いで麗しい限りだね」敦賀が皮肉を飛ばす。「だけど、捜査には口出しをするな。俺がいつ誰に話を聴くかは、あんたに指図される問題じゃない」

「別に指図は――」

「私、警察に行ってもいいですよ」しれっとした口調で杏子が言った。

「ほら、本人がそう言ってるんだから、あんたが余計な手を回す必要はないんだよ」

「俺は別に、手を回したわけじゃない」本気で腹がたってきた。だいたい、警察が見つけられなかった目撃者を探し出してきたのは俺ではないか。感謝されることはあっても、詰《なじ》られるのは納得できない。

「あの、一度取調室の中を見ておきたいんですけど」杏子がしれっとして言った。

「お嬢さん、刑事にでもなりたいのかい？」敦賀が嬉《うれ》しそうに言った。

「検事、ですかね。どっちかと言うと」

敦賀が思い切り嫌そうな表情を浮かべた。気の合わない検事の顔でも思い出しているのかもしれない。

「だから、全然構いませんけど。とにかく参考までに」

「じゃあ、ちょっと来てもらおうか」

「その前に、ご飯食べていいですか？　朝御飯の時間だし」

敦賀がすっと眉を上げた。そんな暇はない、とでも言いたそうだった。杏子が穏やかに微笑《ほほえ》み、敦賀の軽い怒りを粉砕する。

「朝御飯は、ちゃんと食べないと駄目ですよね。刑事さんたちも、どうですか？」

杏子はパンケーキを頼んだが、実際にはほとんど食べなかった。三枚重なったパンケーキを四つに切り分け、一角だけを食べてフォークを置いてしまう。

「何だ、やっぱり食べられないんじゃないか」吾妻は頬張った卵を飲み下して言った。

「だって、ちょっと前にフライドポテトとオニオンリングとフライドチキンと……ハニートーストも少し食べたんですよ」指を折りながら杏子が言った。

「午前四時過ぎに？」

「その時はお腹《なか》が減ってたんです」杏子が頬を膨らませた。

「じゃあ、何で朝御飯はちゃんと食べないと、とか言ったんだ？」

「やっぱり心の準備が必要じゃないですか」杏子が肩をすくめ、コーヒーを一口飲む。最初に頼んだオレンジジュースは、既に飲み干してしまっていた。「あのタイミングでいきなり警察に連れて行かれたら、私だってびびりますよ。だから、ちょっと時間が欲しかっただけで」

「君は大物だな」吾妻は思わず笑ってしまった。「朝飯を食べるのに警察官を待たせるなんて、なかなかできるものじゃない」

「大物女優みたいな感じですか？」杏子がにやりと笑った。「何か、デイヴィッド・ハンドラーの小説に出てきそうな話」

吾妻も思わず相好を崩した。杏子が他の学生と違うのは、本をよく読んでいることだ。ただし、ミステリに限るが……それも吾妻と気の合う所以《ゆえん》である。本の貸し借りをすることさえあった。ミステリを読むのが趣味だと認めるのに、吾妻としては少しだけ後ろめたい思いもあるのだが——法律の専門家としては、そういうエンタメ系の本を読んではいけないのではないかという気もしている。だが、好きな物は好きだ。

デイヴィッド・ハンドラーは日本では過小評価されているが、吾妻の好みの作家の一人である。彼は、いわゆるセレブを俎上《そじょう》に乗せるのが上手《うま》い。本当かどうかはともかく、セレブたちのエキセントリックな行動に、思わず笑ってしまうことも多かった。警察を小馬鹿にして手玉に取る女優は、確かに彼の小説の中に出てきそうなタイプだ。

「だいたい、そういう女優は犯人っていうパターンじゃないかな」

「あー、ハンドラーって、女の人に対して結構きついですよね」

「まあな」吾妻は残りの卵を一気に食べた。普段の朝食より少し早い時間なので、今日は時間がずれてしまいそうだが……そもそも、早朝に叩き起こされた時点で、おかしくなっている。

「で、先生の推理はどういう感じなんですか」

「推理なんかしてないよ」

「またまた」杏子がにやりと笑った。「警察を出し抜くつもりなんでしょう?」

「冗談じゃない。敦賀さんは大学の先輩でもあるんだから。そんなことをしたら、いろいろ面倒になる」

「えー、あんな人が明央のOBなんですか? 何か、感じ違いますよ」

「そうでもないよ。うちは質実剛健がモットーなんだから。公務員は、いかにも合ってるじゃないか」

「何か、鈍そうですよね」

吾妻は慌てて周囲を見回した。どこかに敦賀が隠れているとは思わないが、誰に聞かれているかは分からない。

「滅多なことは言うなよ」吾妻は唇の前で人差し指を立てた。

「はいはい」食欲を取り戻したようで、杏子がパンケーキをもう一切れ食べた。「で、カン先生はどう考えてるんですか」

「脅迫だな」

先ほど考えた推理を披露した。話しているうちに、いかにもありそうな話に思えてくる。

「いいですねえ」杏子が親指を立てながら、にやりと笑った。「いい線突いてるんじゃないですか」

「この話も、どこかで読んだような気がするけど」先ほど思い出した美術品窃盗の話だ。

「トマス・チャステインでしょう」杏子が首を傾げた。「確か、『パンドラの匣《はこ》』じゃなかったかなあ」

やはりそうか。「カウフマン警視」シリーズの一冊。あのシリーズはあまり好きではないのだが……何だかんだで、金持ちの警察署長がだらだらと不道徳な浮気をする話である。反社会的だ。

「確か、メトロポリタン美術館から絵が盗まれる話だったと思うけど」

「そうだな」杏子に言われると、俄然《がぜん》気になってくる。あの本の結末はどうだったのか、家の書棚をひっくり返してみよう。ただし、数千冊の本の中から、一冊の文庫本を探し出すのは至難の業だ。

「それでカン先生、この線を追うんですか」

「どうかな」

「やるべきですよ」杏子の目はやけにきらきらと輝いている。

「煽《あお》るなよ」吾妻は苦笑した。

「でも、やる気なんでしょう？」

「まあ、な」どこまでできるかは分からないが。だいたい、捜査の素人が警察と張り合おうとするのは、吾妻が嫌いな本格ミステリの世界の設定である。やはり、敦賀を出し抜こうなどと考えるべきではない。上手く手がかりが見つかれば、警察に渡す。それが犯人逮捕に結びつけば、安田に対する供養にもなるはずだ。

「私も手伝おうかな」

「駄目だ」吾妻はぴしゃりと言った。

「だって、一昨日は手伝わせたじゃないですか。もう、痒《かゆ》くって……」杏子が顔をしかめる。

「あれとはレベルが違う話だ。人が殺されたんだぞ。軽く見ちゃ駄目だ」

「見てませんよ」杏子が顔の前で手を振った。「でも、カン先生、一人だと何だか危なっかしいから」

「君に助けてもらうほど、落ちぶれていない」さすがに彼女の台詞には苦笑せざるを得なかった。

「そうですか？」杏子は疑わしげだった。

「そうだよ」

「じゃあ、いいですけど」納得いかない様子で言って、フォークでパンケーキを突く。

「いじけても駄目だよ」

「いじけてませんよ」言って口を尖《とが》らせる。そんな風にすると、本当に子どもっぽく見えた。

「だったら、警察でちゃんと供述したら、後は大人しくしてるんだぞ」

「はーい」呑気《のんき》に言って、表情を崩す。だが、すぐに真面目な顔つきになった。「カン先生の推理、ちょっと穴がありますよ」

「何だ？」

「犯人の狙いが、安田さんと取り引きして、お金を奪うことだったとしたら……安田さんを殺しちゃったら、取り引きは成立しないじゃないですか。他の手段でギターを売り払うことができないとしたら、殺し損ですよね」

確かに。杏子の推理を甘く見てはいけない、と吾妻は気持ちを引き締めた。

5

捜査はぴたりと止まってしまった。実際には動いているかもしれないが、少なくとも吾妻の耳には情報が入ってこない。敦賀に電話して捜査の進捗状況を確かめようとしたが、邪険に扱われるに決まっている、と考えると受話器に手が伸びない。警察は勝手なもので、自分たちが協力して欲しい時には擦り寄ってくるのに、秘密がある時には完全拒絶だ。そもそも警察というのは、そういうものかもしれないが……ミステリの世界でも横暴かつ小さな権力者として描かれるのだが、あれは意外と真実を突いているのだろう。

安田が殺されてから一週間後、吾妻は大学へ来ていた。安田が殺されたために動転し、放置しておいた仕事に着手しなければならなかったのだ。秋に、学会の東京部会で発表する研究報告、その準備である。一時間のスピーチで、今回は取り調べの可視化の法的側面について話す予定だった。ずっと取り組んでいた問題であり、話す内容はいくらでもある。むしろ、どうやって整理すればいいか、迷うぐらいだった。取り敢《あ》えず、メモ書きから始めようか……吾妻は、書くのは早いし得意だが、大勢の前で喋《しゃべ》るのはどちらかと言えば苦手である。きちんとメモを整理して、話す内容を事前に決めておかないと混乱してしまう。本番が近くなってきたら、資料も作らなければならない。面倒臭いパワーポイントのファイル作りは、杏子に手伝ってもらおう。デジタルネイティブ世代の彼女は、パソコン作業もそつなくこなす。あとは、敦賀に話を聞かないと……可視化について、一番影響を受けるのは現場の捜査官たちである。本音ではどんな風に感じているのか、その声を研究者たちにも紹介したかった。

ただし、しばらくはこんな呑気《のんき》な話はできないだろう。

明央大のノートを広げ、ボールペンを構えてみたものの、手が動かない。頭の中では様々な言葉が渦巻いているが、こんなことをしている場合ではない、と思えてきた。発表の準備など、いつでもできる。最悪、苦手なアドリブに挑戦してもいい。今やるべきことは、安田を殺した犯人を見つけること――いやいや、それはあくまで警察の仕事ではないか。情報の少なさも相まって、吾妻は弱気になっていた。

「おはようございます」ドアが開き、杏子が顔を覗《のぞ》かせる。遠慮している様子で、足を踏み入れようとはしなかった。

「どうした?」

「カン先生こそ、どうしました?」

「何が」

「もう」頰を膨らませて、杏子が部屋に入って来た。椅子の上まで積み上げられた本をどかし、そこに腰かける。「ちゃんと調べてるんですか」

「手詰まりだな」敦賀に見つかって小言を言われることを考えると、どうにも動きにくい。街の人たちに少し話を聴いたぐらいである。

「努力が足りないんじゃないですか」

「そうかもしれない」

「あっさり認めちゃうんだ」面白そうに言って、杏子が微笑《ほほえ》んだ。

「俺は刑事じゃないからね」吾妻は顎を撫《な》でた。慣れた無精髭《ぶしょうひげ》の感触が鬱陶しい。

「もう、だらしないですね。後輩が殺されたっていうのに、何なんですか」

「煽《あお》るなよ」吾妻は首を振った。しかし実際、あれだけ安田の死を悼んでいた気持ちは、いつの間にか萎《しぼ》んでしまったようだった。

「差し入れです」杏子が大振りのトートバッグに手を突っこみ、ジャムの瓶を取り出した。「夏みかんのジャムです」と言って吾妻のデスクに乗せる。

「ああ、悪いな」夏みかんのジャムは、普通のマーマレードよりも苦味が強い。だが夏場には、その苦味が心地好《よ》いのだ。久しぶりにちゃんとした料理でも作ろうかな、と思う。これでソースを作って豚肉のローストに合わせると、抜群の味になるのだ。

「あのですね、カン先生が何もやってないんじゃないかと思って、私、ちょっと調べてみたんですけど」

「おいおい」吾妻はジャムの瓶を手放して身を乗り出した。「危険だ。余計なことはするな」

「警察はやっぱり、脅迫の線で調べてますよ」

「何でそんなこと、知ってるんだ」吾妻は嫌な予感に襲われた。

「私、あの後も警察に呼ばれたんですよ」杏子が頬を膨らませる。愉快な経験でなかったのは明らかだった。

「何で俺に言わないんだ？　付き添いぐらいしたよ」

「子どもじゃないんで」杏子が首を横に振る。「別に私は犯人でも何でもないですから、大したことはなかったですよ。ちょっと時間が無駄になったぐらいで」

「で？」吾妻は椅子に背中を預けた。扇風機の生温《なまぬる》い風が頬を撫でていき、目の前に積み重ねた書類が煽られた。

「話を聴かれてる間に、ちょっとこっちも質問したんですよ。私の時間を提供してるんだから、それぐらいは当然だと思いませんか」

「そんなこと聞いたら、警察は臍《へそ》を曲げるよ」

「そんなことありませんでしたよ」杏子が微笑む。「あの刑事……敦賀さん？　結構お喋りじゃないですか」

やれやれだ。吾妻は呆《あき》れてまた首を横に振った。杏子は成人しているが、まだまだ子どもっぽいところがある。敦賀が色目でも使ったとしたら、大問題だ。この件は覚えておこう——苦手な先輩を黙らせる手にできるかもしれない。

「まさか、色仕掛けで喋らせたんじゃないだろうな」そう言えば今日の彼女は、珍しくミニスカートを穿《は》いている。いつも男っぽい格好をしているせいか、細い脚がやけに生々しく見えた。

「カン先生、それはちょっとセクハラ」

「ああ、そうだな……」吾妻は咳払《せきばら》いをした。最近は悪気のない言葉や行動であっても、問題になることがある。全て受け取る方——被害者側の意識で決まってしまうのだ。各種判例を見ても、この方向で判断する傾向が強い。杏子とは気安い間柄と言えるが、あくまで教師と学生の一線は越えないように気をつけないといけない。だいたい、講義に関係ないことで、彼女が自分の研究室に入り浸っているのも問題だ。あらぬ疑いをかけられる恐れもあるが、昔から大学というのは、こういう状況に疎い。危機管理がなっていないというか……。

「それでですね、カン先生があまり動かないから、私がアレンジしておきました」

「ちょっと待てよ。何で余計なことをするんだ？　迂闊《うかつ》に首を突っこむな。これは殺人事件なんだから」

「別に危ないことはしてませんよ。安田さんのお店の店員さんに話をつけておきました」

「おいおい」吾妻は眉をひそめた。危険過ぎる。安田が殺された直後、二人で彼が脅されていた可能性を検討したが、もしかしたら仕事の関係で店員が安田を殺した可能性も捨て切れないのだ。そんな人間に接触するとは、行動が安易過ぎる。

「大丈夫ですよ」杏子が右手をひらひらと振った。「警察は、安田さんが脅迫されてるっていう線に傾いているって言ったでしょう」

「ああ」

「そのネタ元が、店員さんらしいですよ。水嶋《みずしま》さんって、知ってますよね」

「知ってる」二人いる店員のうち、若くて背が低い方だ。

「その人に会えるように、準備しておいたんで……今からいいですか？」

「今って」吾妻は思わず手首を突き出して腕時計を見た。午後一時……いつの間にか時間が経《た》っていた。「昼飯か」

「そうです。今すぐ出ましょう」

「俺がいなかったらどうするつもりだったんだ？」

「その時はその時で」杏子がにこりと笑った。「近いですから。さくら通りです」

「何だ、本当に近いな」靖国通りの南側にある細い通りで、大学からだと歩いて五分もかからない。近ければいいというわけではないが……しかし吾妻は、自分でも意識しないうちに立ち上がっていた。手には財布。だが杏子は、どんな店を待ち合わせ場所に指定したのだろう。「店は？」

「うなぎです。暑いですから」

あそこか。さくら通りでうなぎ屋と言えば、一軒しか思い浮かばない。まあ、よしとしよう。どうせ昼飯時だし、あの店は目の玉が飛び出るほど高いわけではない。むしろ、都心部の店としては良心的な値段と言っていいだろう。

「やる気になりました？」

「元々やる気はある。忘れてただけだよ」

軽い憎まれ口を叩《たた》きながら、吾妻はドアに向かった。まさか杏子に気合いを入れ直してもらうことになるとは……しかし、気をつけよう。杏子が好奇心旺盛な女性なのは間違いないが、時に好奇心は危険を呼びこむ。興味本位で突っこんでいって、怪我《けが》をさせたら彼女の母親にも申し訳ない。そうならないためには、自分が積極的に動くしかないのだ。自分が調べたことを隠さず教えてやれば、彼女も満足するだろう。

杏子を守るためにも、ここはやはり自分が乗り出さなければならない。

さくら通りの飲食店と言えば、集英社の向かいにある中華料理屋がコストパフォーマンス抜群だ。昔ながらの店で、濃い醬油《しょうゆ》味のラーメンが懐かしくなると、吾妻は時々足を運ぶ。真っ赤なテーブルや壁一面のメニューなど、昭和の中華料理店のイメージを喚起させるのもいい。だがいかんせん、人の出入りが多過ぎて騒がしい。食事を終えて五分以上座っていると後ろめたい気分になるので、ゆっくり話をするには不向きな店だった。

その点、杏子が決めてきたうなぎ屋は、長居するにも適している。特に二階の座敷の席は、他の客さえいなければ密談に最適だった。昼飯時を過ぎて客も減っている時間帯なので、ここでゆっくり水嶋から話を聞くことになるだろう。

さくら通りはグレー一色の素っ気ない通りだが、名前に合わせてピンク色に塗られた街灯が、やけに浮いている。暑さで頭がうだっている時は、何となく苛々《いらいら》させられる存在だ。

水嶋は、店の前に立って待っていた。残念ながらというべきか、ビルに入っている店なので、店構え自体に情緒は少ない。水嶋はいかにも不安そうに、周囲を見回していた。元々小柄で痩せた男なのだが、ギターが盗まれてからの心労で、さらに痩せてしまったようだった。

「よう」できるだけ気軽な調子で声をかける。

「あ」驚いたように水嶋が顔を上げ、ついでひょこりと頭を下げる。「どうもです」

「ちゃんと飯食ってるのか？」吾妻は本気で心配になった。

「いやあ……さすがに食欲ないっす」水嶋が、こけた頰を撫でた。いつの間にか伸びた顎鬚《あごひげ》が、貧相な雰囲気に拍車をかけている。アイアン・メイデンのロゴ入りの黒いTシャツはかなりタイトな作りなのだが、それでもぶかぶかだった。キャップを後ろ前に被《かぶ》り、むき出しになった耳には、右側だけにピアスが光っていた。

「じゃあ、せめて美味《うま》い物でも食おうよ」

「はあ」まったく手ごたえのない反応だった。

「何だい、うなぎ、嫌いなのか」

「そんなことないけど、高いでしょう？　自分、今無職なんで」

吾妻は、引き戸にかけた手を止め、振り返った。

「店、やめるのか」

「店長の奥さんはやめるつもりみたいです」

「そうか」それが自然かもしれない。安田の妻は専業主婦だから、まったく事情の分からない楽器店を切り盛りすることなど、考えてもいないだろう。他人に任せきりにしたら、それはそれで不安だろうし。高価なギターばかりが揃《そろ》った店だから、楽器は全て売り払って当面の生活費の足しにするのが、一番賢いやり方かもしれない。

「まあ、その辺の話もゆっくり聞くよ。とにかく入ろうぜ」

吾妻は二人を先導して店に入った。予想通り、二階に入ると他に客はいない。追い出されるまで粘ろうと決めた。

「えっと、うな丼で」遠慮がちに水嶋が切り出した。

「何言ってるんだよ。上にしろ、上に」うな丼は昼だけのメニューで、安いなりの量しかない。「うな重上」二千二百円三人分は懐に痛いが、仕方ない。せめて水嶋に美味い物を食べさせて、口を滑らかにしたかった。

「いいんですか？」水嶋が上目遣いに吾妻を見て言った。

「いいんだよ。うなぎはでかいのを食わないと、美味さが分からないから」それなら特上にすべきだが。

吾妻は「上」を三人前頼み、お茶を一口飲んだ。水嶋は疲れ切った様子で、キャップを取ると溜息《ためいき》をついた。明るい金色に染めた髪は、根元が黒くなっている。こういう状態が一番みっともないんだよな、と思いながら吾妻は切り出した。

「安田、脅されてたのか？」

「はっきりしてないんですけど」水嶋が低い声で認めた。「電話で話してるのを聞いたんですけど、何か、そんな感じでした」

「それはいつ頃？」

「あの……殺された日の夕方なんすけど」

「店で？」

「はい。店長、携帯で話してました」

「相手は？」

「分かりません」

「知り合いかな」

「いや、違うと思います。初めて話すような感じがしましたけど」

吾妻はうなずいた。意外にちゃんと聞いているようだ。

「話の内容は？」

「あまりはっきり聞いてないんですけど……『そんなに無理だ』とか何とか」

ああ、これはいかにも典型的な脅迫だ。

「いくら出せって言うんだ？」

「いくらまでなら出せる？」

「具体的な金額を言ってくれ」

「一億」

そして、「そんなに無理だ」。極めて自然に想像で言葉がつながっていく。

「電話を切った時、安田はどんな感じだった？」

「よく分からないんですよ。途中から外へ出ちゃったんで。戻って来た時には、顔が真っ青でしたけどね」

「脅された感じなんだな？」

「まあ……あまりいい気分じゃなかったのは間違いないと思います」

「何があったのか、安田に確認したのか？」

「そんなこと、できませんよ」水嶋が思い切り首を振る。顔からは血の気が引いていた。「だって、これからどうしようって話をしてて、皆真っ暗になってたのに……」

「安田が殺される前から、店を閉める話をしてたのか」

「ええ。だって、借金だけ残っちゃって」

「例のギターを競り落とした一億だけど、あいつ、どこからそんな金を持ってきたんだろう？　銀行だって貸してくれないはずだ」

「それは、俺なんかは何も知らないっす。金のことは店長に任せきりだったんで」

「そうか……」

　うな重が運ばれてきて、会話は一時中断した。警察は、安田が話していた相手をとうに割り出しているだろう。携帯電話の通話記録を辿《たど》れば、そんなことは簡単だ。なのに今まで捜査に動きがないということは、この線はよくなかったのか……あるいは、会話の相手は分かっても、まだ事情聴取できていないのかもしれない。もしもその相手が安田を殺した張本人なら、事件の後で姿を消していてもおかしくはない。

「さあ、食えよ」

結構な量のうなぎである。この値段でこの量だったらむしろお得だよな、と思いながら吾妻は箸を構えた。前を見ると、水嶋はうなだれたまま、箸をつけようとしない。

「どうした」

「やっぱり食欲、ないっす」

「食わないと参っちまうぜ。いろいろあったんだし、夏バテだって……」

「俺、これからどうしましょうか」水嶋が不安気な目つきで吾妻を見た。

「どうしたい？　他の楽器店で働くか？」

「全然決めてないんすよ。どうしていいか分からなくて」

「この街なら、楽器屋はたくさんあるけどな」

「あの店、働きやすかったんですよ。店長もいい人だったし、儲《もう》けもよかったし」

「本当かね」吾妻は首を傾《かし》げた。安田の店には何度も行っているが、客で賑《にぎ》わっているところは一度も見たことがない。

「あの、単価、高かったでしょう？」

「そりゃそうだ」五桁の値段のギターなど一本もなかったはずだ。あくまで「高級」を謳《うた》っていたのだから。

「だから、一本あたりの利益も大きいんですよ」

「前から不思議に思ってたんだけど、一本三十万とか四十万のギターがたくさん置いてあったよな。あんな高い物、誰が買うんだ？」中古車が買える値段である。

「オッサン……年齢が上の人が」

「ギターなんて、若い連中が弾くもんじゃないのか」

少なくとも吾妻の感覚では。昔——それこそ吾妻が若い頃に起きたバンドブームの時は、猫も杓子《しゃくし》もギターに走った。吾妻は聴く方専門で、楽器には手を出さなかったが、周りにもギターを買った仲間はたくさんいた。やや自嘲気味に——自分の年齢を意識しながら——そのことを告げると、水嶋がぼんやりとした表情でうなずく。

「その頃からずっと続けている人が四十歳になると、高いギターを買うんですよ」

「ああ、自由になる金も増えるしな」

「憧れだったギターにも手が届くんです。その上の世代とか、もっとすごいですよ。昔趣味でバンドをやってた五十代の人とか、ビートルズ世代の六十代とか……自宅に防音スタジオまで作る人もいますからね」

「そこでレコーディングかい？」

「好きなだけ大きな音を出したいみたいです」

ようやく水嶋が、お重を手前に引き寄せた。大きなうなぎを見て、げっそりしたように溜息をつく。うなぎは、食欲がある時にはいいのだが、そうでない時には胃に重い感じがする。杏子も、どうせならうなぎではなくもっと軽い物を選べばよかったのに。揚子江菜館《ようすこうさいかん》の元祖冷やし中華とか。

「とにかく、あの店はよかったんです。儲けが大きいから、三人だけで回していけたし」

「他の店だったら、馬鹿馬鹿しくてやってられないか」

皮肉のつもりで言ったのだが、水嶋はあっさり「ええ」と認めた。おいおい、そんなこと言っていいのかよ……吾妻は眉をひそめたが、水嶋は気にする様子もない。

「若い連中の相手は、疲れるだけですからね。生意気な割に何も知らなくて」

「オッサンなら、深い音楽の話もできるってことか」

「そうなんですよ……だから今さら、他の店で働く気になれないんです。何とか、今の店を続けていけないですかね」

「できないわけじゃないよ。店を譲り受ければ、店の名前も変えずにそのまま営業できる」安田の店は会社形態ではなく個人商店だから、事業譲渡ではなく営業譲渡になるわけだ……商法関係は弱いのだが、と思いながら吾妻は言った。

「できるんですか」水嶋が身を乗り出す。

「ああ。商法では細かい規定があるし、この場合、本当の店の持ち主だった安田はもう亡くなっているから、普通の手続きは難しいと思うけど、できない話じゃないと思うんだ。具体的には、安田の奥さんから譲り受ける話になると思うけど、もしも本気だったら、専門家を紹介するよ」

「でも、金がかかるんじゃ……」水嶋の顔から血の気が引いた。

「それはかかるだろうな。奥さんは店の方に関心がなくて、続けていく気もないだろうから、店を手放すことにも抵抗はないかもしれないけど、金は払った方がいいだろうね。それで契約書をきちんと交わしておけば、後でトラブルにもならない。法律的にも、感情的にも」

「そうですか……」

「ちょっと考えてみろよ。他の仕事が嫌なら、今の店を続けていく方法を考えた方がいい。好きな仕事を続ける方が、人生、楽しいよな。いつでも相談に乗るから」

ただし、「人が殺された店」というのはいかにも縁起が悪いから、客足は戻らないかもしれない。悪い評判も広がってしまうだろう。

「ありがとうございます」

水嶋の顔がぱっと晴れた。安田が殺されたこともそうだが、自分の将来が不安になっていたのも間違いない。少しでも光が見えてくれば、食欲も出てくるというものだろう。

しかし俺も、本当にお節介だな、と吾妻は苦笑した。つい手を貸してしまう癖は、簡単には治りそうにない。それでいつもてんてこ舞いになっているのだから、自業自得だ。まあ、仕方ない。これは性分なのだから。

水嶋は何とかうなぎを残さず平らげた。これだけ食べられれば大丈夫だろう、と吾妻は一安心した。

「で、さっきの電話の話なんだけどな」

「はい」水嶋の表情がまた強張《こわば》る。

「本当に、何か心当たりはないのか？」

「ないっす」

「でも、安田とは毎日一緒にいたんだから、何かあれば気づくだろう」

「そうなんですけど、店長、俺たちに言わないことも多かったから」

「例のギター……『58』のことだけど、あれのオークションに参加することに関しても、君たちに何の相談もなかったのか」

「なかったっす」

「じゃあ、普通のギターの仕入れは？　古い、高いギターもたくさんあっただろう」

「その辺も全部、店長の伝《つて》でした」

「だいたい、どこで買うんだよ、そんなもの」

「それこそいろいろです。他の楽器屋から買ったり……中古で多いのは、個人で売りに来るパターンなんですけど」

「そもそも、『58』がオークションにかかることなんて、何で安田が知ってたんだ？アメリカの話じゃないか」

「ああ、それは……たぶん、教えた人がいたと思います」

「誰だ？」吾妻は身を乗り出した。大した問題ではないかもしれないが、この件は最初から頭の片隅に引っかかっていた。安田が自分でオークション情報をチェックしていたとは思えないし、そもそもあの男は高所恐怖症で飛行機に乗れない。どんなにいいギターが見つかったとしても、アメリカまで飛んで行くとは考えられなかった。それが今回、何故……もちろん『58』がそれだけの価値のあるギターだということは分かるが。

「ええと、和田《わだ》さんという人なんですが」

「下の名前は？」

「知らないんです」水嶋が首を横に振った。「たまに店に来るんですけど、俺たちは挨拶するぐらいだったんで……店長は、昔から知っている人みたいでしたけど」

「何者なんだ？」

「あの、何て言うんですか、ブローカー？」

吾妻が眉をひそめるのを見て、水嶋が慌てて説明をつけ加えた。

「ブローカーって言葉はよくないかもしれないっすけど、要するにギターを発掘してる人です。地方の楽器屋を回ったり、コレクターの人とつき合ったりして、掘り出し物のギターを見つけてくるんですよ。うちでも何本か、和田さんからギターを買ったことがあります」

「連絡、取れないかな。君、番号の交換とかしてないのか」

「自分はしてないですけど……たぶん、店に行けば分かると思います」

「よし、まずそれを教えてもらおうか」吾妻は膝を叩いて立ち上がろうとした。何か一つでも手がかりがあれば、次につながるかもしれない。

だが、慣れない胡座《あぐら》は脚にダメージを与えた。知らぬ間に痺《しび》れていて、立ち上がった途端によろけてしまう。それを見て、杏子がくすりと笑った。

「今のは笑うところじゃない」

「カン先生、年なんじゃないですか」

「日本人の生活は年々洋風化してるから、胡座だってきつくなってるんだよ。今は、和室で一時間胡座をかくような機会なんか滅多にないんだぞ」

「はいはい」

平然とした様子で杏子が階段に向かった。脚はまったく痺れていない様子である。

ちらりと振り返り、壁に手を当てて何とか立っている吾妻を見て、にやりと笑った。まったくこいつは……苛立つのだが、この手がかりを持ってきたのは彼女である。そういえば「検事になりたい」というようなことを言っていたが、案外向いているかもしれないと思う。検事の主な仕事は、警察の捜査を受けて、裁判に持っていけるよう事件を仕上げることだが、政治家が絡むような事件では自ら捜査することもあるし、警察の捜査を監督・指揮するのも仕事である。腰の軽さや好奇心の強さ、説得力——たぶん水嶋は吾妻と会うのを渋ったはずだ——は、検事に向いているかもしれない。だったら、これからはそういう方向の指導をしっかりしてやらないと。

少なくとも彼女は、こんなことを続けていてはいけない。

さくら通りは、およそ神保町らしくない通りだ。並行して走る靖国通りは、神保町交差点から専大前交差点まで古書店がずらりと建ち並び、まさに世間の人のイメージそのままの「神保町」なのだが、二本裏に入ったさくら通りは、下町の地味なビジネス街という感じである。小さなオフィスビルやマンションが建ち並び、そういう建物には小さな会社が無数に入っている。先ほどのうなぎ屋のような古い飲食店もいくつかあるが、全体には地味な感じで、神保町らしい雑然とした賑やかさはない。こういう小さな会社が所狭しと集まっているのは、東京の下町の普遍的な光景ではあるのだが。

歩いているだけで汗が噴き出す陽気の中、安田の店までの道のりは遠かった。いや、実際にはそんなに遠いわけではない——白山通りを越えてすずらん通りに入ればすぐだ——のだが、最高気温三十五度にもなろうかという日に、アスファルトからの照り返しを受けて歩き続けるのは苦行である。三人とも言葉を失い、無言のまま暑さに耐えながら歩き続けた。脚がむき出しの杏子は少しは楽なのではないかと思ったが、関係ないようだった。それより何より、あんなに脚を出していたら日焼けして後が辛《つら》いだろう。

店のシャッターは閉まっていた。実質営業停止中……もう警察の調査は入っていないだろうが、今後営業を再開できるかどうかは分からない。営業譲渡の話はしたが、それだって簡単なことではないのだ。そもそも、当面店を運営していくためのキャッシュフローがあるかどうか。銀行に金があるにしても、それが誰の持ち物かといえば……安田の妻だ。さすがに彼女も、それを店の運営資金に提供するとは思えない。

冷房が入っていない店の中には、むっとした熱気が籠っていた。しかし水嶋は、エアコンのスウィッチを入れるつもりはないようだった。仕方なく吾妻は一時店から撤退し、向かいの釣具店の前に移動した。屋根が歩道上に張り出しているので少しは陰になるし、灰皿が置いてあるのでそこで一服するつもりでいた。

深々と煙草《タバコ》の煙を吸いこみ、一息つく。半分上がったシャッターの隙間から、水嶋の脚だけが見えていた。近くには杏子もいる……杏子は店内の様子が珍しいのか、あちこち見て回っているようだった。一方水嶋は、動かない。レジの近くで何か調べているのだろう、と推測する。

煙草を一本灰にしたところで、水嶋が店から出て来た。手には一枚の紙。一瞬、吾妻を見失ったようだが、すぐに見つけると、紙を持ったまま手を振った。吾妻は二本目の煙草をパッケージに押しこみ、道路を渡ろうと思ったが、それより先に水嶋が駆け寄って来た。

「煙草、いいすか？」

「ああ、いいよ」

吾妻はもう一度煙草を引き抜き、火を点《つ》けた。水嶋も煙草をくわえる。深々と煙を吸いこむと、ほっとした表情を見せた。

「で、何かあったのか？」

「あ、すみません」水嶋が、手に持った紙を差し出した。リストにボールペンで赤い線が引いてある。

「これは？」

「売買記録から引っ張り出してきました。これなら、必要な情報は全部あるでしょう?」

「ああ……って、この人も近くに住んでるんだな」

「そうですね」

といっても住所は西神田——JR水道橋駅に近い辺りだ。マンションのようだが、あの辺にはファミリー向けの物件がほとんどない。学生相手のワンルームか、事務所に使っているような部屋が多いはずだ。もしかしたら和田も、事務所にしているのかもしれない。

「これ、家なのかな」

「分かりません」水嶋が首を振る。「リストから引っ張り出してきただけなんで……これも店長が自分で作っていたんですよ」

「君らはタッチできなかったわけか」安田はそんなに秘密主義者だったのだろうか。金がかかわるところは全て自分で把握し、二人の店員には接客だけを任せる——そうかもしれない。こういう商売では、いかにいいギターを仕入れるかがポイントのはずである。そこだけはアルバイト店員に任せられないと思っていてもおかしくはない。

「まあ、大事な商談は店長の仕事ですよね」

「なるほどね……ちょっと携帯を貸してくれないか」

「持ってないんすか?」水嶋が疑わしげに言った。

「ああ、普段は必要ないんでね」

水嶋が、尻ポケットからスマートフォンを引っ張り出した……しかし、そもそも操作方法が分からない。正直に告白して、和田に電話をかけるように頼む。水嶋は呆気《あっけ》に取られていた。今時、スマートフォンを操作できない人間がいることが、信じられないようだった。

「どうぞ」

「どうも」咳払いをして、吾妻はスマートフォンを受け取った。かかってしまえば、普通の電話である。

呼び出し音が続いたが、和田は出ない。向こうの携帯にかけているようだが……七回呼び出し音が鳴った後、留守番電話に切り替わった。メッセージを考えていなかったので、取り敢えず諦めて水嶋に戻す。

「出ませんか？」

「ああ」

「そうですか……」

水嶋がスマートフォンをさっと操作する。こういう指の動きは、これまで人類が経験したことのないものではないか、と吾妻は考えた。楽器を弾く人には馴染《なじ》みやすい動作かもしれないが。

「今かけたのは、携帯だよな」

「そうです」

「自宅の電話番号は……」吾妻はリストを見た。ない。もちろん、自宅の電話番号がなくてもビジネスには困らないだろうし、和田本人も、携帯電話だけで生活しているのかもしれない。今は、そういうのも普通だろう。

「先生、携帯を持ってないと、この先連絡を取るのも面倒じゃないすか。買ったらどうです？」水嶋が煙草を灰皿に投げこみながら言った。

「いや、普段は使う用事がないからね」何だかむきになっているな、と自分でも思った。

「じゃあ、どうします？」

「行ってみるよ。そんなに遠いわけじゃないし」

「そうですか……あの、警察には？」

「君は何も言ってないんだな？」

「聴かれてませんから」肩をすくめる。

敦賀も甘いのではないか、と吾妻は訝《いぶか》った。とにかく何でも聴き出して調べてみないと、捜査は進まないはずなのに。

「じゃあ、特に何も言う必要はないよ。この人が怪しいと決まったわけじゃないんだから」

「一人で大丈夫なんですか？」

一瞬、言葉に詰まる。大丈夫……のはずだ。実際、何も怪しいことはないのだから。少なくとも今のところは。

「心配か？」

「ええ、まあ……」

「じゃあ、こうしよう。俺は今から、和田さんの家に行ってみる。今から……そうだな、二時間経っても何も言ってこなかったら、警察に相談してくれないか」

「マジすか」水嶋の顔から血の気が引く。

「念のためだよ、念のため」吾妻は水嶋の肩を叩いた。「何か起きるとは思えないけど」

吾妻の視線は、店から出て来た杏子を捉えた。この状況を面白がっているのか、目が輝いている。

「君はここまでだ」吾妻はすかさず右手を上げて、彼女の動きを制した。

「何言ってるんですか。和田さんに会うんでしょう？　つき合いますよ」

「その必要はない」

「だけど――」

「うなぎ、奢《おご》ってやっただろう？　それで十分、お礼はしたと思うけどな」

「別に、お礼が欲しいわけじゃないんですけど」

「とにかく、これ以上首は突っこむな。分かったな？」吾妻は少し強い調子で念押しした。杏子は不満そうに唇を尖《とが》らせたが、吾妻は無視して歩き出した。何があるとも思えない――しかし、少しでも危険な可能性があるなら、杏子を同行させるわけにはいかないのだ。

しかし、杏子の鋭い視線は、ずっと背中に突き刺さってくるようだった。

白山通りに戻って、水道橋の方へずっと歩いて行くと、住所は神田神保町から西神田へと変わる。それにしても暑い……白山通りはだだっぴろい通りで、陽射《ひざ》しが容赦なく降り注ぐのだ。銀杏《いちょう》並木はあるのだが、それぐらいでは陽射しは遮られない。舌でも出したい気分だよ、と泣き言が頭に浮かぶ。実際舌を出してみたのだが、それで暑さが軽減されることもなく、馬鹿みたいに思えてきてすぐに引っこめた。代わりに自動販売機でミネラルウォーターを買い、歩きながら水分補給をする。何とか生き返った気分になり、風景にも色が戻ってきた。よし、もう少し……気合いを入れて歩こう。この辺は非常に狭い街なのだ。暑さに負けるまでに、大抵行きたい場所に辿り着ける。

西神田は、さくら通り付近と同じように、小さなビルが密集した地域である。目的地のマンションも、いかにも狭い敷地に無理矢理建てたもののようだ。一階部分が灰色に近い茶色、二階から上が濃い茶色だった。八階建て……エントランスで部屋を確認すると、和田の部屋は四〇二号室だった。不在だろうと思っていたが、インタフォンを鳴らすと反応があった。

「はい」低く、よく通るいい声だった。

「吾妻と言います」一瞬言葉に詰まる。自分はただの大学准教授で、事件に首を突っこむ権利はない。だが、名前を言っただけでは事態は前進しないだろう。「明央大の……」

「ああ、はいはい。聞いてます」

「どういうことですか」インタフォンを通じて難しい会話ができないことは分かっているが、つい聞いてしまった。

「さっき、電話貰《もら》ったんですよね。安田さんの店の――」

「水嶋君」

「そうです。携帯、お持ちじゃないんですね」

「そういう主義なんです」

「今時、まあ……」和田が呆れたように言ったが、すぐに気を取り直したように「中へどうぞ」と続ける。オートロックのドアが開き、ロビーに流れる冷風が体を撫でていった。汗だくになった体には、危険なほどの冷たさに感じられる。

ブローカーというからどんな大層な部屋に住んでいるかと思っていたのだが、ごく普通の部屋だった。玄関を入ってすぐ短い廊下があり、突き当たりがリビングダイニングルーム。八畳ほどの部屋に小さなダイニングテーブルとベッド、ソファが所狭しと置かれ、真っ直《す》ぐ歩けないほどになっていた。

「すみませんね、片づいてなくて」

「いやいや」否定したが、居心地が悪いのは間違いない。立ったまま話を聞くか……と吾妻はまず、和田という男をさっと観察した。年齢は自分と同じか少し下ぐらい、と見て取る。背が高いというよりひょろ長い体型で、二の腕などガリガリである。そして、異常に手が大きく指が長かった。ギタリストならでは、という感じだろうか。ウエーブがかかった長髪は古臭い感じで、海外での言い方を借りれば、八十年代の「ヘアメタル」のミュージシャンのようだ。テクニックよりも見た目を重視した、髪型命のバンドマンたち。悪意たっぷりの表現だが、音楽評論家や専門雑誌は、アルバムを一千万枚売ったミュージシャンより、「知る人ぞ知る」アーティストをプッシュするのが「専門家」の義務だと思っているのだろう。そんなのは、単なる自己満足に過ぎないのだが。

「ギターを扱っている、と聞きましたけど」吾妻は部屋の中を見回した。「ないんですね」

「ああ、うちは一時保管するだけなんで。右から左へ流しているだけですよ……何本かはありますけど、それは別室に」

別室とは大袈裟《おおげさ》だ。リビングダイニングルームから他の部屋に通じるドアは一枚しか見当たらないのに。

「ご覧になります？」

「ええ」そもそもこの狭苦しい部屋では話がしにくい。

和田がドアを開け、隣の部屋に吾妻を導き入れた。入った途端に、ひんやりとした空気に体を包まれる。エアコンが低い音で唸《うな》りを上げ、しかも加湿器からは水蒸気が白く上がっている。何だか変な感じだな、と吾妻は首を捻《ひね》った。

ギターは、壁際に並んだスタンドに立てかけられていた。十本ほどだろうか。狭い部屋の壁一面が隠れるほどの本数ではあったが、さすがに「楽器屋」という感じではない。

「結構冷やしてるんですね」吾妻は反射的に、むき出しの両腕を擦《こす》った。

「すみませんね。ギターの管理には、温度と湿度が大事なので」

「今、何度なんですか」

「二十三度」和田が、床に直《じか》に置いた寒暖計を取り上げた。「ちなみに湿度は五十パーセントにしてあります。エアコンを入れると、どうしても湿度が低くなりますからね……日本の気候は、ギターには優しくないんですよ」

この部屋の温度を上げるのはできそうにない。仕方なく吾妻は、「隣の部屋にしましょう」と言った。外との温度差は十度ぐらいあるだろう。先ほどは体が溶けそうだと思っていたのだが、さすがにこれは冷え過ぎだ。

「いいですよ」

和田は「保管庫」のドアをきっちり閉めた。あくまでこの部屋の温度と湿度は一定に保っておかなくてはならない、ということだろう。和田がダイニングテーブルについたので、吾妻もそれに倣う。小さな丸テーブルでは、どうしても斜めに座る格好になってしまい、何となく落ち着かない。しかし、椅子を動かすスペースさえないのだ。テーブルに汚れた小さな灰皿が乗っているのに、吾妻は目ざとく気づいた。和田が煙草に火を点けたので、吾妻も煙草を取り出し、「吸っていいか?」と目で訊《たず》ねる。和田が気軽な調子でうなずいたので、素早く火を点けて一服する。煙が胸一杯に回ると、ようやく気持ちが落ち着いてきた。煙草の煙もギターには悪そうだが。

「それで、ご用件は……」和田が慎重に切り出した。さすがに水嶋も、詳しいことは話していなかったようだ。

「安田のことです」

「安田君……残念でしたよね。まさか殺されるなんて」

「何か心当たりは？」

「ちょっと」和田が目を細め、声を荒らげた。「俺は何の関係もないですよ」

「別に、あなたが殺したと言ったわけじゃない。あなた、安田とのつき合いも長いでしょう？」

「それはまあ、あいつが独立する前からだから」

「その頃から、あなたはブローカーをやってたんですか」

「いや、まだギターを弾いてましたよ。弾いてたっていうのは、本気で弾いていたっていう意味だけど」

「なるほど」売れないミュージシャン、楽器を扱う方に転身する、の図か。しかし彼の顔には翳《かげ》がない。一度でも挫折《ざせつ》を経験した人間は、いつまでもそれを引きずるものだが……昔話のつもりで軽く話し出しても、一気に暗い記憶に引きずりこまれたりする。それが出てこないということは、そもそも大した活動をしていなかったのか、今の生活がよほど充実しているか、だ。

「こういう商売は儲かりますか」吾妻は率直に切り出した。

「ギャンブルみたいなものですけどね」和田が長い髪をかきあげた。「いいギターを見つけ出すのは、宝探しみたいなもので、それが楽しくてやってるんですけど……当然、それでは食えませんから」

「他にも仕事を？」

「学校で教えてます」

「ああ、音楽の専門学校ですか？」

「そうです」うなずき、和田が煙草を吹かした。「そっちで金を稼ぎながら、いいギターを探すことが人生の本当の目的って感じですね」

「その辺の事情で、安田とは情報交換してたんですか」

「まあ、向こうもプロなんで。俺が見つけてきたギターを、仲介してあいつの店に置いてもらうのはよくありました。日本には結構、昔のいいギターが眠ってましてね……バブルの頃に買い漁《あさ》った人がいて、そのまま倉庫の中にあった、なんて話もよく聞きます」

「もったいないですね」

「まったく」

話を合わせながら、吾妻は入り口を探った。いつまでもギター談義をしていてもいいが、肝心なことを聞かないと。

「安田が誰かに脅されていたという話があるんですけど」

「それ、あいつが殺されたことに関係あるんですか」和田の眉間に皺《しわ》が寄った。「何とも言えないけど、それが本当なら可能性はあるでしょうね。そういう話、聞いたことはないですか？」

「最近、あいつとは話してなかったので」急に和田が素っ気なくなった。

「仲違《なかたが》いでもしていたんですか」

「いや、そういうわけじゃないけど……」和田が煙草を灰皿に押しつけ、視線を逸《そ》らした。いかにも何かを隠している感じがする。

「例の『58』の関係ですか」

和田の肩がぴくりと動いた。適当に言っただけだが図星だったようだと満足しながら、吾妻は畳みかけた。

「安田が『58』をオークションで落としたこと、それに『58』がすぐに盗まれたこと……どちらも変ですよね。それが、今回の殺人につながっている感じもするんですが」

「いや、それは俺には分かりませんけど……でも、安田が『58』を落としたのは確かに変ですよね。オークションの話をしたのは俺だけど」

「そうなんですか」吾妻は思わず身を乗り出した。その拍子に、長くなった煙草の灰がテーブルに落ちる。慎重に掌《てのひら》に戻して、灰皿に捨てた。煙草を吸っている暇などないと思い、半分も吸っていない煙草を灰皿に押しつけた。「安田がアメリカのオークションの予定をどうやって知ったか、不思議だったんですよ」

「俺は俺で、独自のコネクションもあるんで」少し自慢気に和田が言った。

「アメリカに買いつけに行くことも?」

「さすがにそれはないですけどね。向こうには向こうでプロもいるし、敵《かな》わないから。でも、『58』がオークションに出されるらしいって聞いた時にはびっくりしたな」

「幻のギターですからね」

「俺は、実在しないと思ってたけど」

「サーが使ってたじゃないですか」

「それだって、本物かどうか、分からない」

「偽物があるんですか?」

「いやあ、都市伝説みたいなものだけど」

和田がまた髪をかきあげる。そんなに邪魔なら切ってしまえ、と吾妻は思った。この季節には、見ているだけでも暑苦しい。

「偽物っていうか、実は『58』そのものが存在しないんじゃないかって。そういうギターがあるっていう伝説が、一人歩きしているだけだ、なんて噂《うわさ》もあったんですよ」

「でも今回のオークションでは、本物のお墨つきを得たわけでしょう? だからあんな値段がついたんだし」

「まあ、そういうことですよね」どこか不満そうに和田が言った。

「安田は、どこから金を調達してきたんでしょうね」

「うん、それですけど……」和田が言葉を濁した。

「何か知ってるんですか」

「噂ですよ、噂」慌てて和田が言った。先ほどから「噂」の話ばかりだ。まるで彼は、噂の交差点のようなものである。様々な情報が行ったり来たり……。

「噂でも何でもいいんですけど」少し苛立ちながら吾妻は先を急《せ》かした。

「安田にはスポンサーがいたんじゃないかって」

「金を出した人、ですか？」

「スポンサーって、普通そういう人のことを言いますよね」

少し馬鹿にしたような口調で和田が言ったが、吾妻が咳払いすると、すぐに黙ってしまった。話が頓挫するのを恐れ、吾妻はできるだけ平静な口調で先を続けた。

「安田は、あちこちで金をかき集めたって言ってましたよ」

「でも、考えて下さい。ただ物を買うんじゃなくて、オークションですよ？　参加する段階では、いくらになるか分からないんだから、予《あらかじ》めこれで十分というところまで金を用意することは難しいでしょう」和田が反論する。

「そうか……」吾妻はうなずいた。何となく考えていたことを、和田が言葉にしてくれた。「つまり、いくら値段がつり上がっても、その資金を出せる人間が裏にいたということですね」

「というより、買ったのはその人じゃないかな」和田がこともなげに言った。「自分が表に出られない事情があるとか……だから、安田を代理人扱いしてオークションに参加したのかもしれません」

「なるほど」そのスポンサーと脅迫者は同一人物なのか……結びつける材料はなかったが、あまり登場人物が多くなると、事態は混乱するだけである。いまのところは無理に推測しないようにしよう、と吾妻は思った。「そのスポンサーに心当たりは？」

「ないですね」あっさりした口調で和田が言った。

「本当に？」

「嘘《うそ》ついてもしょうがないんで」和田が肩をすくめる。

「スポンサーが表に出られない事情っていうのは……何か犯罪に絡んだ話なんだろうか」

「何とも言えませんね」和田が首を振る。「この話だってただの噂で、根拠はないですから」

「噂だとしても、何か想定できるでしょう」

「想定とか、そういう硬い話、苦手なんですよ」和田が苦笑して言った。「分かりませんよ、そんなこと」

「そのスポンサーについて、ちょっと調べてもらうことはできませんか？」

「そういう義理はないと思うけど」嫌そうに目を細める。

「安田を殺した犯人が見つからなくてもいいんですか？」

「そういうわけじゃないけど……」歯切れが悪い。

「安田が『58』を手に入れたのがショックだったんじゃないですか」吾妻はずばりと突っこんだ。「ギターで商売している人にしてみれば、『58』は夢のようなギターでしょう。それを身近な知り合いが手に入れた……あまり、心穏やかじゃないですよね」

「まあ……そういうことは……確かに」和田が渋々認めた。

「よく分かりますよ。でも、ひとまず忘れてもらえませんか？　嫉妬しようにも、その相手はもう殺されて、この世にいないんだから」

和田の喉仏が大きく上下する。吾妻は、和田の協力を取りつけることに成功した。

6

和田はあくまで恍《とぼ》けていたのだ、と吾妻はすぐに気づいた。安田のスポンサー——そんな噂《うわさ》が取り沙汰されるようになれば、具体的な名前が挙がらないわけがない。本沢信也《もとざわしんや》。吾妻は知らない名前だったが、和田の説明を聞いてすぐにぴんときた。トーキョー・シティ・コーポレーション、略してTCC。新宿に本社のある不動産屋で、旧名は「東京都市不動産」。一九九〇年代半ばに社名が変わっているが、それは悪評を払拭するためだった、と吾妻は知っている。この会社は、八〇年代中頃から地上げにかかわり、神保町にも手を伸ばしていた。もちろん、自分たちが直接荒っぽい手段に出るのではなく、その筋の人間を使ってのことだったが、守る立場だった神保町の住人たちは、地上げ屋の背後に誰がいたかを知っている。

しかしバブルが崩壊し、地上げブームも一段落した後には、何事もなかったかのように「普通のディベロッパー」に転身することに成功したようだ。

「本沢社長は、二代目です」和田が説明した。

「ということは、地上げをやっていたのは先代？」

「そうなんでしょうね」和田が新しい煙草《タバコ》に火を点《つ》けた。「俺は、その辺の詳しいことは知らないけど」

「二代目は、あなたたちにとってもいいお客さんですか？」

「面識はあるけど、俺は直接取り引きをしたことはないですね。でも、コレクターとしては有名な人ですよ。確か、自宅の地下を改造して、ギャラリーみたいにしてるんじゃないかな」

「ただ集めてるだけ？」

「高いギターはね……そういうのは、鑑賞用ですから。でも今でも、ライブをやってるみたいですよ」和田の口調には皮肉っぽさが感じられた。

「TCCの社長が、ねえ」自分の知らないことも世の中にはいくらでもあるのだ、と吾妻は思い知った。

現在のTCCは、地上げの黒幕だった暗い過去を、ほぼ払拭できたと言っていいだろう。マンションディベロッパーとして、都内各地にタワーマンションを建てている。その手のマンションの人気はうなぎ上りなので、会社の業績も悪くないはずだ。

「その人が、本当に安田のスポンサーだったんだろうか」

「どうかなあ……でも今の日本で、一億円もするギターに手を出せる人は、そんなに多くないでしょう」

「そりゃそうですね」

「会ってみます？」何故《なぜ》か自分のことのように真剣な感じで、和田が身を乗り出してきた。

「そんなに簡単には会えないでしょう」会社に押しかけて行って面会を求める……駄目だ。だったらアポを取る？　それも至難の業だろう。もしも自分が経済学部や経営学部で教えていたら、「研究のため」という名目でインタビューを申しこめるかもしれないが。

「いや、ちょっと待って下さい」和田が、傍らに置いたタブレット端末を引き寄せた。何か調べ物をして、すぐに吾妻に見せる。

「これは？」どこかのホームページ……ライブハウスの出演情報だとすぐに分かった。

「本沢さんは、定期的にこのライブハウスに出てるんですよ。先生、ついてるじゃないですか。今晩、まさに出番です」

ついていると言っていいんだろうな、と吾妻は自問した。本沢に会う価値はある。だが、この状態――彼に関する個人情報がほとんどない状態で会っても、簡単に追い返されてしまうかもしれない。だが取り敢《あ》えず、会わなければ何も始まらない。

「あなた、顔見知りなんですよね？」和田に念押しする。

「ええ」

「だったら、つき合ってもらえませんか？」

「俺が？」和田が自分の鼻を指差した。「いや、俺だって仕事もあるし、そういう義理は……」

「安田は殺されたんですよ。どうしてそんなことになったか、知りたくないですか？」

これはいつでも殺し文句になる。和田はしばらく渋っていたが、最後は同意した。

そもそも大したことではないのだが……ライブハウスのつき添いぐらい、何ということもないだろう。

安田が殺されたことに比べたら。


ライブハウス「ファスト」は、神保町を離れて秋葉原にあった。住所的には外神田。神保町や淡路町界隈《かいわい》と秋葉原を隔てているのは神田川だけなのだが、川のこちらと向こうとではだいぶ雰囲気が違う。どちらも同じような下町なのだが、秋葉原に入ると途端に原色の看板やネオンが目立ち始め、目がちかちかしてくるのだった。

自宅から歩いて行ける場所だというのに、吾妻にはほとんど縁のない街である。昔――家電の街だった頃はまだほんの子どもだったし、パソコンショップが幅を利かせていた時代も、特にパソコンに興味を持っていなかったので、足を踏み入れることはなかった。そして今のサブカルの街としての顔……これが一番馴染《なじ》めない。根城のすぐ近くにあるのに、まったく異質の世界に感じられた。

長い散歩になった。昌平《しようへい》橋を渡り、神田明神下の交差点を右折して、昌平橋通りの一本裏の細い道に入る。夕方になって、この街の「ギラギラ感」はさらに激しくなっていた。以前、大学の同僚が「大阪の日本橋《にっぽんばし》の方が派手だ」と変な比較をしていたが、これでも吾妻には十分過ぎるほどである。

「落ち着かないですね」一緒に歩く和田が苦笑しながら言った。

「まったく」この光景を「落ち着かない」と感じるとしたら、和田は何歳ぐらいなのだろう、と吾妻は不思議に思った。自分と同年配だろうが、感覚はずっと若い感じもするし……しかし、秋葉原のサブカル感に違和感を覚えているとしたら、やはり結構な年齢ではないだろうか。

「こんなところにライブハウスが?」吾妻は思わず左右を見回した。若者が集まって来そうな雰囲気はまったくない。

「この先ですよ」和田が右手をすっと挙げた。見ると、パソコンのアウトレットショップの向かいのビルの外に、小さな赤い看板が出ている。「Fast」と地味に書かれた看板には、下向きの矢印も描かれていた。店は階下ということか……腕時計を見ると、間もなく午後七時。

「今日は、平日じゃないですか。社長がのんびりライブなんかやっていて、大丈夫なんですかね」

「社長が夜の営業もこなしている会社の方が、余裕がないんじゃないですか？」和田が切り返してきた。「ちょっと出演の順番が分からなかったから、待つかもしれませんよ」

「それは構わないけど」

「腹が減ったなあ……」

和田が情けない声で言ったが無視する。これからのんびり食事をしていたら、社長の出演時間は終わって帰ってしまうかもしれない。もっとも、秋葉原でゆっくりと食事を楽しむのは、至難の業なのだが。昔から、食に煩《うるさ》い人はこの街には興味を持たないという。早く手軽に食べられればいいということなのか、カレー屋とラーメン屋が多い。

和田の不満を無視して、階段を下りる。こっちは、昼間のうなぎがまだ胃の中に残っている感じだ……ねっとりと暑く湿った空気が体にまとわりつく。店内に入ってもそれは変わらない。こういう場所では、エアコンもあまり効き目がないようだった。

店内は、吾妻のイメージにあるライブハウスとはずいぶん雰囲気が違った——いや、店の雰囲気自体は、普通のライブハウスと変わらない。前方には、ドラムを中心に左右にアンプを配したライブ用のセット。広さは十畳ほどなので、派手なアクションは無理だろう。フロアには小さな丸テーブルがいくつも並んでいて、少なくとも今日出演するバンドに、客を踊らそうとする意図がないのは明らかだった。テーブルはほとんど埋まっているのだが、妙に白い……ワイシャツ姿の一団が客のほとんどを占めているせいだ、と吾妻は気づいた。

「ずいぶんサラリーマンが多いんですね」

「皆TCの社員でしょ」言って、和田が馬鹿にしたように鼻を鳴らす。

「社長の演奏を観《み》に来た？」

「というより、観に来させられた？」和田が切り返した。「あれじゃないですか、社長が自分で言い出すわけもないから、総務辺りが気を利かせてとか」

「ひどい話だな」

「二代目の若社長だったら、いかにもありそうな話じゃないですか」

一般の会社のそういう事情は、自分や和田には分からないはずだが、と吾妻は思った。自分は大学というかなり特殊な世界、和田もギターのブローカーというあまり一般的ではない世界に住んでいる。

それにしても……五十人ほどもいるだろうか。思い思いに酒を呑《の》んで談笑しているが、何となく雰囲気が硬い。この場を楽しんでいる人間は一人もいないのではないだろうか、と吾妻は訝《いぶか》った。

「何か呑みますか」吾妻は和田に切り出した。

「ビールだなあ」和田が舌なめずりするように言った。「今日も暑かったし、結構歩きましたからね」

吾妻はカウンターで、和田に生ビール、自分用にはコーラを仕入れた。夜の七時にコーラというのは情けない話だが、今日は酔うわけにはいかないから仕方がない。フロアの一番後ろのテーブルが空いていたので、二人で腰かけ、本沢の出番を待つ。なかなか始まらない……痺《しび》れを切らして吾妻はトイレに行ったが、手を洗っている最中に、突然爆音が耳に飛びこんできた。聞き覚えのない曲だが、古っぽいブルースロックのようだった。

ギターの音がやたらと大きい。トイレが、場所的にギターの周波数を拾いやすい場所かとも思ったが、外に出るとさらにギターの音が大きくなった。本来一番はっきり聴こえるはずのドラムはすかすかで、ボーカルもほとんど聞き取れない。

ギタリストは一人だけ。それが本沢だとすぐに推測できた。ステージ衣装……という感じではない。光沢のある白いシャツにスリムなジーンズ。シャツの胸元は大きく開き、シルバーのチェーンが覗《のぞ》いていた。

ギターは派手だった。黒をベースにしているのだが、全面に龍《りゅう》のイラスト、というか象嵌《ぞうがん》が施されている。いかにも高そうで、「コレクター」というのは嘘《うそ》ではないようだった。

テーブルにつくと、吾妻は和田に向かって顔をしかめた。音が大き過ぎる——という文句が聞こえたはずもないが、和田はにやりと笑ってうなずいた。尻ポケットからスマートフォンを引き抜くと、タップしながら素早く文字を打っていく。吾妻に向かって差し出し、画面を見せた。

『あの社長、馬鹿ですね』

どうして、という疑問の意味をこめて肩をすくめる。和田はまたも、吾妻の意図を正確に読んだ。

『この広さのライブハウスで、マーシャルの100ワットはあり得ません』

なるほど……本沢が背にしているのがマーシャルのアンプか。自分では楽器を演奏しない吾妻も、それがロックに必須の大音量アンプだということは知っている。それこそ、ジミ・ヘンドリックス、ジミー・ペイジ、リッチー・ブラックモアの時代から、ロックのアンプと言えばマーシャルだ。

それにしても、まあ……吾妻は爆音の中で思わず苦笑した。

本沢は、ギターが下手だった。吾妻のような素人の耳では、上手《うま》い下手を聴き分けるのは不可能なのだが、それにしてもひどい。平気で音を外してベースと不協和音を作るし、リズムも遅れがちだ。素人バンドにありがちな、ドラムが走っている状態かもしれないが、それにしてももたもたしている。ギターソロになるとすかさず前に出てくるのだが、ずっとうつむいたまま、ネックを凝視しているだけだった。しかし社員たちは、拳を突き上げて盛り上がる……社員たちが可哀想《かわいそう》になってきた。いかに社長のご機嫌を取るためとはいえ、下手な演奏を聴かされ、盛り上がっている振りをしなくてはならないとは。

ちらりと横を見ると、和田は不貞腐《ふてくさ》れたような表情を浮かべてスマートフォンを弄《いじ》っていた。ビールには手をつけていない。こんなギターを聴きながらビールを呑んだら、まずくなるとでも思っているのかもしれない。

一曲終わると、間髪入れず次の曲。リズムが強調された曲で、今度はギターが「走る」。致命的にリズム感に欠けている人間なのだと分かり、溜息《ためいき》が出てきた。

二曲目が終わったところで、和田が立ち上がった。苦笑しながら吾妻の顔を見て、すっと頭を下げる。何か話したいことがあるのだなと分かり、彼の後ろについて店の外に出た。

分厚い鉄の扉を閉めると、ようやく「騒音」から逃れることができた。和田が盛大に溜息をつき、「初めて聴いたけど、ありゃひどいや」と零《こぼ》した。

「下手なのは俺にも分かったけど」

「別に、上手い人間だけが人前で演奏できる資格を持ってるわけじゃないですよ。趣味で演奏するなら、文句を言われる筋合いもない」

「だけど、あの社長はひどすぎる」

「ねえ。何でこっちが金を払って演奏を聴かなくちゃいけないんだ、って話ですよ。びっくりしたな」

「今まで聴いたこと、なかったんですか」

「ない、ない」和田が大袈裟《おおげさ》に顔の前で手を振った。「何が悲しくて、俺が素人の演奏を聴かなくちゃいけないんですか」

「社員も大変だ……」

「出席してるかどうかで査定でもつけられたら、悲惨ですよね。一種のブラック企業じゃないかな」和田が溜息をつく。

「高そうなギター、使ってましたね」吾妻は話題を変えた。

「ポール・リード・スミスのプライベート・ストックシリーズ。大量生産じゃなくて、一本ずつワンオフで作ってる特別なモデルですよ。今日使ってたやつは、二百五十万円ぐらいするんじゃないかなあ」

吾妻は音を立てずに口笛を吹いた。

「そんなギターをステージで使う神経は理解できない」

「いや、あの人のコレクションの中では、そんなに高い方じゃないから」

本沢の年収がどれぐらいかは知らないが、いったいギターにいくら注《つ》ぎこんでいるのだろう。当然、経費で落とすわけにはいかないし……何だか体から力が抜けてきた。

「あのギター、確か安田の店にあったやつじゃないかな」和田がぽつりと言った。

「そうでしたか？」安田の店の壁を飾っている高いギターの数々を思い浮かべてみる。あんなに派手なギターがあったかどうか……思い出せない。やはり楽器は、プレイヤーでないと印象に残らないのだろう。しかし本沢は、元々安田と関係があったわけだ……そうでなければ、オークションの代理を頼んだりするわけがない。

「やってる曲は何なんですか？」

「一曲目がカクタスの『イーブル』、二曲目がBBAの『リヴィン・アローン』……あ、どっちもリズム隊がカーマイン・アピスとティム・ボガートか」

「いつ頃の曲ですか」吾妻にはやはり馴染みのない曲だった。

「七十年代前半ですね。年齢の割にチョイスが渋いな……で、どうします？　終わるまでここで待ちますか」

「クソ暑いのを取るか、騒音を取るか」吾妻は額を掌《てのひら》で擦《こす》った。薄く汗が張りついている。

「――中は多少なりともエアコンが効いてますよ」

「しょうがないですね」吾妻は肩をすくめ、重いドアを肩で押し開けた。途端に騒音が襲ってきて、かすかな頭痛を感じる。バンドの演奏は恐らく三曲目――さらにアップテンポの曲に変わっていた。あと何曲我慢しなければならないのか……しかし、演奏が終わらない限り話は聞けないのだから、致し方ない。

後から考えれば、ひとまず――そう、三十分ほど退避して、和田と二人でラーメンでも食べてくるという選択肢もあったはずだ。

それさえ思いつかなかったほど、本沢の演奏は吾妻の脳を揺らしていたようだ。それでも、水嶋に「特に問題なし」と連絡を入れることは忘れなかったが。

ステージは一時間に及んだ。本沢率いる五人組の演奏が終わった後には、アコースティックギターを抱えた二人組が出てきて、淡々とした調子で演奏を始める。淡々としてはいたが、テクニックは確かだった。クラシックやポップスをアレンジしたインストゥルメンタルを聴かせたのだが、まるであと二人ほどギタリストがいるように音が分厚い。ハーモニーは完璧。ヴィブラートのタイミングさえぴたりと合っており、耳に心地好《よ》かった。

だが、本沢の取り巻きたちは無礼だった。バンド編成に比べれば音量は小さいので、演奏を無視して平気で馬鹿話を始める。ステージを降りた本沢がテーブルを回っていくと、一々頭を下げて挨拶を始めるので、一番後ろのテーブルからはステージが見えにくくなっていた。

「失礼な連中だな」吾妻は思わず文句を言った。

「まあまあ……しょうがないでしょう」和田が肩をすくめる。

「誰も演奏、聴いてないじゃないですか。あの二人、よく我慢できますね」

「客が一人もいない状態で演奏するよりはましだから」和田の声は低い。せめてアコースティックデュオの演奏を邪魔しないようにという心遣いのようだった。

本沢の挨拶回りは続いた。どうやって声をかけようか……心配になって和田に聞いてみたが、「大丈夫ですよ」と答えが返ってきただけだった。何が大丈夫か分からなかったが、和田は本沢の動きをじっと目で追っている。

ほどなく、本沢がこちらに視線を向けた。そのタイミングを逃さず、和田がすっと右手を挙げる。親しい人に合図するような仕草。本沢の顔に笑みが広がり、すぐにこちらのテーブルに近づいて来た。

「やあ、どうも」

ステージ上の二人にはお構い無しの、騒々しい声。ライブを終えて耳がやられてしまったのでは、と吾妻は訝った。

「ご無沙汰してます」立ち上がった和田が丁寧に頭を下げる。枯れ果てたバンドマンの風貌ながら、所作は世慣れた営業マンのそれだった。「乗ってましたね」

「いやあ、あまり調子が良くなかったけど」

「またまた、ご謙遜を」

本当に営業マンか、と吾妻は少し白けた気分になった。こんなに露骨なヨイショは、最近聞いた記憶がない。二人の間抜けな会話をいつまでも聞かされるのに我慢できず、吾妻は立ち上がった。足でわざと乱暴に椅子を押しやり、音を立てる。それでようやく、和田は吾妻の存在を思い出したようだ。

「ああ、あの、こちら、明央大法学部の先生で、吾妻さんです」

「ああ、どうも」

本沢が軽く頭を下げる。どうやら大学の先生というのは、彼の人生において尊敬に値する人種ではないようだ、と苦笑してしまう。

「ちょっとお話しさせていただいていいですか」

「何でしょう」

「ちょっと。いろいろ」こういう言い方が上手いかどうか……たぶん駄目だろう、と吾妻は思った。敦賀だったら、どんな風に切り出して容疑者を自供させるだろう。

「そう、ですか」不審気な表情を浮かべながらも、本沢が椅子を引いた。和田が如才なく、「ビールでいいですか」と本沢に訊《たず》ねる。

「ああ、カウンターで言ってもらえればそれでいいから……今日は貸切のようなものなんで」

金は自分が持つからライブを聴きに来い、ということか。いくらビール呑み放題でも、社員にとっては拷問でしかないだろうと吾妻は同情した。

本沢が、和田の背中を見送ってから椅子に座った。煙草に火を点けると、深々と一服する。吾妻もそれにならった。目が合うと、一瞬だけ本沢が同志の視線を送ってくる。

「社内は禁煙じゃないんですか」吾妻は手始めの話題として切り出した。

「基本、禁煙ですね」

「煙草はどうしてるんですか」

「役員フロアには喫煙場所がなくて」本沢が苦笑した。「一階下の、企画部のフロアまで降りて行って吸うんですよ」

「社長が顔を出したら、煙草も美味《うま》くないでしょうね」

「いやいや」本沢が首を振る。「数少ない喫煙仲間として、仲良くやってますよ。大学はどうなんですか」

「うちの大学は、昔から研究室内は禁煙でした」

「ああ、やっぱり煙草みたいに下品な物は――」

「いや、紙が多いから、煙草は危険なんですよ。とにかく普段は、喫煙所で吸っています」

「お互い大変ですね」

「こっちは人より税金を払ってる身なんですけどねえ」あなたはもっと払っているでしょうが、という皮肉を吾妻は呑みこんだ。ギターを集めているのも、税金対策なのだろうか。経費として認められるとは思えなかったが。

　煙草の話が一段落したところで話題はなくなった。どうやって話をつなげるか……結局、彼のバンド活動を話題にするしかない。

「ライブはよくやってるんですか？」

「だいたい月に一度のペースですかね」

「結構頻繁ですね」

「まあ、趣味のレベルとしては……そうですかね」

「忙しいのに、よく余裕がありますね」

「遊ぶ時間は作らないと。仕事ばかりじゃ、生活に潤いがないでしょう。でも、バンドの方もついむきになってやってしまうんですけどね」

「なるほど」むきになってやって、あの程度か。結局楽器も、才能の世界なのだろう。どんなに練習しても、行き着けない場所はある。

和田がビールを二つ持って戻って来た。俺の分はなしか……と思ったが、ビールを呑むわけにもいかない。もちろん、コーラを呑み続けるにも限界があるので、ここから先は飲み物なしだ。

本沢は、背の高いグラスに入ったビールを一気に半分ほど呑んだ。満足そうに笑みを浮かべて首を振り、グラスをそっとテーブルに置く。

「安田が殺されたのは知っていますか」

「安田？」本沢が首を捻《ひね》る。

「神保町で楽器屋をやってる……」

「ああ、あの安田さん」納得した様子だったが、次の瞬間には顔を蒼褪《あおざ》めさせた。

「殺された？　いつの話ですか」

「一週間前です。ご存じなかったんですか？」吾妻はわざとらしく目を見開いた。ちらりと和田の顔を見ると、「俺は何も知らない」と言いたげに首を振る。話が違うじゃないか、と突っこみたくなった。一億円をかけたオークションに安田を代理人として送りこんだとしたら、こんな風に平然としてはいられないはずだ。

ここは慎重にいかないと……しかし吾妻は、質問を選んでいられなかった。いつまでも本沢を引き止めておけるとは思えない。

「安田からは、ギターを買ったりしてますよね」

「ああ、そう。今日使ったギターも、彼のところで買ったんですよ」

それは認めるわけか……吾妻はうなずいた。

「高そうなギターでしたよね」

「まあ、値段は如実に音に出ますから」

自慢気に本沢がうなずく。吾妻は必死で笑いを嚙《か》み殺した。そんなことを言うなら、あのギターをプロが弾いたらどうなるのか。出だしの一音で、オーディエンス全員が号泣する？

「安田とのつき合いは長いんですか」

「あなた、何で安田さんのことをそんなに気にするんです？　警察じゃないんでしょう」本沢がグラスを持ち上げ、縁越しに吾妻を凝視した。

「あいつは高校の後輩なんです。ずっとつき合いがありましたから」

「なるほど」まったく納得していない様子で、本沢がぼんやりとうなずく。グラスに口をつけたが、ほとんど泡を舐《な》めているようなものだった。明らかに警戒している。

「安田が、アメリカでギターを落札した話は、ご存じですよね」吾妻はじわじわと本丸に切りこんだ。

「あー、あれ、何だっけ」本沢が助けを求めるように和田を見た。

「あれです。『58』。クラプトンやサーが使ってたでしょう」

「ああ、あれか。詳しく聞いてないけど、えらく高かったんでしょう？」

「一億ですよ」吾妻はかすかな混乱を覚えながら言った。

「一億、ね。オークションでもそれだけの値段がつくのは珍しいでしょう。しかし、ずいぶん思い切ったもんだね。一億なんて金、簡単には用意できないでしょう」

ちょっと待て。吾妻は和田に鋭い視線を送った。あんたの情報は間違いだったのか？　吾妻の視線に気づいたのかどうか、和田がちらりとこちらを見て首を横に振る。アルコールが入っているのに、顔色は蒼かった。吾妻は和田から視線を切り、本沢に目を向ける。本沢は涼しい表情でグラスを口に運んでいたが、やはり呑む振りをしているだけだ。警戒しているのだ、と分かった。少しでもアルコールに影響されたくないのだろう。

遠回りに行くか、ダイレクトに攻めるか……吾妻は後者を選んだ。この男はいつでも、この席を離れられる。そうなる前に、とにもかくにも聞いてしまおう。顔色を見れば、何かが分かるかもしれない。

「安田がオークションで落とした『58』ですけど、あなたが入札に参加するよう、あいつに依頼したんじゃないですか」

「私が？」本沢が目を見開いた。即座に「まさか、違いますよ」と否定する。

「いろいろ不自然なこともありましてね」吾妻は煙草を引き抜き、素早く火を点けた。

薄暗い照明の下、煙が捩《ね》じれるように立ち上がる。「だいたいあいつが、一億円もの金を用意できるはずがない」

「金を貸す商売ならいくらでもあるでしょう」

「あいつの店はご存じでしょう？ 扱っている楽器が高いから、商売の効率はいいかもしれないけど、そんなに儲《もう》かってるわけじゃないですよ。それに一億ともなれば、簡単に貸す人間はいないでしょう。もう一つおかしなことがあります。オークションだから、落札価格はどんどん吊《つ》り上がるでしょう？ 極端なことを言えば、無尽蔵に資金がない限り、あんなオークションには参加できないですよね」

「私はオークションのことはよく知りませんけどね」グラスを持ったまま、本沢が肩をすくめた。

「あなたが安田に依頼したんじゃないですか」吾妻は質問を繰り返した。

「はあ？」本沢が目をすがめた。「何で私が」

「あなたは、ギターのコレクターとしても有名でしょう。『58』は、コレクターとしてはどうしても欲しいものじゃないんですか」

「物には限度がありますよ」本沢が苦笑したが、唇の端がわずかに引き攣《つ》っていた。

「確かに、ギターに一億円出す感覚は、私には理解できません」吾妻は微笑を浮かべて同意した。「でも、絵画に五十億の値段がつくこともあるわけですから」

「絵とギターを一緒にはできないでしょう」本沢が反論する。「とにかく私は、そんなことは依頼していませんよ。何かの間違いじゃないんですか」

本沢がグラスを置いて立ち上がった。ちらりと見ると、水面はほとんど下がっていない。そのまま踵《きびす》を返しかけたが、首だけ巡らして、吾妻を見下ろすようにした。

「失礼ですが、大学の先生は変な人が多いんですか」

「世間知らずが多いとは言われてますね」吾妻は肩をすくめた。

「妙なことは言わないでいただきたい。私にも世間体がありますからね」

「そうですか」

「では、どうも。お会いできてよかったですよ」

最後はにこやかな笑み――たぶん営業用だ――を浮かべて、本沢が去って行った。

いつの間にかライブハウスの中は静かになっていた。ギターデュオのテクニックが、観客を黙らせたのかもしれない。会話を奪い、沈黙を強いてしまうような音楽もある。今、二人が軽快なリズムに乗せて――実際にギターのボディを叩《たた》いてリズムを作り出していた――奏でているのは、ルイ・アームストロングの『ホワット・ア・ワンダフル・ワールド』をアップテンポにアレンジしたものだった。

曲の通り、何と素晴《すば》らしい世界なんだ、まったく。

ただし「ワンダフル」ではない。

店を出て、吾妻はすぐに立ち止まった。午後八時半、秋葉原の夜に溢《あふ》れ出て来た人たちで、道路は混んでいる。そろそろ一次会を終えた酔っ払いたちが、次の店を求めてうろついている時間だ。この時間帯に歩いていると、秋葉原は若者だけではなくサラリーマンの街でもあると分かる。

前を歩き始めた和田が振り返る。気まずそうに笑みを浮かべていたが、すぐに吾妻の側《そば》へ歩み寄って来た。

「あなたが聞いた噂、本当だったんですか」

「いや、噂は噂ですから」

「もうちょっと話を聴かせてもらえますか」

「今日はずいぶん長くつき合ったじゃないですか」和田がわざとらしく腕時計を見る。

「もしかしたら、全部時間の無駄だったのでは？」

「そんなこと、ないでしょう。本人に会えたんだから」

「会って、あなたの言っている噂が単なる嘘だと分かったら、それは時間の無駄です」

「いや、嘘だとは……」和田も戸惑っていた。

吾妻はこの男を逃がすつもりはなかった。何か合理的な説明がつかないだろうか……そこをみっちりと話し合っていくつもりだった。

昌平橋を渡り、自分たちのホームグラウンドに戻る。といっても、橋を渡り切った辺りは「神田淡路町」であり、神保町界隈とは少し色合いが違う。

夜になって少しだけ気温が下がっているようだったが、風がないので、依然として空気は体にまとわりつくようだった。一歩踏み出す度に、汗が背中を伝うのが分かる。アスファルトが昼間の熱気を溜めこみ、夜になって放出しているようだった。

この辺りは、また独特の雰囲気を残す一角である——主に食べ物によって。現代的な町並みの中に、それこそ江戸時代から続く蕎麦《そば》屋や鳥すき焼きの店、甘味店などが点在している。吾妻にはあまり縁のない店だが、この辺りを散歩していると、急にタイムスリップしたような気分になるのだった。決して悪い感じはしない。東京にこういう一角が残っているのは、むしろ誇らしかった。

そういう雰囲気を残すために、行政ももっと努力すべきでは、と思う。「やぶ」が火事の被害に遭ったのはともかく、フルーツパーラーの「万惣《まんそう》」が閉店してしまったのは吾妻にもショックだった。伝統文化と言うと、それこそ何百年も昔の物をイメージするが、実際には明治や大正も、今や十分過ぎるほど「昔」である。その時代の建物をしっかり保護して残すのは、行政の大事な仕事のはずだ。その辺、横浜の方がずっと上手くやっていると思う。東京の場合、過去は地層の下の方に埋もれるしかない運命なのかもしれない。

そんなことは、今はどうでもいい。吾妻は、これも相当古い喫茶店に和田を誘った。和田はいかにも嫌そうな態度でついてきて、ソファに腰を下ろすと、露骨に距離を置くように背もたれに体を押しつけた。

「あなたが嘘をついているのか、本沢社長が嘘をついているのか」

「俺は嘘はつきませんよ」強張《こわば》った表情で和田が否定する。震える手で煙草を引き抜くと、ライターを口元に持っていった。

「だったら、噂は単なる噂だったわけだ」

「火のないところに煙は立たないとも言いますけどね」

「何か、もう少ししっかりした事実でもあるんですか」

「……何人も同じことを言ってるとしたら、単なる噂とは言えないでしょう」

「ネタの出所は同じ、ということもありますよ。一人が適当なことを言って、それが広がってしまうこともある——最初が嘘だったら、どんなに多くの人が噂していても、結局は嘘です」

「いや、しかし……」

「俺も、あの人は嘘をついていると思うけど」吾妻も煙草に火を点けた。「ファスト」で何本も灰にしてきたので、さすがに喉がきつい。しかし、どうしても煙草で緊張を解《ほぐ》してやる必要があった。

「何だ、先生もですか……どこが嘘だと？」

「態度でね。ちょっと緊張していた」

「そんなの、見てたんですか？」

「そこを見ないでどうするんですか」吾妻は指摘した。「人間、まったく身に覚えがないことを指摘されると、何も反応しないものですよ。だけど本沢さんは、やけに緊張していたな。触れられたくない部分に触れられたように」

「それは、先生の感触ってやつでしょう？　あまりいい証拠じゃないですよね」

「あなたが否定してどうするんですか」

「あ、そうか」呑気《のんき》な声で言って、和田が髪をかき上げた。「でも、とにかく単なる噂じゃないと思いますよ」

筋は通るのだ、と吾妻も思った。ギターコレクターとして有名な、阿呆《あほ》な二代目社長がいて、専門家である安田に幻のギターの落札を依頼する――いかにもありそうな話である。

しかし、想像だけで具体的な裏付けがなくては、どうしようもない。結局、本沢という人間のことをもっと調べないといけないだろう。そして幸いなことに、身近に話を聞けそうな人間もいる。確かに大学は変人の集まりだが、役にたつ人間がいるのも事実なのだ。

明央大経営学部の教授、石原敦司《いしはらあつし》は宵っ張りで有名である。テレビのコメンテーターとして引っ張りだこで、特に週に何度も夜十一時台のニュースに顔を見せるので、夜型の生活になってしまっているのだろう。それだけではなく、年に何冊も企業分析の本を出版しており、学内の口さがない連中は、「副業の方が忙しい」と陰口を叩いている。

馬鹿馬鹿しい限りだが、石原は「研究者」としては……評価は低いかもしれない。しかし「教育者」としては、大学にとって貴重な人材である。彼の元々の専門は、企業活動をアクティブに分析・研究することであり、そのために国内外の様々な企業とコネクションができている。それが、学生の就職活動に好影響を及ぼしているのだ。毎年、彼が様々な企業にねじこむ学生の数は何十人にものぼる。「一人就職課」と揶《や》揄《ゆ》する声もあるぐらいだ。

ただし今の大学にとって、学生の就職が極めて重要な問題なのは間違いない。最近の学生は、入学した途端に就職を意識させられる。そして大学としても、「就職に強い」という評判は、受験生を引きつける最高の材料になるのだ。その意味で、石原は明央大の「看板教授」である。

そして不思議と、吾妻とは気が合った。恐ろしいのは、あれだけ本を書いてテレビに出まくって——当然大学の仕事もしているのに、石原は驚異的な勢いで本を読み続けているのである。それも海外ミステリ一本やりで、吾妻を「同志」と見ている節がある。ただし、趣味は合わない。吾妻より十歳以上年上の石原は、八十年代に冒険小説が大ブームになった時、その中にどっぷりと浸《つ》かっていた。その傾向は、今も同じである。一月ほど前に会った時、「最近はアフリカの冒険小説がいいんだよ」と満面の笑みで語ったものである。今のお勧めは、デオン・メイヤーという南アフリカ出身の作家だそうだ。

自宅へ戻り、石原の携帯に電話を入れてみる。つながらない。今日もテレビに出ているのだろうか……夕刊のテレビ欄を見てみたが、各ニュース番組の欄に石原の名前はない。それはそうか。コメンテーターというのは、何か起きた時に結構急に呼ばれるものだろう。

さて、どうやって摑《つか》まえるか……テレビに出ていないとなると、どこかに籠って執筆に専念しているか、企業の幹部と会食している可能性がある。そういうことを邪魔したくはない。長い夏休みの最中だし、海外に行っているかもしれない。明日以降、何か手を考えようかと思った瞬間に電話が鳴った。石原が折り返し電話してきたのだった。

「悪い、ちょっと電話に出られなくてね」

「大丈夫なんですか」

「ああ、大丈夫……ちょっと一休みだ。何か面白い本でも見つけたか？」

「いや、そうじゃないんです。ちょっと教えてもらいたいことがありまして」

コードレスフォンを持ったまま、吾妻はソファに座った。足を組み、できるだけゆったりとするよう意識する。一番リラックスできる自分の家なのだから、緊張しないで話を聴き出さなくては。

「ＴＣＣの本沢社長、ご存じですか」

「知ってるよ」事も無げに石原が認めた。「二、三度会ったことがあるな。あの会社、不動産業界に小さな革命を起こしつつあるんだ。独自の販売方法が――」

「いや、会社のことじゃないんです」吾妻は慌てて石原の言葉を遮った。エネルギッシュな性格そのままに、一度話し出すと停《と》まらない。「社長本人なんですけど、どういう人物なんですか」

「ボンボンだね」あっさりと石原が言い切った。「よくいるタイプの二代目社長だよ。社長に就任したのがまだ三十代だったから、やっぱり経験が足りない。会社は上手く回ってるけど、それは前社長のブレーンがまだ残ってるからだ」

「元々、地上げ屋じゃないですか」

「古い話だよ」石原が笑った。「ブラック企業みたいな会社がいつの間にか立ち直ってまともになるのは、珍しい話じゃない。ＴＣＣの場合、前の社長本人がブラックな体質だっただけで、スタッフは比較的まともだったんだ。珍しいことだけどね。社長が急死して、影響力を気にしなくて済むようになったから、まともな方向に転換できたんだろう。本沢社長は、上手く神輿《みこし》に乗ったんだよ。ルックスも悪くないし、若いし、世間向けに看板にするのには悪くないんだろうね」

「ギターのコレクターとして有名だそうですけど」

「ああ、あれは道楽だねえ。自宅の地下に、コレクションルームを作ってるよ。俺も見せてもらった」

「ずいぶん食いこんでるんですね」

「自宅で話を聞くのは、俺のテクニックだからね。社長室だと、通り一遍の話しか出てこないんだ。自宅で、奥さんが同席してればなおいい。夫婦関係が見えてくると、いろいろ分かることもあるんだ」

「本沢社長の自宅に行ったのは、いつ頃ですか？」

「ええと、最近……三か月前だよ」

にわかに緊張して、吾妻は電話を握り締めた。いいところに食いこんだかもしれない。

「ギターのコレクションはどうでした？」

「俺はギターのことは全然分からないけど、まあ、本数は凄《すご》かったね。二十畳ぐらいある防音室の壁一面にギターがかかってるんだ。あれで商売ができるんじゃないか」

「実際、コレクター的な価値のある、高いギターばかりらしいんですよね」

「何だ、あんたの方がよく知ってるじゃないか」

「いやいや……」曖昧に否定しながら、吾妻は質問を続けた。「ギターの話、結構聞かされたでしょう？ コレクターは、人に語らずにはいられませんからね」

「聞きたくもない講釈でねえ」石原が苦笑を漏らした。

それはあなたも同じでしょう、と皮肉に思った。脱線と言えば石原、と言われているぐらいなのだから。

「その時、何か変なことを言ってませんでしたか」

「俺に言わせりゃ、ギターに関する話は全部変だけどね。変というか、理解不能な世界だ」

「そうですか……」

「何でああいう物に金をかけるのかね。バブル時代に、日本企業が絵画を買いまくっていたのとは話が違うよな。あれは、金を使う場所がなかったから、という一面もある。本沢社長の場合は、私財を投げ打って、という話だったからね。だいたい、ギターに一億も出すなんて――」

「何ですって？」吾妻は鼓動が高鳴るのを感じた。

「いや、それぐらいの金を突っこむ必要があるっていう話を聞いたんだ。オークションか何かかな？　そういうのでもない限り、ギターの値段なんてそこまでは吊り上がらないだろう」

「オークションに参加するって言ったんですか？」

「いや、そうじゃない……そういうことじゃないかと思って突っこんだんだけど、はっきりとは言わなかったね」

「で、石原さんの感触ではどうだったんですか」

「無駄金を使うんだろうと思ったね」石原がまた苦笑した。「コレクターの心理っていうのは理解できないけど、前後の話の内容を考えれば、そういう風にしか解釈できない……で、何があったんだ？」

「まあ、いろいろと」吾妻は言葉を濁した。石原の一番危険な点はこれである。好奇心の塊なのだ。放っておくと、こちらが悲鳴を上げるまで質問をぶつけてくる。こういう時は、とにかく何か言い訳をして黙らせるのが一番だ。「うちのゼミの学生が、あの会社に興味を持ってましてね。実質的にオーナー会社でしょう？　そういう会社はいろいろ問題があるケースも多いから、社長はどんな人なんだろうと思いましてね」

「まあ、会社として合格点はつけていいんじゃないかな」石原があっさり言った。「経営者としては無難だと思う……いや、有能な部下の邪魔をしない分、ましな方かもしれない。専門的なことが分からないのに口出しして、現場を混乱させる阿呆な経営者はたくさんいるから」

「石原さんの基準では何点ですか」ベストセラーになった石原の本『社長の通信簿』のことを思い出して吾妻は訊ねた。

「うーん、七十点かな」

ということは、結構低い評価だ。『社長の通信簿』で、石原は一人も赤点——六十点以下をつけていない。そう考えれば無難な本であり、その線に沿って考えれば、七十点というのは結構低い数字ではないだろうか。

電話を切り、本沢の嘘について考える。

もちろん、人には嘘をつく権利がある。些細《ささい》な、他人の人生に影響を与えないような嘘なら、何の問題もないだろう。「一億円の資金を用意してギターの落札を狙う」というのはどうか……こういう話が表に漏れると、経営者として批判される、と本沢が考えてもおかしくはない。その金はどこから出たのか、会社に損害を与えているのではないか——そしてそのギターが盗まれ、落札した男が殺されたとなったら、かかわり合いになりたくないと考えるのが自然だ。

ふらりと立ち上がり、コードレスフォンを架台に戻す。本棚の一角、CDを収めた場所にふと目がいった。その中で、背中に何もないCDが目につく。これは……引っ張り出してみると、予想した通り安田のCDだった。何年か前、「昔の音源が出てきましたので」と少し照れながら渡してくれたもの。二十歳ぐらいの時に、自分のバンドでやったライブの音源を、わざわざCDに焼いてくれたのだった。聴いてみて、あいつがプロになれなかったのは何となく分かるよな、と考えたのを思い出す。何というか……オリジナル曲が十曲以上入っていたのだが、特徴がないのだ。耳障りでも何でもいい、最初の音を聴いただけで「あのバンドだ」と分かるようなオリジナリティがないと、プロとしてやっていくのはきついだろう。そういう尖《とが》った部分がないのは、素人の——素人だからこそか——吾妻が一聴しただけでも分かった。安田のギターも、アマチュア基準では十分上手いのだが、個性がない。好みかもしれないが、激しい曲でもギターのトーンがどこか丸いことに違和感もあった。

久しぶりに聴いてみるか……しかし、安田のギターの音色が、自分の心の弱い部分を揺り動かしてしまうであろうことは容易に想像できる。

泣いている場合ではないのだ。

気を取り直し、吾妻は本沢に関するデータを集め始めた。大学で契約している新聞記事のデータベースを使って基本データを引っ張り出し、他に人物紹介の記事を集める。まあ、こういうのでは表面をなぞったようなことしか分からないのだが。

続いて普通にネット検索を試みる。意外なほど、TCC、そして本沢に関する情報は少なかった。ということは、いわゆるブラック企業ではないと判断していいのだろう――少なくとも現段階では。少しでも悪い評判が立てば、あれこれ書かれてしまうのが、今のネット社会なのだ。TCCが展開しているマンションブランド、「コスモ」に関しては「見かけ倒しの高級感」「見えないところで安い材料を使っている」などという批判があったが、こういうのはどこでも似たようなものだろう。

「東京都市不動産」時代の悪事に関しても、ほとんど見当たらない。ネットが普及し始めたのは一九九〇年代半ばであり、それ以前の出来事は現代には残されていないケースが多いのだ、と改めて思い知る。ネットの世界では、まるでそれ以前のことはなかったかのように思える。

本沢の人物評に関しては、石原が教えてくれたのが全てかもしれない。お坊ちゃんの二世経営者だが、社員の邪魔はしない……それはいいのだが、何故「58」の件について否定したのか、やはり気になる。

本沢が、安田殺しに一枚嚙んでいる？　いや、それは想像が飛躍し過ぎだろう。そもそも盗まれたことに関してはどう思っていたのか。さらに、何故「58」が本沢の自宅の地下室ではなく、安田の店に展示されていたのかも気になる。

もしかしたら本沢は、何の関係もないのかもしれない。単純に、和田の情報や石原が小耳に挟んだ話が間違っていて……いや、和田はともかく、石原が勘違いするとは考えられなかった。彼が話を聞いた時、本沢が「非常に高価な」ギターの「オークション」に参加しようと考えていたのは間違いあるまい。そのギターが「58」だと考えるのは、極めて自然だと思った。

やはり本沢は、俺に嘘をついたのだ。ここは慎重にいかないと……本沢の私生活について調べる手を、自分は持っていない。だが、何らかの方法はあるはずだ。考えろ。必死に考えて、本沢が嘘をついた理由を暴くのだ。

電話が鳴り、考えは中断させられた。こんな時間に誰だ……舌打ちして立ち上がり、コードレスフォンを手に取る。

予想もしていなかった声が耳に飛びこんできた。

「ああ、俺だ」

アメリカにいて、ほぼ音信不通になっている父親だった。

7

久しぶりに聞く父親の声は、吾妻を緊張させた。不仲……よりも悪いかもしれない。互いに不干渉が基本なのだ。普段の吾妻は、父親など存在しないように振る舞っている。父親がどうしているか分からないし、聞く気もないが、向こうも同じようなものだろうと思っていた。父親は基本的に、昔から家族に興味がなく、自分の興味の赴くままに生きてきた人間なのだ。興味の対象が、主に学術的なことだけが救いだったかもしれない。しかし子ども心に感じた不快感は、吾妻の心には未《いま》だに針のように突き刺さっている。

だが今、吾妻が緊張しているのは、父親の人柄のせいではなかった。父親ももう、七十歳近い。普段は元気にアメリカの大学で教鞭《きょうべん》をとっているはずだが、何があってもおかしくはない年齢だ。何かあったら……後処理が面倒臭い。

「何か?」内心の焦りが、素っ気ない言葉になって飛び出す。

「いや、何でもないがね。たまには電話でもしようかっていう気になっただけだ」

どういう気まぐれだ？　この前話したのがいつだったか……思い出せないぐらい昔なのは間違いない。

「用事はないんだね」

「ない」

「だったら――」国際電話の料金も馬鹿にならない。話すことがないなら、長電話は馬鹿馬鹿しい限りだ。

「どうだ、最近」

「何なんですか、いったい」吾妻はかすかな苛立《いらだ》ちを感じ始めた。

「いや、別に何でもないがね」父親の口調はひょうひょうとしていた。昔からこんな感じではあるのだが……。

「父さんの方こそ、どうなんですか」

「代わり映えしない日々、だな。飯が不味《まず》いのは困る」

「まだアメリカの食事に慣れてないんですか」

「いやいや、こっちの飯は基本的にクズなんだ。神田で蕎麦《そば》が食べたいよ……そういえば、『やぶ』が焼けたそうだな」

「ええ」

「残念だ」

「何言ってるんですか。あそこは観光客向けの店だってよく言ってたでしょう。『まつや』の方が好きじゃないですか」

「まあ、『やぶ』はそこにあるだけで『やぶ』だからな」

それは確かに……あの店は、東京の過去を今に伝える「遺産」なのだ。単に蕎麦を食べるためだけの店ではない。

案外普通に喋《しゃべ》れていることに吾妻は驚いた。物心ついた頃から、父親と話す時はいつもひどくぎくしゃくしていたのだが、自分も父親も年を取ったのかもしれない。

「それで、お前の方は最近どうなんだ」

「ああ、まあ……」仕事の点では話すこともない。同じような毎日が続いているだけだし、今は夏休みだ。適当に説明しているうちに、安田の死が頭に入りこんでくる。安田は昔、吾妻の家に遊びに来たことがあった。まだ父がいた頃……話すと、父は安田のことを覚えていた。適当に話を合わせているだけではないかと思ったが、容貌の説明がぴたりと合っていたので、記憶の確かさに驚かされることになった。

「それは、残念なことをしたな。彼は何をしていたんだ？　ミュージシャンになったのか？　バンドをやっていると言ってたな」

「いや、楽器屋を開いていた」そこまで話すと、「58」の話もすらすらと出てくる。父親が興味を持ちそうな話題とは思えなかったが……予想に反して乗ってきた。

「ほう、いろいろ複雑な話だな」

「そうですね。あまり知らない世界なので……」

「音楽好きのお前でも知らないのか」

「専門が違うんですよ。今回は、楽器が絡んだ話ですからね」

「なるほど。しかし、興味深い」ラフカディオ・ハーンの未発表原稿を発見したような口調だった。

もしかしたら暇なのかもしれない、と吾妻は訝《いぶか》った。父親は基本的にボヘミアンである。一か所に根を張らず、自由にあちこちを動き回っている。神保町にすっかり根を下ろした吾妻から見れば、特に羨ましい生き方でもなかったが……とにかくボヘミアンというのは、興味の赴くまま、好き勝手に動き回る。そして何に心を動かされるかは、他人には──もしかしたら自分でも、一切分からないことなのだ。

「そんなに面白いですか？」

「面白い、ではなく興味深いだ」父親が即座に訂正した。「五十年以上前のギターがこんな風に久し振りに出てくる……そんなことがあるのかね」

「アメリカだと、そういうこともたまにあるそうですよ。質屋の倉庫で眠っていたギターが、何十年ぶりに発掘されることもあるそうです」

「なるほど、なるほど。いかにもアメリカらしい話だ。この国は広いからな……広いと言えば、去年、ルート66を辿《たど》ってサンタモニカからシカゴまで行ったんだが――」

吾妻は仰天した。とうに廃線になったルート66を辿る旅をする人が多いという話は聞いたことがあるが、七十歳近い父親が、一人で車を飛ばして延々とドライブする姿など、想像もできない。そもそも、免許証は持っているのだろうか。

父の想《おも》い出話を聞き流しながら、吾妻は少しだけ心配していた自分が馬鹿馬鹿しくなった。この男なら、今と同じ勢いを保ったまま、百歳まで長生きしそうだ。自分の方が先に参ってしまうかもしれない。

「そのギターのことは調べてみよう」

「いや、そんなことしなくても……」首を突っこまれたくはなかった。

「なに、今は暇だからな。いつも考えて手足を動かしていないと、早く年を取るんだ」

もう十分年寄りでしょう、と言いかけて口をつぐむ。珍しく、普通に話ができたのだ。何も喧嘩《けんか》腰になって会話を終わらせる必要はない。

電話を切ると、どっと疲れを感じた。父親と一対一で、こんなに長く話したことがあっただろうか……しかし長い一日はまだ終わらなかった。風呂に入ろうかと立ち上がった瞬間、インタフォンが鳴る。こんな時間に誰かと思ったら、最悪の訪問者だった。

インタフォンの画面の中で、敦賀の怒りの表情が大映しになっている。何かまずいことをしたか？　したかもしれない。今日は久しぶりに動き回って、いろいろな人に話を聴いた……警察を舐《な》めてはいけない。連中が張っている情報網には、すぐに引っかかってしまう。

無視するわけにもいかず、インタフォンの受話器を取り上げた。

「開けろ」不愛想、というか脅しをかけるような口調だった。

「何ですか、こんな時間に」できるだけ平静を装いながら訊《たず》ねる。

「聞きたいことがある」

「こんな遅くに？」

「いいから開けろ！」

吾妻はすかさず「開錠」ボタンを押した。こんなところで揉《も》めて大騒ぎになったら厄介だ。

一分後、再びインタフォンが鳴る。開け放つと、汗まみれの敦賀が立っていた。服を着たまま、水浴びでもしたようだった。こんな暑い夏が続くとスーツが傷むよな、と関係ないことを考えてしまう。最近の暑さは、本当に異常だ。

「どうぞ」

何も言わずに敦賀が靴を脱ぐ。一人か……部下を連れてきていないということは、大した話ではないだろう。そう判断すると、汗まみれなのが気の毒になり、吾妻は冷蔵庫からお茶のペットボトルを取り出した。

吾妻が何も言わないうちに、敦賀がソファに座る。体を捻《ひね》ってズボンのポケットからハンカチを取り出すと、顔全体を拭った。吾妻がテーブルにペットボトルを置くと、奪い取るように手にしてキャップを捻り、一気に半分ほど飲んで、大袈裟《おおげさ》に息を吐く。

「いったいどうしたんですか」吾妻は立ったまま訊ねた。

「いいから座れ。突っ立っていられると、話しにくくて仕方がない」

嫌な予感を抱えたまま、吾妻はソファに浅く腰を下ろした。何か攻撃を受けたら、すぐに逃げられるよう……敦賀は足を組み、吾妻を睨《にら》みつけた。まずいな——自分の行動の何かがこの先輩を怒らせたのは間違いない。いったい何が、と考えているうちに敦賀が口を開いた。

「お前、安田さんのところの若い衆に会っただろう」

「ろくに飯も食ってないんで、うなぎを奢《おご》りましたよ」やはりそこか、と気持ちを引き締める。

「余計なことをするな」

「落ちこんでる若者に飯を奢るのは、悪いことじゃないと思いますけど」

「屁理屈《へりくつ》はいい！」敦賀がペットボトルをテーブルに叩《たた》きつける。蓋をしていなかったので、中身がはねて飛び散った。「何の話をしたんだ」

「何って……」

「俺は何回も忠告したはずだぞ。余計なことはするな。お前みたいな素人が捜査に首を突っこんでも、怪我《けが》するだけだぞ」

「まあ、そうですよね」素人と言われてかちんときた。それは間違いなく事実なのだが、こうやって指摘されると頭にくる。

「まったく、俺だってこんな遅い時間に、お前に説教なんかしたくないんだ」

だったらしなければいいのにと思ったが、吾妻は何も言わずにうなずくにとどめた。余計な反論をしなければ、この嵐はすぐに去るだろう。敦賀は言いたいことを言ってしまえば、すぐに頭から血が引くタイプなのだ。

「で、何の話をしたんだ」質問を繰り返す。

「まあ、いろいろ……」どうせ怒っているのだから、そのまま質問を続けてみようと吾妻は思った。「安田、脅迫を受けていたそうじゃないですか」

敦賀が目を吊《つ》り上げた。怒りが最高潮に達している証拠である。吾妻は思わず身を引いた。

「そんな話をしてたのか」

「単なる話の流れですよ……脅迫の電話があったそうですね」

「アメリカからだ」敦賀があっさり明かした。

「アメリカ？」軽い言い方だったが、吾妻は全ての前提が崩れ去るのを感じた。本沢が脅迫に関係しているかもしれないと思っていたのだが、アメリカから電話となると話が違う……いや、依然として本沢が嘘《うそ》をついていたのでは、という疑惑は残るが。

「何だ、何か気になるのか」敦賀が身を乗り出してきた。自分が知らないことに吾妻が気づいたのではないかと恐れている様子だった。

「いや、そんなこともないですけど……アメリカから脅迫の電話がかかってきたんですね？」念押しする。

「脅迫かどうかは分からないが、電話があったのは間違いない」

「殺された日、ですね」

「ああ。通話記録を確かめた」

吾妻は唸《うな》りながら腕を組んだ。アメリカから電話……相手は日本人ではないか？安田は英語がまったく話せないはずだ。そのことを告げると、敦賀が素早くうなずいた。

「電話番号は割り出したが、相手が何者かは分からない」

「アメリカって……電話はどこからかかってきてたんですか」

「ニューヨーク。固定電話だ」

「それなら、持ち主が分かりそうなものじゃないですか」

「ホテルからだったんだよ」敦賀の顔が歪《ゆが》んだ。

「だったら宿泊者ですよね？　それを割り出すのは、そんなに面倒な話じゃないと思うけどなあ」

「こっちから電話して、簡単に教えてもらえると思うか？　お前、アメリカの警察から電話がかかってきたら、すぐにぺらぺら喋るか？」

「ああ……断るでしょうね」

「というわけで、そう簡単には分からないんだ」

それでは何も分からない、と吾妻は不満を感じた。もちろん、警察の捜査が、そんなに簡単に進むとは思えないが。自分が知ったことは、少しは捜査に役立つだろうか……吾妻は別に、警察に対して反感を持っているわけではない。出し抜いてやろうという気持ちもなかった。普段はあくまで「研究材料」。敦賀とも、そういうつもりでつき合ってきた。今回は……後輩が殺された。警察の動きは鈍い。だからこそ、情報はきちんと耳に入れておくべきだ。

「実は、安田のオークションと関係ありそうな人間を見つけたんです」

「何だと？」敦賀の眉が吊り上がる。「勝手にそんなこと、調べてたのか？」

「調べてたわけじゃないですよ」吾妻は慌てて否定した。「人と話をしていたら、何となく関係がつながっただけで」

「本当かね？」敦賀が目を細める。

「敦賀さんに嘘ついてもしょうがないでしょう」

「いや、お前はなかなか本音を言わないからな」

「本音を言わないのと、嘘をつくのは違いますよ。とにかく、安田を殺した人間を逮捕するためだったら、いくらでも手伝います」

「だから、それが余計なことなんだ」敦賀が溜息《ためいき》をつく。「本当に、お前と話してると疲れる」

「すみませんねえ」軽い調子で謝って、吾妻は本沢について話した。敦賀は本沢の存在を知らなかったようで、話を聴いているうちに顔色が蒼褪《あおざ》めていく。

「そんな人間がいたのか？　そいつが安田さんのスポンサーだった？」

「いや、本人は否定してましたから、分かりません」吾妻は首を横に振った。たぶん嘘だ、と今でも考えてはいるが。

「突っこむ手はあるな」敦賀が顎を撫《な》でる。「お前の言う通りで、安田さんにそんな資金があったとは思えない。実際、銀行からの借り入れもそれなりにあるんだ。そういう状況で、一億円もの資金が簡単に用意できるはずがない」

「そうなんですよ」吾妻も身を乗り出した。「だから、誰かスポンサーがいたのは間違いないんです。安田は、あちこちから金をかき集めたと言ってましたけど、そんなことが簡単にできるわけがないでしょう」

「それはそうだ……何となく怪しいな」

「しかし、仮に本沢という人がスポンサーだとしても、安田が殺された件にはつながらないんですけどね」

「そんなことは、調べてみないと分からない」敦賀が膝を叩いた。「一億、だよな」

「一億です」

「それだけの額は、あらゆる犯罪の動機になるよ」

「まさか、本沢社長が殺したと思ってるんじゃないでしょうね」

「今の段階では何も言えないな。ただし、あらゆる可能性を除外すべきではないと思う」

「いや、しかし……」吾妻もそこまでは考えていなかった。

「まあまあ、ここから先を調べるのはこっちに任せろ。お前が余計な心配をする必要はない」

「別に心配してませんよ」実際には心配していた。安田が殺されてから既に一週間。敦賀、というか神田署の動きは鈍過ぎると思う。

「よし」敦賀が立ち上がる。人差し指を吾妻に突きつけ、「余計なことをするなよ」

とまた忠告した。
一人取り残された吾妻は、中途半端な気分を抱えてしまった。何というか……また
やることがなくなった。本沢に対しては何らかのアプローチをするつもりだったが、
それがばれれば、また敦賀を怒らせるだろう。彼が怒っても、最悪の一線——吾妻を
逮捕するとか——は越えないだろうと信じてはいたが、何があるかは分からない。
立ち上がり、本棚をざっと見回した。まったく整理していないので、仕事用の本と
趣味の本が混在している。しかし、一番いい位置——立った時に目の高さにくる——
には、好きで何度も手に取る本が鎮座している。『マルタの鷹《たか》』が目に入ったので引
き抜いて、ぱらぱらとめくってみた。ハードボイルドの始祖と評価されるこの本の本
質は、実は「宝探し」なんだよな、と考える。しかも相当幼稚なレベルの。もしかし
たら、小説では「本筋」などどうでもいいのかもしれない。むしろ新しい文体を確立
できれば、歴史に名が残るのではないか。吾妻は、今から百年後もまだ評価されてい
る作家は、チャンドラーではなくハメットだろうと思っている。ハメットの文体と描
写手法はヘミングウェイに匹敵するものであり……と余計なことを考えていると、電
話が鳴った。
まったく今夜は忙しい。苦笑しながら受話器を取り上げると、杏子だった。
「何だ、こんな時間に」

「そういう言い方、ないと思うけどなあ」杏子が不機嫌そうに言った。頰を膨らませる様が容易に脳裏に浮かびそうな口調だった。

「いや、夏休みだからって、夜更かしはよくない」

「小学生じゃないんだから」杏子が甲高い笑い声を上げた。「それよりカン先生、変な噂《うわさ》、知ってる？」

「噂？」

「あの『58』なんだけど、偽物じゃないかって話があるのよ」

「そんな話、どこで聞いた？」声が鋭く尖《とが》るのを意識する。

「聞いたんじゃなくて、見たの」杏子が、ネットの巨大掲示板の名前を上げる。「何か、今日になって急にそんな話が出てきたみたい。そういうスレッドが立ってたから」

「君、あんな掲示板を見てるのか？」

「何か変？」

「いや」どうなのだろう。女性はあまり寄りつかないような印象を抱いていたのだが。

「誰だって普通に見ますよ。カン先生はネットに弱いから、知らないだけかもしれないけど」

「ネットは専門じゃないからさ」

「専門とかそういうことじゃなくて、現代人なら普通に使うでしょう?」

吾妻は思わず黙りこんだ。確かに自分は、デジタルネイティブの世代ではない。自分がもっと若く、学生だった頃にネットが普及していたら、杏子のように生活の一部にネットが自然に入りこんでいたかもしれないが。

「先生、家でちゃんとネットは見られるんですか?」

「それぐらいはできるよ」苦笑したが、実際には家でパソコンを触るのは、原稿を書く時ぐらいだ。そしてそういう時は、ネットへの接続を切っている。調べ物をするついでに関係ないサイトを見てしまい、時間が潰れるのが嫌だから。

「じゃ、見てみて下さい」

「おいおい、そんなの参考になるのかよ」

「掲示板に嘘ばかり書いてあると思ったら大間違いですよ。関係者が直接書きこむこともあるんだから」杏子はあっさり電話を切ってしまった。

何なんだ、いったい……吾妻は啞然《あぜん》と受話器を見詰め、唇を尖らせた。何となく、杏子には「教育的指導」をしなければいけないと思うのだが、そう考えた先から考えが消えていく。杏子が苦手というより、その母親に対する苦手意識が今も消えていないのだろう。

まあ、いいか……ネットを見ているだけでは危ないことなどないだろうし。とにかく確かめてみよう。

パソコンを立ち上げながら、吾妻はこの話は意外といい筋を突いているのではないかと思った。一億円もするギターが盗まれたのは大きな事件だが、興味がない人からすればどうでもいいことだろう。そして世の中には、こういうことに「興味がない人」の方がはるかに多いはずだ。ということは「58」の話題をネットに書く人間は、ギターに詳しく、興味を惹《ひ》かれている人ばかりのはずである。もしかしたら、かなり詳しい情報が飛びかっているかもしれない。

掲示板を巡回しながら、敦賀はこの情報を知っているのだろうか、と訝った。また俺の口から聞くことになったら、頭から湯気を噴き出すだろうな……不謹慎だと思いながら、思わず失笑してしまった。

1　58捜索隊　投稿者：ハナ
神保町の楽器店から盗まれたギター「58」の情報を集めています。

2　58捜索隊　投稿者：Ｔａｋａｙａ
一億で落札されたってホントですか？

3　58捜索隊　投稿者：ハナ
新聞にはそう出てました。新聞を信用するかどうかはあなた次第。

4　58捜索隊　投稿者：イズル252
マジ一億円？　そんなギター存在するの？

5　58捜索隊　投稿者：Wat
58に関しては情報少ない。
元々一本だけ作られたっていうところで、存在そのものが疑問視されていた。
今回オークションで落とされた「58」も、本物かどうかは疑問。

6　58捜索隊　投稿者：Takaya
>5
根拠は？

7　58捜索隊　投稿者：Wat
>6

あくまで噂。「58」が存在しているかどうかも分からないんだから、オークション
に出たのが本物かどうかも分からないでしょ。

8　58捜索隊　投稿者：ハナ
オークションに出されたってことは本物じゃないの？　そうじゃなければオークシ
ョンが成立しないと思いますが。

9　58捜索隊　投稿者：Wat
その辺の事情は分からないけど、徹底して情報が少ないんだよね。ということは、
偽物本物どっちでもありだ。

10　58捜索隊　投稿者：Mizu
偽物とは言えません。ギブソン社製なのは間違いなし。ただし、自社製レプリカの
可能性が高いですね。

11　58捜索隊　投稿者：Takaya
＞10

ソースは？

12　58捜索隊　投稿者：Ｍｉｚｕ
知り合いにギブソンの関係者がいます（ちなみに私はアメリカ住み）。その人から聞いた話だから間違いないと思うけど。

13　58捜索隊　投稿者：ハナ
レプリカってどういうことですか？　偽物じゃない？

14　58捜索隊　投稿者：Ｍｉｚｕ
人気モデルを、何年か経ってからリメイクすることがあるでしょう？　今のレスポールだって、59年モデルのコピーであることをウリにしてるぐらいだし。レプリカっていうのは、他人が真似《まね》した感じが強いけど、これの場合はちょっと違うかな？　だから自社製レプリカって言うべきでしょうか。

15　58捜索隊　投稿者：ハナ
ということは、最近のモデルですか？

16　58捜索隊　投稿者：Ｍｉｚｕ
一本しか作られていないから「モデル」とは言わないと思うけど、いずれにせよもっと古いものみたい。それこそ50年代後半とか60年代前半とか。オリジナルと同じ時代。

17　58捜索隊　投稿者：ハナ
＞16
何でまた、オリジナルの58ができた直後にレプリカなんか作ったんでしょう。

18　58捜索隊　投稿者：Ｍｉｚｕ
＞17
それは分からないけど、とにかく事実としてはそういうことだそうで。だから、オークションに出品されたのは、このレプリカの可能性があるわけです。

なるほど……想像もしていなかった展開だが、あり得ない話ではない。問題は、五十年以上も前の「噂」をどこまで信じていいかということだ。

「これはなあ……」吾妻は思わず髪をかきむしり、腕組みをした。だいたい、「Ｍｉｚｕ」という人物は何者だろう。アメリカ在住ということ、そして知り合いにギブソンの関係者がいるということ……そもそもそれは本当なのか？　ネットの上では、人はどんな人格にもなれる。男が女を装ったり、国籍を誤魔化したりするのも自在だ。それで人が騙《だま》されるのを見て楽しむ――趣味の悪い話だが、そういうことがあるぐらいは、ネット事情に疎い吾妻でも知っている。

一つだけはっきりしているのは、自分では調べようがないということだ。この書きこみの主「Ｍｉｚｕ」を探すのは、自分には無理だろう。自分で掲示板に書きこんで反応を待つ手もあるが、その結果を信じていいかも分からない。

だが、こういう時のためにこそ、警察は存在しているのではないか。税金分の仕事はさせてやろうと、吾妻はまた受話器を取り上げた。

二日後、敦賀から回答の電話があった。口調は素っ気ない。またも吾妻に出し抜かれたと、むっとしているのかもしれない。そもそも吾妻も、杏子に出し抜かれたのだが。

「Ｍｉｚｕという人間が割れたぞ」

「本当ですか？」

自宅で昼飯――そうめんだった――の準備をしていた吾妻は、慌ててガスの火を停《と》めた。そうめんは間もなく茹《ゆ》で上がるが、どうしたものか……クソ、今はそれどころではない。そうめんぐらい、また新しく茹でればいいではないか。

「アメリカ在住ですか」

「ああ、インディアナポリスの大学にいる学生らしい」

「ちょっと待って下さい」

吾妻は本棚の一番下の段からアメリカの道路地図を取り出した。インディアナ州の地図を広げ、インディアナポリスの場所を確認する。ギブソンの本社があるテネシー州のナッシュビルまでは四百キロ以上……日本の感覚で言えばずいぶん離れた感じだが、アメリカではそうでもないのかもしれない。そもそも、「Ｍｉｚｕ」のネタ元になった「ギブソンの関係者」が、ギブソンに勤務している人間とは限らないのだし。

「場所は分かりました。もう接触したんですか？」

「いや、これからだ」

「話を聴いたら、俺にも――」

「まさか」敦賀が意地の悪い笑い声を上げた。「何で警察が、捜査の途中経過を素人さんに教えてやる必要があるんだ」

「情報を持ちこんだのは俺ですよ」

「バーターでもする気かね」嘲るように敦賀が言った。

「俺だって気になるんですけど」

「先生が気にするのは勝手だけど、こっちにはこっちの都合もあるんでね」

「じゃあ、どうしてわざわざ電話してきたんですか」

「お礼だよ、お礼。お話の通りに相手が存在していて見つかったんだから、一応それぐらいは知らせておかないと悪いと思ってな。大変お世話になりました。感謝しますよ」

「ちょっと待って下さいよ」吾妻は受話器を右手から左手に持ち替えた。「それはあんまりじゃないですか」

「あんまりって？」敦賀が恍《とぼ》けた。

「だから、これじゃ情報の一方通行じゃないですか」

「残念ながら、警察っていうのはそういう役所なんでね。一応お礼は言ったんだから、この件はこれでおしまいだ」

「この先、どうやって捜査を進めていくか、方針は決まってるんですか」馬鹿にしたような敦賀の態度にさすがに頭にきて、吾妻は半分皮肉で質問をぶつけた。「仮に『58』がレプリカだと分かったとして、その先のことをどうやって調べるんですか？アメリカに捜査員を派遣するような余裕、あるんですか？」

「だったら、先生が代わりにアメリカに行ってくれるのかな？」敦賀も皮肉をぶつけてくる。「何の資格で？」

言葉に詰まる。クソ、残念ながら敦賀の言い分は正しい。自分はただの大学准教授であり、アメリカに渡って関係者に事情聴取する権利などないのだ。警察に協力すると申し出ても、向こうがゴーサインを出すわけもないし。

結局、ヒントを教えただけで終わるのか……だが吾妻は諦めきれなかった。警察でなくてもできることはあるはずだ。安田の死を悼む気持ちは、敦賀たちよりもよほど強いのだから。

まだやる気が衰えていないことに、吾妻は自分でも驚いた。レプリカの問題について、ギターの事情に詳しい人に話を聞くことにする。まずは和田。先日、強引に話を聞いたせいか、「迷惑だ」という本音を隠そうともしなかったが、「58レプリカ説」に関しては食指を動かされたようだ。やはり商売柄、ということだろう。

再び和田の家を訪ね、二人で煙草《タバコ》を吹かしながら話をする。狭い部屋はすぐに煙で白くなり、吾妻はまた、彼が保管しているギターのコンディションが心配になった。隣の部屋に漏れ出る紫煙を、空気清浄機は綺麗《きれい》にしてくれるのだろうか。

「レプリカですか……」和田がコーヒーを一口飲んで、何度かうなずいた。

「あり得る話ですか？」

「あり得ますよ。でもそれ、そもそもレプリカって言うんですかね？」

「と言うと？」

うなずきながら、和田が煙草を灰皿に押しつけた。

「レプリカの元々の意味なんですけど、製作者自身によって作られたコピー、という感じじゃないですか」

「なるほど」

「大抵は、しばらく時間が経ってから作られると思うんですよね。特にエレキギターの場合は……最初は不人気だったモデルが、後になって人気に火が点《つ》くことがあります。ところがオリジナルモデルは数が少なくて馬鹿高いから、簡単には手に入らない。それでメーカー自身が、オリジナルギターのレプリカを出すんですよ。ギブソンは、そういう商売をよくやりますね」

「そうなんですか？」

和田が立ち上がり、本棚から一冊の本を抜いてきた。写真集――ギターの写真集が存在することを吾妻は初めて知った。和田は何度も見直している写真集のようで、すぐに目的のページを見つけ出し、テーブルの上で広げる。

「これ、ギブソンのフライングVっていうギターなんですけどね」

確かに「V」字型だ。安直なネーミングとも言えるが、「名は体を表す」ということだろう……そう言えば、マイケル・シェンカーがこのギターを使っていたはずだ。

「こいつも、『58』と同年代に作られたものです。『58』と違って、一応量産はされたんですけど、それでも百本も作られなかったんじゃないかな」

「それじゃ量産とは言えないでしょう」

「まあまあ……」和田の表情に緊張はなかった。自分の専門分野のことなので、話しやすいのだろう。「とにかくあまりにも売れなくて、二年ぐらいで生産中止になったはずです。ところが、六十年代に入って、このギターを使い出すギタリストが出てきましてね。確か、六十七年には一度再生産されているんです。生産台数はそれほど多くなかったはずですけどね……六十七年のモデルは、ジミ・ヘンドリックスが使って有名になりましたね」

「それがレプリカ？」

「厳密に言うと、六十七年モデルは、『ニューバージョン』だと思います。材質なんかが違いますからね。オリジナルモデルは、希少な木材のコリーナを使っていたんですけど、六十七年モデルはもっと安くて手に入りやすいマホガニーボディだった」

「なるほど」まだ辛うじてついていける。

「で、八十年代に入って本格的に再生産されて、今はオリジナルの五十八年モデルと六十七年モデルの両方が販売されています」

「で、『58』をレプリカと呼べない理由は？」

「製作時期が近過ぎるでしょう」

「ああ、なるほど……」実際には、レプリカモデルがいつ作られたかは分からないのだが、掲示板の書きこみのニュアンスでは、製作時期はそれほど離れていないように思える。

「レプリカを作るのって、結構大変だと思うんですよね。例えば二十年前のギターを完全に再現しようとしても、ちゃんとした設計図が残ってなかったりするから。自分の先輩たちが作ったギターを分解して詳しく調べて作り直す……なんていう感じじゃないんですか？　それにしたって限界もありますよね。例えば、素材や道具だって、当時とは違ってしまっているから、完全に同じ物は作れないかもしれない。今はそうでもないでしょうけどね。いろいろな技術が発達しているから」

「だったら、『58』のレプリカは何なんでしょうね」

「何でしょうね？　想像もつかないけど……」和田が首を捻った。新しい煙草に火を点け、天井に向かって煙を噴き上げる。「ただね、正直言って、工場の中で何が起きてるかなんて分からないもんですよ。五十年以上前の、アメリカの片田舎の工場での話でしょう？　関係者だって死んでるだろうし、何が起きたか、正確に知ることはできないだろうなあ」

「まあ、そうでしょうね」人は死ぬ。しかしギターは五十年という歳月を生き延び、今日本でトラブルの原因になっている。何だか不思議な話だった。楽器が人の死にまでつながるとは。

「しかし、面白い話だな」

「何がですか」

吾妻は思わず和田を睨みつけた。人が死んだのを面白いと言われても……しかし和田が「面白い」と感じたのは、「58」のレプリカに関してだった。

「このレプリカは、やっぱりレプリカとは言えないでしょう。どちらかと言うと、『58』が二本作られた、と言った方が正解じゃないかな。どう思います？」

「どうって……」何となく優位に立たれてしまったな、と思いながら吾妻は言葉を濁した。彼の専門だから仕方がないことだが。

「世の中に一本しか存在しないギターだったら、大変な価値があるでしょう。それこそオークションで一億円の値段がついてもおかしくない。でも、二本あったらどうですか？　もちろん値段が半分になるわけじゃないだろうけど、一億円の価値はなくなりますよね」

「ああ、なるほど」

「どうなんでしょうねえ。実際には、レプリカかどうかは分からないと思うけど」

「無理ですか？」専門家に言われるとがっくりくる。

「だって、そうでしょう？」和田が大袈裟に両手を広げる。「さっきも言いましたけど、五十年前に工場で何が起きたかなんて、今さら分かるわけもないんだから。関係者っていうけど、どんな関係者かも分からないし、真相を知っている保証はない」

「まあ、そうでしょうね」認めざるを得なかった。仮に当時、若手のギタービルダーだったとしても、今はとうに七十歳を超えているはずだ。当時の記憶が当てになるかどうかも分からない。確かにこれは、変に期待すると残念なことになりかねない……盛り上がっていた気持ちは、次第に沈んできた。

「とにかく、ちょっと調べてみますよ。何だか気になる話だし」和田が励ますように言った。

「分かりますかね」

「保証はしませんが」和田が肩をすくめる。「あ、それと、ちょっと気になることがあったんですけどね」

「何ですか」吾妻は、すっかり短くなって指先を焦がしそうになっていた煙草を灰皿に押しつけた。

「本沢社長ね……俺のところに電話してきたんですよ」

「用件は？」

「それがはっきりしなくて」和田が目を細める。「何か出物があるかっていう話かと思ったんだけど、違うんですよね。あなたのことを聞いてましたよ」

「俺ですか？」吾妻は自分の鼻を指差した。「どんな風に？」

「どういう人なのかって。でも、そんなこと、俺に答えられるわけがないですよね。この前会ったばかりなんだから」

「それはそうです。で、何て答えたんですか？」

「その通りに言いましたよ。よく知らないって」

「それで納得したんですか？」

「まあね」和田がコーヒーを一口飲んだ。「あなた、あれから本沢社長に会いました？」

「いや」

「だったら、この前話した時に、よほど怒らせるようなことを言ったんですかね」

「そんなことはない」本沢が「迷惑がって」いたのは間違いないが、「怒って」はいなかったはずだ。「だいたい俺は、人を怒らせるようなことは言いませんよ」

「そうですか？　俺はだいぶ苛々させられたけど」

「まあまあ……」吾妻は言葉を濁した。「とにかく、何か分かったら教えて下さい」

「この事件を解決するつもりなんですか？　警察を出し抜く？」
「そんなつもりはないですけどね」吾妻は肩をすくめた。「結果的にどうなるかは分からないけど」

続いて吾妻は、岡崎を訪ねた。ギターのことに関しては和田の方が詳しいだろうが、岡崎は情報の交差点のような存在であり、彼に話しておけば情報が広がる可能性もある。

「『58』のレプリカ？　聞いたことがないな」岡崎は首を捻った。「そもそも俺は、レプリカについてはあまり詳しくないし」

本を仕分けする手を止めて、岡崎が椅子に座った。相変わらず埃《ほこり》っぽさが感じられる、二階の倉庫。冷房は入っているのだが、埃臭さまでは消えない。ここも和田のギター保管庫のように空気清浄機を入れるべきだろう――ただし、どれだけ大型の物が必要になるか、分からなかった。

「何か噂でも聞きませんか？」
「いや」岡崎は素っ気なかった。「まあ、知ってる人はいるだろうから、そういう人に話を聞いてみることはできるけど」
「是非、お願いします」期待通りの反応だった。

「何だか難しいね、ギターの世界は。何というか……全て目分量だから」

「目分量？」表現の意味が分からず、吾妻は首を傾《かし》げた。

「言い方が変かもしれないけど、基準がないっていうかね。ギターの値段だって、あってないようなものだろう。原価率なんて、二割ぐらいだと思うよ」

「そんなに安いんですか？」吾妻は目を見開いた。

「ああ」岡崎がうなずいた。「輸入品になると、円相場でまた変わるだろうし、ヴィンテージの相場だって適当だ。いずれにせよ、エレキギターのヴィンテージ物の相場が今みたいに高騰している状況は、いつまでも続かないと思うよ」

「そうなんですか？」

「音が出なくなるんじゃないかな」岡崎がうなずいた。「アコースティックの楽器なら、本体がしっかりしてれば何百年でも持つだろう？　保管に気を遣えばいいんだから。ヴァイオリンのストラディバリウスなんか、二億ぐらいの値段が平気でつくしな。それは、今でもしっかり鳴るからだと思う。でも、エレキの場合はどうなんだろうな。五十年前、六十年前のギターは今でも演奏できるけど、百年後はどうなってるか分からない。金属パーツには必ず疲労がくるから、音が出なくなることもあるんじゃないかな。そうなったら、楽器としての価値はどうなる？　もちろんエレキだから、パーツを交換すれば音は出るようになるけど、それはもう、オリジナルのモデルとは言えなくなる。そうなったら、今ほど高値で取り引きされることはなくなるだろうね」

「なるほど」

「ヴィンテージの値段は、コレクターの懐具合と希少性で決まるんだろうけど、何だか不思議な世界だよな」

本の場合と似ているかもしれない。楽器に比べて本は傷みやすい。最終的には、空調が完全にコントロールされた図書館で、ガラスケースの中に鎮座する、というのが希少な本の行く末ではないだろうか。そうなったら、もう読むことはできなくなる。そういう意味では、石に文字を刻んだ古代の文書の方が、よほど時の流れに耐えている。もちろん、文字はデジタル化して残せるのだが、本の価値は書かれた内容だけで決まるものではない。装幀《そうてい》や紙質まで含めて、出版された時代の文化の象徴なのだ。

一方ギターを、「文化の象徴」と呼んでいいのだろうか。ギターとポップミュージックの盛衰について、学術的に分析した人間がいただろうか……奇妙な話だが、自分たちのような研究者が「お墨付き」を与えれば、ヴィンテージギターの存在価値も、もう少しはっきりしたものになるかもしれない。

「ま、この件についてはたぶん分からないと思う」岡崎が釘《くぎ》を刺した。「なにぶん古い話だからな。あんた、期待し過ぎちゃいけないよ」

「分かってますけどね……何かヒントになりそうな気がするんですよ」

「ほう……ずいぶん熱心なことだ」

「人が一人、死んでますから」

「死」という言葉に反応して、岡崎が喉仏を上下させた。そうか……この前岡崎に話を聞きに来た時には、安田はまだ生きていたのだ。彼の死について、岡崎とは話し合っていない。あまり話題にしたくない話でもあったが。

「それより、さっきからお前さんの家に電話してたんだぞ」

「そうなんですか？　すみません、ちょっと歩き回っていたもので」

「携帯ぐらい買えよ。今時携帯を持ってないのは、ただの変人だ」

「何か用事があったんですか？」

「用事っていうわけじゃないけど……ＴＣＣの本沢社長って知ってるか？」

「ちょっと待って下さい」短い時間に、二回も本沢の名前が出てくるとは。「まさか、本沢社長から電話があったんじゃないでしょうね」

「あったよ。お前さんが来る三十分ぐらい前だ。だから摑《つか》まえようとしてたんだよ」

「すみません……それで、何の話だったんですか」

「お前さんがどういう人間なのか、知りたがってた。どうして『58』に興味を持っているのかってな」

「そのことなら、本人に話しましたよ」それなのに、二回も続けて関係者に電話してくるのはおかしい。俺の言い分を信じていなかったのだ、と気づいた。「死んだ後輩のためにギターの謎を調べる」というのは、彼には理解できないことかもしれない。

「そう？　何だか納得してない様子だったけど」

「それは向こうの都合でしょう」怒りがこみ上げてきたが、自分が疑われていると思ったら、そんな風に感じるのは普通かもしれない。「どんな様子でした？　怒っていた？」

「そういうわけじゃないけど……そもそも、俺のところに電話がかかってくるのが変じゃないか？　俺とお前さんの関係なんか、神保町の外の人が知ってるわけがないだろう」

「確かにそうですね」応じながら、吾妻は背筋に冷たい物が流れるのを感じた。本沢の情報網は、どれだけ広く正確なのだろう？　あの会社は、元々は地上げ屋だ……もしかしたら今でも暴力団との結びつきがあるのかもしれない。暴力団なら、それなりに情報網を持っているもので、いつの間にかこちらの個人情報が丸裸にされていてもおかしくはない。ぞっとしない話だが、逆に自分が本沢の痛い部分を突いていた証拠になるのではないか。

彼が本当にオークションにかかわっていたとして、その事実を知られたくなかったら……知られたくないはずだ。面談している時も同じことを考えたが、社長が金をギターに注ぎこんでいることが世間に広く知られたら、いろいろとまずいはずだ。

それはいいが、俺をどうするつもりだろう。口封じ？　地上げ屋だったあの会社の過去を思い出して、吾妻は冷水をぶっかけられたような気分になった。

「どうした？　顔色が悪いぞ」

「いや……岡崎さん、東京都市不動産って覚えてるでしょう？」

「当たり前だよ」瞬時に、岡崎の顔が怒りで赤くなる。「あのふざけた地上げ屋だろう？」

「ＴＣＣの前身が、東京都市不動産です」

「何だって？」今度は岡崎の顔が蒼褪める。「お前さん、何でそんなところと関係してるんだ？」

「いろいろありまして」長くなりがちな話を、吾妻は要約版で説明した。

「二代目のボンボン社長ね……どうせろくでもない野郎なんだろう？」

「ろくでもないかどうかは知りませんけど、ギターは下手ですね」

岡崎が笑い声を上げたが、乾いていて、いかにも無理しているようにしか聞こえなかった。一転して真面目な表情になり、吾妻に忠告する。

「気をつけろよ。会社なんて、そう簡単に変わるもんじゃないだろう」

「今はまともな会社だと思いますよ」

「いや、信用できないね」岡崎が首を横に振る。「あの連中が、神保町に何をしていったか……うちだって危なかったんだ。あの地上げの時にこの街を出て行った古森《こもり》さんや松本《まつもと》さんが今どうしているか、知ってるか？」

「いえ」吾妻は首を振った。二人とも、岡崎と同じ古書店を経営していたことは知っているが。

「古森さんは日野、松本さんは浦安に住んでる。二人とも商売は辞めたよ」

「やっぱり、日野や浦安だと古書店はやりにくいですか」

「こういう商売は、神保町だから成り立つっていうこともあるんだ。場所が変われば、常連さんもついていかなくなるしな」

「そうですよね……」

「たまに電話で話すけど、二人とも老けこんだな。昔からの家と土地、商売を守れなかったショックは、二十年経っても抜けないんだよ」

「分かります」

「東京都市不動産は、そういうことをした会社だぞ。代替わりしたって、基本的な部分は変わってないはずだ」

そんなことはないだろう。最近の実績を考えれば——しかし岡崎の怒りは本物だ。吾妻は口を閉ざさざるを得なかった。同時に、岡崎の怒りが乗り移って、頭が沸騰した感じになる。自分が法律の道を目指そうとしたきっかけは、まさに神保町を襲った地上げの嵐である。あれ以降、この街に住む人にあれほどの試練が襲いかかったことはないが、多くの人は傷を抱えたままだ。

もしかしたら、今になって本沢に思い知らせることができる？　少なくとも、反省しない人間を反省させるぐらいはできるのではないか、と吾妻は想像した。

そして岡崎の店を辞したタイミングを狙《ねら》ったように、吾妻は声をかけられた。

本沢だった。

8

平日のこんな時間に、社長が会社を離れていて平気なのか——吾妻がまず考えたのはそれだった。もちろん本沢がいなくても、会社はそれなりに上手《うま》く回っているのかもしれない。石原の評価、「有能な部下の邪魔をしない分、ましな方かもしれない」が脳裏に蘇《よみがえ》る。

今日の本沢は、多少ビジネスマンらしい格好だった。無地濃紺のスーツに、ボタンダウンのシャツ。この猛暑なので、当然ネクタイはしていない。吾妻はネクタイなしのスーツ姿をだらしないとしか思わないが、本沢の場合、服があつらえたように体にぴったりしているので、そうは見えなかった。

「先日はどうも」本沢の方で先に切り出した。

「何かご用ですか」吾妻は慎重に応対した。

「いや、また『58』のことについてお話しできないかと思いましてね」

「どうして」

「どうしてと言われても」本沢の顔に戸惑いが走る。

「構いませんけど、どうしますか」まさか自分の家や研究室にまで押しかけられても困る。かといって、喫茶店で話すのも気が進まない。この男を、行きつけの「さぼうる」や「ギャラリー珈琲《コーヒー》店・古瀬戸」に案内するのも嫌だった。自分の庭が汚されるようで。

「よかったら、私の車でどうぞ」本沢がさらりと申し出る。

「車ですか」吾妻は低い声で繰り返した。危険だ。車に乗ってしまったら、完全に相手の土俵に上がることになる——しかし逆に考えれば、相手の懐深く入りこむことにもなる。

「というより、車に乗っていただかないと困るんですよね」

「どういうことですか」

「靖国通りに停《と》めてあるので」

「ああ、それはよくない。あそこは、警察が煩《うるさ》いですよ」

「ですから……どうですか？」探りを入れるように誘ってくる。

「分かりました。では、車で」

靖国通りに停まっていたのは、レクサスだった。後部座席は広々としており、スモークガラスなので外の視線を気にする必要もない。今は逆に、外の世界と隔絶されるのが不安ではあったが。

「いやあ、暑いですね」車に乗った途端、本沢がさりげなく天候の話題から切り出した。

「仕方ないですね、今年は猛暑ですから」

「それにしても、常識外れだ」本沢がハンカチを取り出し、顔を扇《あお》いだ。「神保町は特に暑い感じがしますね」

「この街には、よく来るんですか」

「それは、楽器を買うならこの街だから」本沢がうなずく。

車がいつの間にか走り出していたので、吾妻は驚いた。それほどスムーズで、走り出しのショックがなかったのだ。この社用車に乗って、新宿の本社から神保町までギターを買いに来ているとしたら……まさに馬鹿社長だ。

運転手の頭は、シートに隠れて見えない。乗りこむ時にちらりと見た限りでは、既に白くなった髪が目立つ、律儀そうな男だった。当然、ここで吾妻たちが話した内容など、全部腹に呑《の》みこんでしまうだろう。あるいはそもそも、覚えようという気すらないか。

車は靖国通りを、九段下方面に向かって走る。このまま新宿まで連れていかれたのではたまらないな、と吾妻は不安になった。ここは一発、先制パンチをお見舞いしておくか。吾妻はソファ並みに座り心地のいいシートの上で姿勢を正してから言った。

「『58』には、レプリカがあったそうですね」

無言。ただ、本沢が緊張している様子は伝わってきた。彼がどうして緊張しているかは分からなかったが、吾妻は取り敢《あ》えず言葉をつなげた。

「世界に一本しかないギターが、実は二本あったとしたら、やっぱり価値は半減するんですかね。オークションでも一億円じゃなくて、半分の落札価格しかつかなかったとか」

「オークションはオークションでしょう。その時々の状況によって、落札価格は変わるはずです」

「そうなんですか？　私はオークション事情に詳しくないので、よく分かりませんが」

「それぐらい、ちょっと考えれば分かることじゃないですか」

「いやいや、事情を知らない人間には分かりませんよ」吾妻は軽い調子で否定した。「さすが社長は、オークションにもお詳しいんですね。今まで、参加したことはあるんですか」

「ないですよ」本沢が素っ気なく言った。「基本的に、誰かと競ってギターを競り落とすなんていうのは、私の性には合わない。それより、埋もれているギターを見つけ出す方が楽しいですね」

「和田さんがやっているように」

「彼は……彼はねえ、あまりいい話をもってこないんだな」

ちらりと横を見ると、本沢は苦笑していた。組み合わせた両手を膝に置いて、助手席のシートをじっと見ている。余裕があるのかないのか、よく分からない態度だった。

「そうなんですか？　和田さんは、ギターに関してはプロでしょう」

「知識があるのと、いいギターを見つけ出す能力は別ですよ」本沢が人差し指で耳の上を突いた。「そういうのは、嗅覚が大事でしょう？」

「分かりますけど、私はギターのことに関しては素人ですから、何とも言えませんね。他に、いいバイヤーがいるんですか」

「それは、まあ。私も無駄金を捨てる気はないんで、いい目利きの人とつき合わせてもらってますよ」

「なるほど……それより、どうなんですか？『58』のレプリカはあるんですか？」

「そんな話は初耳ですね」本沢が首を捻《ひね》る。「でも、仮にレプリカがあったとして、何か問題でもあるんですか」

「安田が参加したオークションは無意味だった、ということにもなりませんか」

「レプリカねえ……要するに、ギブソンが作ったコピーということでしょう？　ある

い は他のメーカーかな？　今は、本物そっくりに作れるから……そういうのは、昔から日本のメーカーが得意だったんですけどね」

「そうなんですか？」

「私がギターを弾き始める前だから、七十年代から八十年代にかけて……その頃、日本のメーカーはギブソンやフェンダーのコピーモデルをたくさん作っていました。当然今より円安の時代だから、本家のギターは高くて、とても素人が手を出せる値段じゃなかった。だからアマチュアは、日本製のコピーモデルに飛びついたそうですね」

「なるほど」

「ただし、日本のメーカーは真面目ですから、クオリティは高かった。その当時のギブソンやフェンダーの品質を越えている、なんて言われていた製品もあったようですよ。むしろ今、そういうギターに高値がついたりしています」

「私には理解できない世界ですね」

「魑魅魍魎《ちみもうりょう》ですかね」

吾妻はちらりと本沢の顔を見た。魑魅魍魎……ギターの話で、この表現は大袈裟《おおげさ》過ぎないだろうか。いや、一億円が絡むとなると、そうとも言えない。

しかし……吾妻は頭の中でギアを切り替えた。確かに一億円は大金で、どんな犯罪の動機にもなり得るだろう。しかし問題は、この件で誰が損をしたか、だ。オークションで落とせなかった人間？　しかしオークションには時の運という側面もあるし、何より十分な資金を用意していなかったことが問題である。いわば自業自得で、誰かに責任を帰すわけにはいかない……もしかしたらオークションに不正があった？　その可能性は否定できないが、調べようがないのではないか。なにぶんにもアメリカで行われた話であり、裏を取るのは難しい。

「理解できない世界とおっしゃいますけど、結構興味を持って見られているのでは？」挑発するように本沢が言った。

「いやいや……あくまで安田のことだからですよ」

「しかし彼もねえ……どうしてこんなことになってしまったのか、まったく想像もつかないな」

「そうですか？」

「私が何か知っているとでも？」本沢の声に凄《すご》みが増した。

「そうは言ってませんが、何か思い当たる節でもあるんですか？」

「あるわけないでしょう」

一転して笑い飛ばす。演技臭いなと思いながら、吾妻はうなずいた。この男の考えも読めない。探りを入れにきたのではないかと思っていたのだが、そんなことを直接聞くわけにもいかない。

「それであなたは、『58』について何を話したいんですか?」最初の話題に立ち返って吾妻は訊《たず》ねた。

「もう十分話したと思いますけどね」

「そうですか? ろくに話していないでしょう」

「そんなこともありませんよ」

本沢が膝を叩《たた》いた。それがきっかけになったように、運転手が左車線に車を乗り入れる。次の交差点で車は左折した。神保町へ戻るつもりか……少しだけほっとしたが、気持ちの揺らぎは元に戻らない。

十分話した——この男が知りたかったのは、やはり俺が「58」についてどれだけ摑《つか》んでいるか、だったのだろう。特に聞きたかったのは、レプリカがあるかどうかだったのではないか。その話を先に持ち出してしまったことを悔いる。あれであっさり、本沢はこの会談の目的を達してしまったかもしれない。

もしもそうなら、「58」にレプリカがあることは大問題なのだ。わざわざ社長が仕事を抜け出して俺に会いに来るぐらいなのだから——もちろん、本沢が仕事をしなくても、会社では誰も困らないかもしれないが。

吾妻はもう一度、話を引き戻した。

「『58』のレプリカがあった話は、ご存じだったんですか」

「いえ」素っ気ない返事。

「全然知らなかったんですか？　あなたのように有名なコレクターでも？」

「私は基本的に、ヴィンテージにはあまり興味がないですから。もちろん、それなりの知識はありますけど、それほど詳しいわけじゃない」

「コレクターの方は、だいたいヴィンテージに目が向くものだと思ってましたけど」

「弾けないギターを集めても意味がないでしょう」本沢が鼻を鳴らした。「ギターは、弾いてナンボですよ。壊れるのが怖くて弾きもしないギターを、後生大事に空調の効いた部屋で飾っておくだけじゃ、意味はないでしょう」

「そんなものですか？」

「そんなものです。もちろん、ヴィンテージのギターの素晴らしさは分かりますよ。今とは手のかけかたが違いますからね。木材も今よりずっといい物を使っている。でも、今のギターだって素晴らしいですよ。ギターの製作技術は五十年前よりもずっと進歩しているわけですから……美しいギターで、しかも毎日がんがん弾ける。私には、そういうことが大事なんです」

「なるほど。是非一度、コレクションを拝見したいですね。ギターのことをいろいろ調べてきて、最近魅力が分かってきましたよ」

「いやいや……人にお見せするようなものではないですから」

変だな、と吾妻は疑念を抱いた。コレクターというのは、基本的に集めた物を人に見せびらかしたくなるものだ。吾妻も同じである。本棚に大量に収まっている海外ミステリは、集めようと思って集めたものではないが、売り出されてすぐ買い、その後絶版になってしまった物がほとんどである。後から考えれば「貴重な初版本」なのだが、買う時にはそんなことは考えもしない。しかし、人に見せびらかしたい――あわよくば、小説に興味のない人間に読んでもらいたいという気持ちは常に抱いている。だから家を訪ねて来る人には、まず本棚を自慢するのだ。

コレクターなのに隠す理由……ヤバい物があるからではないか？　人に見られたくない物、違法に手に入れた物。

ふと、妙な想像が頭に入りこんだ。「58」は、一本だけ作られた本物と、その直後に作られた物――「レプリカ」というより二号機と呼ぶべきかもしれない――と二本が存在する可能性がある。そのうち一本を本沢が持っていたら……どうなる？　二本なら価値は半減。しかし本沢が二本とも持っていて、「一本しかない」と言い張れば、「58」の価値は変わらないのではないか。

しかし、何のために「58」の価値を守る必要があるのか。転売でも考えているならともかく……「58」に関しては、既に嫌な噂《うわさ》が張りついてしまっているはずだ。おそらく安田は、このギターを巡って脅迫され、殺された。そんな悪い評判がつきまとうギターを、これから誰が買うというのか。あるいは血を吸ったギターは、それだけ価値が出てくるとか？　まさか。ブラック・サバス的世界ではないか。

「どうかしましたか」

「いや」声をかけられ、しばらく口をつぐんでいたのだと気づく。いつの間にか車は、最初に吾妻が乗りこんだ場所——靖国通りの向かい側に戻って来ていた。信号待ちの車に割りこむようにして、左側に寄せて停まる。

「どうも、お時間を無駄にしてしまって」慇懃無礼《いんぎんぶれい》な本沢の口調に、傲慢な素顔が透けて見える。

「いえ」何とか一太刀浴びせたいところだが、上手い言葉が浮かばない。「何か、お役に立てましたか」

「それは、もう」

馬鹿が……吾妻は外を向いて、こぼれ落ちた笑みを気づかれないようにした。余計なことを言わなければいいものを——いや、そもそも俺について聞いて回ったり、わざわざ会いに来たりするのが間違っている。「58」に興味津々だと、自ら明かしてしまったようなものではないか。

「変なことを聞きますけど、亡くなったお父上もギター好きだったんですか？　親子で趣味の継承ということもあるでしょう」

「まさか」本沢が鼻で笑った。「オヤジには趣味なんかありませんでした。ゴルフぐらいだったけど、それも仕事のつき合いでしたからね。楽器のことなんか、全然分からないでしょう。あの年代の人間は、皆そうじゃないかな」

「あなたの趣味は理解してたんですか？」

「とんでもない」本沢の声がわずかに尖《とが》った。「理解する気もなかったんじゃないかな」

何となく、この男の少年〜青年時代の様子が簡単に想像できた。部屋に引きこもってギターを大音量でかき鳴らし、父親に怒鳴りこまれる毎日——今、バンド活動に熱を入れているのは、その頃の反動かもしれない。クソオヤジとクソ息子の対立か……どうでもいい話だ。

「一つ、覚えておいて下さい」吾妻はようやく捨て台詞《ぜりふ》を思いついた。

「何ですか」

「この街に住む人間は、あなたのお父上を忘れることはありません……決して、ね」

外に出て、力をこめてドアを閉める。下手な捨て台詞だったな、と悔いた。それが効果を上げたかどうか……スモークガラスの向こうにいる本沢の顔色は窺《うかが》えなかった。

気持ちが晴れないまま大学へ向かおうとしたが、その前に安田の店に寄ってみることにした。この前うなぎを食べて以来、水嶋と会っていなかったので、少しだけ気がかりだった。

決まったようだ。店の処分は決まったのだろうか……。シャッターが開いていたので中に入ると、段ボール箱とギターケースが積み重ねられている。壁一面にかかっていたギターは、半分ほどに減っていた。

「どうした」

「あ、どうもっす」水嶋がひょこりと頭を下げる。

「店じまいか？」

「奥さんと話して、そうすることに決めました」

「君が跡を継ぐのは難しそうか……」

「そんな金、ないんすよ」水嶋がキャップを取り、髪をかき上げた。額に汗が滲《にじ》んでいるのが見える。

「残念だな」

「しょうがないっす。とにかく、できるだけ早く閉めることにしました。楽器はなるべく処分するつもりです」

「売り切れなかったら？」

「他のショップに頼んで、委託販売の形にするしかないっすね。売れたら奥さんのところにお金が入ることにしておいて」

「君はどうするんだ？　次の職場は決まったのか？」

「今、あちこちで話をしてるんで、何とかなると思います。ご心配なく」

「そうか……申し訳ないな」何の力にもなれなかったな、と悔いる。

「そんな、気にしないで下さいよ」水嶋が大袈裟に顔の前で手を振った。「別に、店を移るのなんて、この業界では珍しくないすから。今回は事情が事情ですけど……普通の転職だと思いますよ」

「前向きなのはいいことだよな」

「前向きかどうか、分かんないっすけどね」水嶋が苦笑する。

吾妻は、小さな椅子を引いてきて座った。ギターを試奏する時に使うものなのだろう、腰かけると膝がきつく曲がってしまい、座りにくいことこの上ない。

ギターが少なくなった壁は、寂しい限りだった。こうやって改めて見ると、ギターというのは実に美しいものだと思う。それこそ、自分で弾かなくても、壁に飾って見ているだけで心が満たされる。美術品を鑑賞するようなものだ。

「ところで、ギターって、いつ頃作られたのか、分かるものなのか？」ふと思いついて訊ねてみた。

「分かりますよ。ちょっと面倒臭いんですけど」水嶋が立ち上がり、壁にかかっていたギターを一本外した。また座ると、裏返した形で膝の上に置く。ヘッドストックの裏側にある刻印を指さし、「これがシリアルナンバーです」と告げる。

「製造番号だね？」

「そうです。分かりにくいんですけど、このレスポールの場合は、頭の『8』と五桁目の『8』を合わせて、八十八年製造、と読むんです」

「何だい、そのルールは……確かにややこしいな」吾妻は思わず苦笑した。「二桁目から四桁目までは？」

「これの場合だと、『050』ですけど、これは一月一日からの日数です。ええと、五十日目だから、二月の後半ってことですね」

「何でそんなに分かりにくい記載にするのかね」

「それは、俺に聞かれても」水嶋も苦笑する。「見分け方として教わっただけですから……で、六桁目の『5』が製造工場の番号で、最後の二桁は二月のある日の何本目に作られたギターかを示しています。だからこれは、一九八八年の二月、五番目の工場で十五本目に作られたギターということですね」

「そうか……いつ、どこで作られたギターかは分かるわけだ」

「そうですね」

「偽造できるか？」

「いや……それはどうでしょう」水嶋が刻印を撫でた。「これ、刻みこんであるでしょう？　削り直してもう一度刻印をすると、必ず跡が残りますよ」

「今の技術でも難しいかな」

「うーん……結構大変でしょうね」

「それで、『58』のシリアルナンバーはどうだったんだ？」

「ちょっと待って下さい」立ち上がった水嶋がギターを壁のフックに戻し、レジのところに行った。何かごそごそと弄《いじ》っていたが、すぐに写真を何枚か持って戻って来る。

「これ、『58』の写真なんですけど」

受け取り、一枚ずつ確認していく。各部をクローズアップで撮影したものだった。中に数枚、ヘッドストックを大写ししたものがある。シリアルナンバーは……なかった。

「ないじゃないか」一気に疑念が湧き上がる。

「そうなんですよ」

「ヘッドの裏以外にシリアルナンバーが刻印されていることは？」

「他のメーカーだと、ネックの端とか、ボディとのジョイント部分の金属プレートとかいろいろありますけど、ギブソンはだいたい、ヘッド裏ですね」

「何で『58』だけシリアルナンバーがないんだ？」

「プロトタイプだから、とか？」

「プロトタイプにはシリアルナンバーは刻印しないのか？」

うんざりしたように、水嶋が両手を上げる。

「それは分かりません。そもそもプロトタイプなんて、普通は表に出るものじゃないでしょう。工場の奥で眠っているようなギターを見る機会なんかないから、分かりませんよ」

工場の奥で眠っている……プロトタイプとは、確かにそういうものだろう。あくまで試作品なのだから。店の電話が鳴り、水嶋が応対した。そのタイミングで吾妻は、何げなく写真を一枚抜きとり、尻ポケットに入れた。何かが引っかかる……残りの写真をまとめて、電話を終えた水嶋に渡した。

「ところで、出品者に関する情報はないのか？」ジム・サーから誰の手に渡ったのかは、まだ知らなかった。オークション会社でも、そこまで把握しているかどうかは分からない。

「全然分かりません」水嶋が首を横に振った。「オークション関係は、店長が一人でやってましたから」

そこを知ることはできないのだろうか。直前の所有者が誰だったか分かれば、もう少し突っこんだ推理ができそうなものだが。ふいに、父親の顔を思い浮かべてしまう。基本的に好奇心の強い人だし、この件にも妙に食いついていたから、頼めば調べてくれるかもしれない。しかし、オークション会社が握っている情報にアクセスできるとは思えないし、仮に前の持ち主が分かったとしても、そこから先、話がどう転がるかは想像もできない。

結局、国境が大きな壁になるわけか……いっそのこと、アメリカに渡ってしまおうかとも思う。自分で調べてみれば、もう少しはっきりしたことが分かるのではないか。どうせ夏休みなのだし。

「安田が脅迫されていた件については、何か思い出したか？　アメリカから電話がかかってきていたみたいだけど」

「いや、俺は特に……すみません」

「謝らなくてもいいけどね」

敦賀の捜査はどこまで進んでいるだろうか。「Ｍｉｚｕ」というハンドルネームを持つ人間と接触できたのだろうか。あの男に話を聞くのは腰が引けたが、結局警察が一番情報を持っているはずだ。仕方ない、頭を下げて聞きに行くか――そもそも掲示板の情報を警察に教えたのは自分なのだし。

腰を上げた瞬間、敦賀が店に入って来た。何というタイミングか……吾妻を見て、嫌そうに顔をしかめる。何となく二人の関係も変わってしまったな、と思う。それまでの「先輩後輩」の単純な関係は、今はない。敦賀は、本音では俺の知恵が欲しいのではないかと思えたが、間違ってもそんなことは聞けない。基本的に刑事というのは、プライドの高い人種なのだ。吾妻がこれまで会った刑事たちは、誰もが仕事に誇りを持っていた。それ故、「自分という人間」に対するプライドも高い。下手に刺激すると、敦賀が今まで以上に頑《かたく》なになるのは目に見えていた。

席を外そうか、とも思った。ここへ来たということは、敦賀は水嶋に用があるはずだから。だが敦賀は、ちらりと吾妻を見ただけで何も言わなかった。ここにいることは黙認か……だったらこちらも何も言わず、彼の話を聞かせてもらおう。

「前に見せてもらった『58』の写真、あるよな」

「はい、ええと……」水嶋が助けを求めるように吾妻を見た。

吾妻は立ち上がり、持っていた写真をレジのカウンターに並べて置いた。自分は一歩引き、敦賀が覗《のぞ》きこむスペースを作る。敦賀はちらりと吾妻の顔を見たが、それきりで写真に視線を落としてしまった。

「シリアルナンバーが写ってるのはどれだろう」

「あ、これです」水嶋が、ヘッドストックの写真を取り上げる。

「写ってないじゃないか」写真を検《あらた》めた敦賀が不満そうに言った。

「あ、だから、本当はそこにあるはずなんですけど、このギターに関してはないんすよ」

「ないって、どういうことなんだ」敦賀が突っこむ。

「いや、どういうことだって言われても……」

水嶋が額の汗を手の甲で拭う。店内の冷房が弱められていることに吾妻は気づいた。

「偽物だからじゃないのか」

「ちょっと、敦賀さん」吾妻は思わず割って入った。「偽物って、どういうことですか」

「普通、ちゃんと作られたギターにはシリアルナンバーが入るだろうが」

「でしょうね」

「それが入っていないっていうことは、偽物の証明じゃないか」

「いや、プロトタイプだったらそういうこともあるでしょう。シリアルナンバーって、出荷する時に整理のために必要なものでしょう？　そうじゃなければ――」

「だったら、もう一本の『58』にシリアルナンバーが入っているのはどういうことだ？」

　さすが警察というべきだろうか、敦賀たちは、ハンドルネーム「Ｍｉｚｕ」との接触に成功した。「Ｍｉｚｕ」こと石井《いしい》昇太《しょうた》。アメリカ留学中の二十二歳で、吾妻が何となく想像していた通り、バンド経験者だった。アメリカでも、大学での講義の間にバンド活動を楽しんでいるらしい。その関係でというわけではないが、数百キロ離れたギブソンの工場に見学に行ったことがあり、そこで古い社員と知り合ったという。ロイド・クリントン、七十八歳。五十年代後半から、当時はミシガン州カラマズーにあったギブソン社で働き始め、七十年代になって製造の中心がナッシュビルに移ると同時にそちらに引っ越した。以降、九十年代前半に引退するまで、ギター作り一筋。今はギブソン本社の近くに住み、悠々自適の生活を送っているという。五十年代後半、ギブソン社が今に残る名器を次々と生み出した黄金時代を知る数少ない人間だった。

「しかしこの男も、『58』については、はっきりとは分からなかった」敦賀が説明して、アイスコーヒーをすすり上げた。

「そうですか」吾妻は、きつく吹きつけるエアコンの冷風を感じながら答えた。「さぼうる」は、昭和というか戦後の雰囲気を残す古い喫茶店で、レトロな内装が人気だが、造りは奇妙だ。店内に無駄な段差があったり、天井が低いせいもあって、エアコンの風が変な風に回ってしまう。冷房が苦手な吾妻としては、あまりありがたくない環境である。

「もちろん、俺たちが聴いたのは又聞きの情報だ。ただ、ロイド・クリントン本人から話を聴いたとしても、はっきりとしたことは分からないんじゃないかな」

「何しろ昔の話ですからねえ」五十年以上前の出来事を完璧に覚えていられる人間な

どいない。詳細な日記でもつけていれば別だが。

「それとも一つ、このロイド・クリントンというジイさんは、『58』が作られた頃にはまだ入社したばかりだったのさ」まるで旧知の人間のような喋《しゃべ》り方だった。

「ああ……つまり、ギター製造の大事な部分にはかかわっていなかった、ということですね」

「さすが先生、察しがいい」敦賀が皮肉に唇を歪《ゆが》める。

「茶化さないで下さいよ、先輩……仮に覚えていても、真相を知っているとは限らない、ということですね」

「ただし、真相などという大袈裟な話ではないんじゃないかな。当時、ギブソン社内で『58』というプロトタイプのギターが作られたのは、社内の人間だったら誰でも知っていることだったらしい。結局、コストの問題で生産には至らなかったようだけどな」

それは、吾妻が聞いた「58」の伝説と合致している。百本も作られなかったオリジナルのフライングVと、商品化に至らなかった「58」。楽器として、どちらが幸せなのだろう。「58」も、数は少なくとも出荷されていたら、後から再生産された可能性もあるのに。

「とにかく、『58』が二本あったことは間違いない。というか、クリントンというジイさんは、完成した二本の『58』を見ている。そのうち最初に作られた一本には、『001』のシリアルナンバーが入っていたというんだ」

「もう一本は？」

「入っていたかどうか、覚えていないと言っている」

「二本のギターは、どれぐらいの時間差で作られたんでしょうね」

「半年以内だろうと、クリントンジイさんは言っているそうだ」

「となると、やっぱりレプリカとは言えませんよね。同じギターの試作品を二本作った感じでしょう」

「ああ……しかし、一本は行方不明になっている」

「そうなんですか？」吾妻は思わず目を見開いた。

「もう一本……『001』のシリアルナンバーがついた方は、途中まで比較的所在がはっきりしていたそうなんだ。ギターメーカーっていうのは、いろんなミュージシャンが出入りしているんだろうな」

「たぶん、そうですね」自分用のモデルを発注し、製作途中であれこれ注文をつけるために工場を訪れるというのは、いかにもありそうだ。バットにこだわるプロ野球選手が、バット工場を見学するのと同じようなものだろう。

「どういう気まぐれか知らないが、ジミー・ペイジ？　そいつが工場から強引に持っていったらしい」

世界最高のリフ・メーカーを「そいつ」呼ばわりか。吾妻は苦笑して煙草《タバコ》をくわえた。

「それ以降の話は、伝説としては俺も知ってますよ。実際に使っていたミュージシャンもいるし」

「その辺は、先生の方がよほど詳しいだろうな」

「受け売りですけどね」

吾妻は「58」がジム・サーの熱演を支えたことをざっと説明した。本来、音楽関係にはまったく興味がないはずの敦賀だが、仕事のせいか真面目な表情で聞いている。

「その後、どこへ消えたかは分からないわけだ」

「ええ。手放したという話がありますけど、それはジム・サー本人に聞いてみないと分からないでしょうね」

「必要なら聞くよ」

敦賀が手帳を閉じた。それを見て、吾妻はふと思い出した。サーのアルバム……あのジャケットには、「58」の写真が大きく載っていたではないか。あれを見れば、何か分かるかもしれない。

「ちょっとうちへ来ませんか？」

「何でまた」

「お見せしたいものがあるんですよ」

「捜査の役にたつのか？」

「それは、見て判断していただかないと」

吾妻は肩をすくめたが、敦賀は既に伝票を摑んで立ち上がっていた。まだ先は見えないが、捜査が上手く転がり出したので、気合いが入っているように見える。

もちろん、「58」について詳しく知ることと、安田の死の真相を知ることが結びつくとは限らないのだが。


どうしてこれに気づかなかったのか……少なくとも数十分前には、気づくチャンスがあったはずだ。水嶋から「58」の写真を見せられた時に、ぴんときていて然《しか》るべきだったと思う。

吾妻は拡大鏡を持ち出し、アルバムジャケットに写った「58」の写真を精査した。ちょうど裏側から写された写真もあり——ヘッドストックには「00」の刻印が確認できる。全部は見えていないが、「001」だったことは間違いないだろう。

「おいおい」自分でも写真を確認した敦賀が目を細める。「ということはだよ、オークションで競り落としたギターは、やっぱりレプリカだったってことになるんじゃないか？」

「二号機、です」どうでもいいことだと思いながら、吾妻は訂正した。「それより、この二号機はどうなったんですか？　ギブソン本社で保管されていたんじゃないんですか」

「それがどうも、工場が引っ越した時に行方不明になったみたいだな」

「ああ……」いかにもありそうな話だ。調べてみると、ギブソン社は工場の機能を何年もかけてナッシュビルに移管したようで、その間に古いギターが行方不明になってしまってもおかしくはないだろう。管理は、しっかりしていそうでいい加減なものだ。所詮、大雑把なアメリカ人のやることだし……。

「結局、『58』は二本あって、安田さんが落札したのは、サーの手に渡ったものではなく、いつの間にか工場から行方不明になっていた方だと考えるのが正解だろうな」

「でも、ギブソン社では本物だと認めたんでしょう？」

「そこはもう少し詰めてみないと分からないが、そういうことだと思う。ギブソン社がどういう見解を持っているかは分からないが、自分のところの工場で作ったものかどうかぐらいは、確認できるんじゃないか」

「盗まれたという証拠でもなければ、特に問題にすることもできない……」吾妻は顎を撫でた。

「そうなんだ。これから、クリントンジイさんにはちゃんと直接話を聴かないといけないが、おそらくいつの間にか紛失したものが、オークションで表に出てきた、ということなんだろうな」

「前の所有者は……」

「オークション会社に当たっているが、守秘義務を盾に取られた」敦賀の顔が歪んだ。

これが警視庁ではなく、アメリカの捜査機関が調べていたらどうなっていただろう。要するに日本は舐《な》められているのではないか、と吾妻は疑った。

「アメリカの捜査当局に協力を依頼するわけにはいかないんですか」

「そう簡単にはいかない」

「FBIとか、オークション会社のある地元の警察とか……」

「いろいろ難しいんだよ」敦賀がもう一度拡大鏡を手にしてアルバムを覗きこんだ。溜息《ためいき》を漏らして顔を上げ、吾妻の目をじっと見る。「それで先生、これはどういうことだと思う?」

「俺に聞かれても困りますよ」本当は、頭の中で様々な考えが渦巻いていた。それを吐き出してしまいたいという気持ちも強い。だが、あれだけ「手を出すな」と言っていたのに、今になって頼ってくる敦賀の無責任さに、少しだけ苛《いら》ついていた。話さなければならないことといえば、本沢に関する疑惑もあるのだが。そうか、彼の話で感じた疑問を解決しておかなくてはいけない。その話を聞けるのは、やはり和田だろう。敦賀を追い出した後、和田に電話をかけて話をしようと、頭の中のメモ帳に書きこんだ。

「そう言わず、何か気づいたことがあるなら……」

「よく分かりません」吾妻は首を横に振った。これは紛れもない本音である。情報は多いのだが、一つ一つがばらばらに存在しているようで、つながりが感じられない。そしておそらく、肝心な事実は闇に隠れたまま、絶対に分からないだろう。例えば、オークションで落とされた「58」はどういう経緯で工場から消え、誰が手に入れて誰が出品したのか。

その経緯と、安田が殺されたことが関係あるかどうか……それも分からない。考えてもなかなか結びつかないことだ。自分がもう少しギターに詳しければ、せめて想像ぐらいはできるかもしれないが。

しかし、五十年以上も前にアメリカで作られたギターが、現代の日本で殺人事件のきっかけになるとは……生半可な想像では、真相にたどり着けそうにない。

「そういえば、脅迫電話の件はどうなりました」

「まだ分からない」敦賀が唇を歪める。

「いずれ分かるんですか？」

「そんなこと、今の段階で何とも言えないよ」不機嫌そうに言って、敦賀は口を閉じてしまった。ふっと視線を逸《そ》らして立ち上がり、いきなり玄関に向かう。

「帰るんですか？」

「帰る」振り向きもせずに言った。「やることはいくらでもあるんでね」

背中に焦りを見ながら、吾妻は敦賀を見送った。頭を下げてまで「教えてくれ」と頼まなかったのは、刑事としての彼の矜持《きょうじ》だろう。もっとも、今頭の中で渦巻いている様々な想像や疑問を話されても、敦賀も困るだろうが。せめてもう少し整理して、事件の解決につながるような話ができればいいのだが……まずは和田と話そう。気持ちを切り替えて、吾妻は受話器を取り上げた。

「本沢さんが会いに来たんですか？」和田が疑わしげな口調で訊ねた。

「会いに来たというか、待ち伏せされたんですよ」考えてみれば不気味な話である。まるで本沢は、こちらの行動を監視していたようではないか。そうでなければ、岡崎の店に自分がいることが分かるはずもない。ぞっとして身震いしながら、吾妻は受話器を握り直した。「あの人、何なんですか？」

「何なんですかって言われても……」困ったように和田の言葉が消える。「私には分かりませんよ」

「そうですか」気を取り直して、吾妻は肝心の質問を口にした。

「本沢社長のコレクションについて教えて欲しいんですが……公開されているんですか？」

「いや、隠してます」

「隠す？」

「失礼、そういう意味じゃなくて……一般には公開しないで保管しているだけっていう意味です」

「場所は自宅？」この話は、石原から聞いて覚えていた。

「そうです。空調完備の保管用の部屋を作ってるんですよ」

「あなた、見たことがあるんですか？」

「一度伺いましたよ」

「どんな感じでした？」

「あの、いったい何が知りたいんですか」矢継ぎ早の質問に、和田は苛立ちを覚えているようだった。

「コレクションの内容を教えて下さい。あの人、表に出していないんでしょう？　本人に聞いても教えてくれそうにないし」

「そうですね。見せびらかすタイプじゃないんで。ギターの腕は見せびらかしたいみたいだけど」皮肉の後に、和田は本沢のギターコレクションの内容を教えてくれた

——しっかり記録を取ったわけではない、と前置きしながら。吾妻は、和田が並べ立てるギターの名前を必死で書き留めた。知っているギターも知らないギターもあったが、まず一つ、「これは」というのがひっかかって顔を上げる。

「レスポールの五十九年モデル……」

「彼のコレクションのハイライトでしょうね。ずいぶん前に、二千万円で買ったと言ってましたよ。それでもまだ、今の相場よりは安かったでしょうけどねえ」

吾妻は絶句した。同じコンディションのレスポールには、今どれだけの値段がつくのか。もしかしたら、オークションで一億円だった「58」に匹敵する……。

気を取り直して、書き留めたギターの名前を確認した。

「古いギター……ヴィンテージは他にもあるんですか」

「ほとんどヴィンテージですよ」何を間抜けなことを、とでも言いたげな口調だった。「ヴィンテージ以外のギターなんか、コレクションする意味がないでしょう。もちろん、今作られているギターにも、何百万円もするものはあるけど」

おかしい。本沢は「弾けないギターを集めても意味がないでしょう」と言っていた。「弾きもしないギターを、後生大事に空調の効いた部屋で飾っておくだけじゃ、意味はない」とも。あの言葉を聞いた時、吾妻は彼のコレクションは現在手に入る高価なギターばかりだと思いこんでしまったのだが……また嘘《うそ》。もしかしたら、一財産——

あるいはそれ以上か——のギターをためこんでいることを、他人には知られたくないのかもしれないが。

「本沢さんが、ヴィンテージギターを集めている話は有名なんですか？」

「当然ですよ」

「でも、今作られている高級なギターを集めておけば、将来は立派なコレクションになるでしょう」実際、安田の店には高いギターばかりが揃《そろ》っていて、しかもよく売れていたというし。

「うーん、ちょっと違うかな……今のギターに、将来どんな価値がつくか、分からないですよ。コレクションとして価値があるかどうかは、時の流れを乗りこえられるかどうかで決まるんです。でも個人的には、今作られているどんなに上等なギターも、五十年後にヴィンテージとして引っ張りだこになるとは思えないな」

「どうしてですか？」

「五十年前のギター作りと今のギター作りは、いろいろな意味でレベルが違うんです。具体的に言えば、昔の方が圧倒的にいい木材を使っていたし……そういう木材は希少なものだから、どんどん少なくなるでしょう」

「なるほど」

「それに今は、絶対的な人気を持つカリスマギタリストがいないんですよね。レスポールやストラトキャスターは、クラプトンやジミー・ペイジ、ジミ・ヘンドリックスが使って有名になったんだけど、今はアマチュアが憧れるカリスマがいないから」

「とにかく、本沢さんはしっかり価値のあるヴィンテージのギターを集めていたんですね」自分で持ち出したことだが、関係ない方へ流れそうになったので、吾妻は話を元の方向へ引き戻した。

「そりゃそうですよ。ま、あの人に本当に価値が分かっていたかどうかは、ね」和田が鼻を鳴らす。

「分からないでしょうねえ」

「お、ずいぶんはっきり言いますね」

「というより、あの人は嘘つきです。何故俺に嘘をついたかは分かりませんけど」

そう、二回会った本沢は平然と嘘をついた。「ヴィンテージギターに興味はない」と言いつつ、ヴィンテージギターの代表格のような一九五九年製のレスポールを始め、古いギターを大量にコレクションしている。

そしてもう一つ気になるのが、「58」の落札にかかわっていたのではないかという疑いだ。安田の資金源として……あるいは安田が本沢の代理人を務めたのか。

自宅のソファに寝転んだまま、吾妻は後者の噂について考えた。火のないところに煙は立たないとも言うが、それは現代では通用しないかもしれない。ネットの世界など、まさに根拠のない噂話で満ちている。誰もが憶測で適当に自説を打ち上《ぶ》げ、それが受ければいいと思っている。調べたり裏を取ったりせず、ただ「受けるかどうか」を判断の基準にして発言する底の浅さ……しかし、『58』にレプリカがあった」という情報は、ほぼ間違いないと言っていい。

これからどうするか。

本沢が何故嘘をついたのか、気にはなる。しかし聞いてしまえば、実際には大した理由ではないかもしれない。自分で眺めて楽しむだけで、人に教える意味はないと思っているとか。いや、実際に和田はコレクションを見ているわけだから、門外不出というわけではない。俺に対して嘘をついた理由……そして「58」のレプリカ問題について、俺にわざわざ聞いてきた理由……全てが不自然だ。

本沢の問題について、敦賀に全て話してしまう手もある。だが今の段階で俺が知っていることを話しても、敦賀は戸惑うだけだろう。これが犯罪に結びつくかどうか、まったく分からないからだ。

もう少し、本沢のことについて調べなければならない。しかし自分は、忠告されたも同然である。何故かこちらの動きは、本沢側に筒抜けになっているようだ。身近なところにスパイがいるとは思いたくなかったが、それにしても不気味である。

体を起こし、煙草に火を点《つ》ける。深く煙を吸いこんで体の隅々まで行き渡らせ、ゆっくりと頭を振った。中で、がらくたが転がって嫌な音をたてているような気がする。どうしてこんな面倒なことに首を突っこんでしまったのか。安田のためとはいえ、ことは殺人事件である。完全に警察に任せて、自分は安田の妻や水嶋をフォローし、慰めることに専念すべきだったのではないか。面倒見がいいというか、お節介な自分の性格がつくづく嫌になる。こんなことだから、損ばかりしているのだ。だが、自分にとっての「得」が何かは分からないのだが……もしかしたら、相談してきた人たちの笑顔やほっとした顔を見たいだけかもしれない。

今は、それすら難しいが。

まだ長い煙草を灰皿に押しつける。どこかに突破口があるはずだ、と考えてみたが……どうしようもない。これは、普段の研究と同じはずだ。吾妻の場合、判例を中心に――つまり「起きてしまったこと」を軸に様々な問題を研究する。それはこの状況を調べるのと似ているのではないか。いや、裁判はやはり「閉じられた」「一度終わった」世界の話であり、今のように動いている生の事件を相手にするのとは訳が違う。所詮素人の発想か、と情けなくなった。少しだけだが、「自分ならやれるのではないか」「警察を出し抜いて事件を解決できるのではないか」と思っていたのだが……どうやら完全なうぬぼれだったらしい。

どこかで手を引くべきだろうか、と弱気になる。それを何とか押し潰して、気持ちを前へ向けようとする。今やること、やるべきこと――やれそうなことが一つ、頭の中に浮上してきた。

吾妻は受話器を取り上げ、和田の電話番号をプッシュした。本沢についてもう少し知るために。

9

和田によると、個人で活動している日本人のギターバイヤーはそれほど多くないという。大抵が楽器店の社員。腕が確かな人なら独立して自分の店を持ち、自ら買いつけてきたギターを店に並べるという。

和田は非常に嫌そうにしていたが、本沢が一番深くつき合っていたというバイヤーを紹介してくれた。やはり神保町で小さな楽器店を営む、藤川《ふじかわ》という男。店名は自分の名前から取ったらしく、「Fギターズ」だった。

「本沢さんの、二千万円のレスポールの話、しましたよね」

「ええ」

「あれを買いつけて、本沢さんに売ったのが、藤川ですよ」

「なるほど……どんな人なんですか？」

「目利き」

本沢は「いい目利きの人とつき合わせてもらってますよ」と言っていた。それは和田ではなく、藤川のことなのだろう。

「業界では……」

「有名な男です」和田が嫌そうに言った。強力なライバル、ということだろうか。

「元々、全国展開している楽器屋の店員から始めたんですけど、英語ができるのが武器だったんですね。一年の半分ぐらいはアメリカで過ごしていて、そのうち自分で独立して店を始めた」

「楽器屋は、そんなに簡単に始められるものなんですか？」

「金さえ何とかなれば。それに彼の場合、元々勤めていた楽器屋時代のお得意さんがいましたからね。そういう人は藤川を信用して、店が変わってもつき合うから……」

「客を連れて行った感じですか？」

「そうなりますかね」

　ということは、元々藤川が勤めていた店は、いい顔をしていないのではないか、と推測した。客を取られたようなものだろう。その楽器店に当たってみようか、と思った。不快感を持っている人の方が、ぺらぺら喋《しゃべ》ったりするものだから。

「元々勤めていた店は、どこなんですか」

「店というか、会社ですよ」少し馬鹿にするような口調で和田が言った。「ミヤダイラ楽器、分かります？　駿河台下の交差点のちょっと上に……」

「ああ」吾妻はあの付近の様子を思い浮かべた。「あれかな、前に消防署があった近くの」駿河台下交差点の側《そば》に、消防車が一台しか入らないような出張所があったはずだ。

「そうです。あそこが本社で、店舗は全部で八つぐらいあるのかな。東京に三店舗と、あとは札幌《さっぽろ》、仙台、名古屋、大阪、福岡店……それで八つで合ってますよね?」

「合ってますよ。ずいぶん大きな会社なんだ」

「いや、中堅どころじゃないですかね。もっと大きな楽器屋もありますから。だいたい、ギターばかり売ってるんじゃないんですよ。ピアノや、学校の授業で使うような楽器もあるでしょう。実際にはそっちの稼ぎも大きいわけで、楽器屋っていうのは、案外儲《もう》けが大きい商売なんですよ」

「なるほど……そのミヤダイラ楽器で、藤川さんと親しい人は誰かいますかね?」

「どうかな。そこまで詳しい事情は分からないんで」

「じゃあ、あなたは誰か、知り合いがいますか?」

「そりゃあ、まあ……俺もこの業界は長いから」

「紹介して下さい」

「勘弁して下さいよ」和田が泣きついた。「何でこんなにしつこく、俺に絡んでくるんですか?」

「他に、知り合いがいないからしょうがない。これも運命だと思って、諦めて下さい」

大きな溜息《ためいき》の後に、和田が一人の男の名前を教えてくれた。これでよし……明日もやることができたと、吾妻は笑みをこぼした。決して生産的な作業ではないのだが。

これまで吾妻がつき合ってきた「楽器関係者」は、やはりどこかに「音楽」の香りを漂わせていた。殺された安田からして、アマチュアとはいえ元ギタリストだったわけだし。

しかし和田が紹介してくれた「ミヤダイラ楽器」の知り合い——よりによって社長の宮平光司《みやだいらこうじ》は、音楽とはまったく関係ないタイプに見えた。でっぷり太った体型。丸い赤ら顔で、髪はすっかり薄くなっている。それを整髪料で丁寧に撫《な》でつけているせいか、頭全体がてかてかと輝いていた。町工場の社長、という感じが強い。シャツの上に、それこそ工場で着る作業着のような、ベージュの制服を羽織っている。そう言えば、この店で見かけた若い店員たちも、同じ作業着を着ていた。他の楽器店では、店員たちがヘビメタファッションの激しさを競い合ったりしているのだが。

五階建てのビル最上階にある事務室も、洒落《しゃれ》た印象はまったくない。スチールのデスクとロッカーが並び、全体にグレーの色合いが強い感じだ。唯一彩りを添えているのは、壁に貼られたミュージシャンの写真。海外アーティストも多かった。来日して、この店に買い物に来ているか、あるいは機材のレンタルなどでつき合いがあるのだろう。どの写真にも、宮平が一緒に写っていた。表情はにこやかだが、常に同じ作業着姿なので、非常に違和感がある。

「何か、『58』のことを調べられているとか？」宮平は慎重に切り出した。

「ええ。後輩が、オークションで落としたもので……」

「安田君ねえ……可哀想《かわいそう》なことをした」宮平が眼鏡を外した。

「ええ」

「たかがギター一本で、こんなことになるなんてね」

「そうなんですか？」

吾妻の質問に、宮平が怪訝《けげん》そうな表情を浮かべて眼鏡をかけ直した。

「そういうことじゃないの？」

「いや、ギターが盗まれたことと、彼が殺されたことの間には、はっきりとした関係はないんですよ」少なくとも今は分からない。

「何か、同じことなのかと思っていたけど……」

「いや、今のところははっきりしていません」安田が脅されていた事実はあるが、全ての事象がはっきりとはつながっていない。

「そうなんだ」宮平が首を傾《かし》げる。「てっきり、両方とも関係していると思ったんだけど」

「いやいや……今日はまったく別の用件なんです」

「ま、お茶でも飲んで下さい」

勧められるまま、湯呑《ゆの》みに手を伸ばす。梅昆布茶だった。こんなしょっぱいものを……と思ったが、たっぷり汗をかいた身にはむしろありがたい。話を始める前に、吾妻は事務室の中をさっと見回した。社員は二人だけ。一人は電話で話していて、もう一人はパソコンの画面に集中している。低い声で話せば、こちらの会話の内容までは分からないはずだ。だいたい、低い仕切りの奥にある打ち合わせスペースに座っているのだし。

「で、何をお知りになりたいんですか」

「バイヤーの藤川さん、いらっしゃいますよね」

宮平の眼鏡の奥の目が光ったように見えた。明らかに、藤川という名前に過剰に反応している。

「藤川が何か？」

「元々、ここにお勧めだったと聞いています」

「そんなこともあったかね」しれっとした口調で宮平が言って、湯呑みに手を伸ばす。

湯呑みを摑《つか》んだ手に筋が浮き、今も藤川に対して怒りを抱いているのだと分かった。

「あの……率直に伺ってもいいですかね」

「どうぞ」宮平が湯呑みの縁越しに吾妻の顔を見詰める。

「藤川さんがお嫌いなんですか？」

一瞬、宮平が目を見開く。次いで、テーブルに置いた吾妻の名刺に視線を落とした。

「吾妻……先生、大学の先生っていうのは、やっぱり世間知らずなんですか？」

「よくそういう風に言われますね」

「それは、当たってるんじゃないかなあ。いきなりそんなダイレクトな質問をされても、答えられないでしょう」

「すみません」吾妻は素直に頭を下げた。「ただ、焦っているんです。後輩が殺されたもので……遠慮している暇はないんですよ」

「先生が捜査しているわけじゃないでしょう？　警察官でもないんだし」

「そうなんですけど、仇《かたき》ぐらい取ってやりたいじゃないですか」

「そういう心意気は素晴らしいことだと思いますがね……正確にいきましょうか」

「はい」吾妻は両手を腿《もも》に置いて背筋を伸ばした。

「藤川のことは、嫌っているわけじゃない。今も許していないんです」

宮平が藤川を許さない理由は、吾妻にも簡単に呑みこめた。一種の横領――刑法の規定を当てはめれば、業務上横領が立派に成立する。むしろ宮平は、どうして藤川を告訴しなかったのだろう、と不思議に思った。被害額も小さくないのだ。業務上横領の時効は七年。そして宮平の話を聞いた限り、まだ時効は成立していない。法律の専門家としてアドバイスしてやるべきなのか……後にしようと決めた。話しているうちに宮平は次第に激昂《げきこう》してきて、目の前に藤川がいたら殴りかかりそうな勢いになってきたから。

「――つまり、会社の金で仕入れたギターを一部横領して、隠していたわけですね」

「そう。奴が自分で開業する時、それがベースになったんだよ」

「ひどい話ですね」

「飼い犬に手を噛《か》まれるっていうのはこのことだ」

「その話、間違いないんですか？　本人が認めたんですか？」

口を開けたまま、宮平が固まった。ゆっくりと口を閉じると、拳に固めた手をテーブルに置く。

「本人は、絶対に認めないんだ」

「だったらどうして分かったんですか？」

「客から聞いた」宮平がスマートフォンを操作し、写真を呼び出した。「このギター、分かりますか？」

「いや……ギター自体には詳しくないので」

「フェンダー・ストラトキャスター、一九六一年製」

十分「ヴィンテージ」と言える時代のものだ。「高いんでしょうね」と確認する。

「売値で四百万。奴の店で売られたものですよ」

意外に安い、という言葉を吾妻は呑みこんだ。一億円の「58」や、二千万円のレスポールなどの話を聞かされていたので、桁が違うのが「安い」と感じただけである。

「これを買ったお客さんは、元々うちをよく利用してくれていた人でね」

宮平があるミュージシャンの名前を挙げる。吾妻には聞き覚えがなかった。知りません、と正直に認めてから先を促す。

「彼が、買った後で写真を送ってよこしたんだ。私は……歯軋《はぎし》りしたね。これは、出物のギターだよ。コンディションが抜群によかった」

「ええ」

「それで、買いつけた場所と時期を聞かされて、ぴんときたんだ。あいつが、うちの出張でアメリカに行っていた時期だから。三年前のナムショー」

「ナムショー？」

「NAMMで、通称ナム」宮平が指を踊らせ、宙に字を書く真似《まね》をした。「世界最大の楽器ショーですよ。一般の人は入れなくて、我々のような楽器商やマスコミの人間だけが入場できるんだけど、奴をそこに派遣して……その時、カリフォルニアを中心にギターの買いつけもしてきたんだけど、たぶん、その時に買った一本なんだ」

「しかし、四百万……仕入れ値はもっと安かったんでしょうけど、安くない額ですよね？　どこから捻出したんでしょう」

「それがよく分からないから、困ってる。たぶん、向こうのディーラーと結託して、偽の領収書をでっち上げたりしてるんだと思うが」

「アメリカでも、そんなことができるんですか？」

「その仕組みはよく分からないがね」宮平が首を振った。「ちょっとずつ誤魔化して、自分の懐に入れていたんだろう。それだけならまだしも……」

「自分の店の開業準備のために、ギターを買いこんでいたのは許せない、と」

「そりゃそうだ」宮平が両腕を広げる。「だから、店に突っこんだんだよ。うちの金を勝手に使ったなって……しかし、証拠がないんだよなあ」

「そうですか」

「本人が恍《とぼ》けたら、どうしようもないんだ。困ったもんで……しかも悔しいことに、奴の店は流行《はや》ってる。奴が目利きなのは確かだからな」

「その話は聞きました」

「こっちの客もがっちり摑んでいったし、アメリカのディーラーにも顔が利く。叩《たた》き潰してやろうかと思うんだが、上手《うま》い手がないんだ」

彼の怒りを抑える手は……告訴の話を持ち出すしかない。しかしそれは、もう少し先送りだ。ややこしい話だし、まだ聞くべきことが残っている。

「TCCの本沢社長って、ご存じですか」

「知ってるよ」宮平があっさり認めた。「コレクターとして有名な人だよね……その人がどうかした？」

「藤川さんと、つき合いがありますよね？」

「ああ」またもあっさり、肯定の台詞《せりふ》が出てくる。「昔、うちでギターを買ってくれたこともあるはずだよ。この店の四階は、ヴィンテージの専門コーナーになっててね。彼は新しいギターには興味がない人で、よくそこに来ていた」

「藤川さんが接客していたんですかね」

「あいつは基本的に、店にいる時は四階の担当だったから。ヴィンテージの場合は、売る方にも詳しい知識が必要だから、そこは適材適所ということで」藤川を褒めてしまったことに気づき、宮平が顔をしかめた。「とにかく、接点はあった」

「今も？」

「そうだと思うよ」宮平がうなずく。「ヴィンテージは、普通の楽器とは違う特別なものだから。うちみたいな楽器店で扱っていても、客の方では特定の店員に頼りがちになるよね」

車のディーラーのようなものだろうか……吾妻は一度だけ車を買ったことがあるが、その時も担当セールスマンのアプローチがしつこくて閉口した記憶がある。そういうことが面倒で、手放した後は二度と車は買わない、と決めていたのだが。だいたい、ほとんど神保町界隈《かいわい》で生活しているのだから、車など無用の長物なのだ。

「今はどうなんですか？　本沢さんは、藤川さんの店……『Fギターズ』の客なんですかね」

「そうだと思うよ。この業界にいると、大きな金が動いた時には噂《うわさ》が流れるからね」

それで大丈夫なのだろうか、と心配になった。客の情報が噂として流れるようなものではないか。もちろん、吾妻としては、宮平がぺらぺら喋ってくれるのはありがたい限りだが。

「藤川さんが、『58』に関係していたとは考えられませんか？」

「さあ、どうかな」

「目利きのディーラーなら、ああいう物を扱いたがるんじゃないかと思いますが」

「あれは、特殊過ぎるよ。ヴィンテージというか、骨董品《こっとうひん》だ。ギターじゃなくて、美術品みたいなものだろう。バブルの頃ならともかく、今の時代には……どうかね」

「本沢さんのように、金に糸目をつけないコレクターだったらどうでしょうね」

「さあ、ねえ」宮平が頭の後ろで手を組み、背中を反らした。「うちもヴィンテージは扱っているけど、『58』みたいなものはないから。あくまで、弾けるギターが中心だからね」

「そうですか……」吾妻は顎を撫でた。ぼんやりした物が何となく形を取り始めたが、決定的な材料がない。

「藤川さんの店、だいぶ流行ってるんですよね」

「嫌なこと言うね、先生も」宮平が顔をしかめた。

「すみません。でも、店の状況が知りたいので……」

「流行ってるけど、あそこはうちみたいな小売店とは業態が違うからね。だいたい、年間通じて、二か月ぐらいは休んでる」

「そうなんですか？」

「買いつけですよ。今はネットで向こうのディーラーともある程度やり取りできるんだけど、本当に買うかどうかとなったら、自分でも手に取ってみないと分からないでしょう？」

「ああ、それで、結構長い期間店を閉めるんですね」

「そういうこと。基本的に店もあいつ一人でやってるから、海外出張中は閉めるしかないんだ。だいたい、季節ごとっていう感じだけどね」

「最近だと、どうですか？」

「いや、別に監視してるわけじゃないから。ああ、でもそう言えば……」

「何ですか」吾妻は身を乗り出した。

「この前、変な時期に閉まってたね。店の前を通りかかって、シャッターが下りてたから、潰れたかと思ったんだけど」宮平が皮肉な笑みを浮かべる。「だいたいゴールデンウィークの後、八月、十月、それに十二月っていう感じなんだけど、珍しく七月なのに店が閉まってた」

「どういうことでしょう」言いながら、吾妻は頭の中で何かがかちりと音をたてるのを感じた。七月と言えば……「58」のオークションが行われた頃である。

なおも雑談を続けているうちに、吾妻はもう一つのヒントを摑んだ。この情報は慎重に使わないと……切り札とは言えないかもしれないが、ポーカーならストレートぐらいの手を作れるのではないだろうか。

「Fギターズ」は、JR御茶ノ水駅に近い場所にあった。駅へ向かって西からの一方通行になる道路を、少し西側へ歩いた辺り。病院や学校、会社が固まっている近くなので、飲食店も多い通りだった。その中で、「Fギターズ」はビルの地階に店を構えている。神保町界隈の多くの楽器屋は、自社ビル全体を店舗にしていたり、ビルの一階、二階部分を占める造りが多く、何となく入りづらい感じがした。店は地下で外からは見えないし、中にいるのは藤川一人だろう。一対一で対峙《たいじ》するのは気が進まなかったが、外堀を埋める方法を思いつかなかった。

ずっと坂を上がって来たので、また汗塗《あせまみ》れになっている。吾妻はハンカチで丁寧に顔を拭うと、階段を下り始めた。地下へ潜る洞窟なら、ぐっと温度が下がってくるところだが、暑い空気が淀《よど》んでいるだけである。一歩踏み出す度に、また汗が噴き出す。降り切って左側が店舗。ガラス張りのドアから、店内の様子を覗《のぞ》いてみた。全体には、安田の店と感じが似ている。ただし、高級感はあそこよりも上のようだった。ドアのところから見える限りでは、壁一面がガラスケースになっており、ギターは中に収まっているらしい。温度と湿度の調整は完璧、ギターを試奏したい時は、どうかお声がけを——という感じなのだろう。これは、馴染《なじ》み客でないと敷居が高いな、と吾妻は思った。

重いドアを押し開けると、冷気がどっと流れ出てくる。これぐらいの温度がギターに優しいのかどうかは分からないが、少なくとも吾妻の体には優しい。内側に籠っていた熱が一気に抜け、頭も冷静になったように思えた。

入って左側がガラス製のカウンター。その奥に、藤川らしき男が陣取っているのが見えた。立ったまま、パソコンの画面を見下ろしている。

小柄な男だった。百七十五センチの吾妻が、頭の天辺《てっぺん》を見下ろす格好になる。髪は耳を覆うほどの長さで、ほっそりとした顔は蒼白《あおじろ》い。地下に店があるのも、陽光を嫌っているからではないか、と思えた。黒いTシャツに濃いグレーのパンツという格好が、細身の体型をさらに強調する。ただし、相当儲けているのは推測できた。Tシャツは、神保町の楽器店でよく売っているバンドのロゴ入りのものではなく、上質な生地。細い腕には不釣り合いなごつい時計はパネライだった。独特なデザインで、金色が配されていることから、安いモデルではないと分かる。

一瞬の観察でそれだけを目に入れてから、吾妻はショーケースの前に歩み寄った。ギターは目の高さより少し上の位置に互い違いにレイアウトされ、壁を飾るインテリアのようになっている。最近にわかにギターに詳しくなってきたので、やはりヴィンテージものばかりなのだと分かった。値段は……値札はまったくついていない。応相談、ということなのだろう。ちらりと左の方を見ると、ガラス張りの小さな部屋があり、中にかなり大きなギターアンプが置いてあるのが見えた。好きなだけ爆音で試奏して下さい、ということだろうか。

「何かお探しですか」

声をかけられ、振り向く。カウンターの奥から、藤川が真剣な表情で見詰めていた。

客を相手にする態度じゃないな……と思ったが、そもそも一見《いちげん》の客が来るような店ではないのかもしれない。吾妻は素早く深呼吸して、カウンターに近づいた。

「藤川さんですか？」

「はい……」認めたものの、藤川は警戒心を露《あらわ》にしていた。

「明央大の吾妻と言います」

「明央大？」

「そこで教えているんです」

「大学の先生ですか？」

「そうですね」

「ギターをお探しですか？」明央大の名前が効いたのか、藤川の警戒心はわずかに薄れたようだった。

「そうですね……『58』はどこにいけば手に入りますかね」

「それは……」口を開きかけた藤川が、すぐに言葉を呑みこんだ。「何が仰《おつしや》りたいんですか？」

「『58』は今、どこにあるんでしょう。盗まれたまま、行方不明ですよね」

「そんなこと、私が知るわけないでしょう」

藤川が正面から否定した。吾妻の顔を凝視しながら喋るのは、自信の表れなのか、それとも……吾妻にはまだ判断できなかった。短い会話から、非常に気の強い男だということは分かったが。

「だいぶ話題になりましたよね」

「この業界ではね……大学の先生が、何でそんなことに興味を持つんですか」

「殺された安田が、高校の後輩なんです」

「それは……残念でした」一応はお悔やみの言葉だが、誠意の欠片《かけら》も感じられない。

「あなた、TCCの本沢社長をご存じですか」

「だったらどうなんです？」

「本沢さんも、『58』に興味を持っていたんじゃないですかねえ。ヴィンテージのギターばかりを集めている人からしたら、幻のギター『58』は垂涎《すいぜん》の的でしょう。そんな物が突然オークションで出てきて、しかも買えるだけの財力があるとしたら……どうしますかね」

「それは、その人に聞いてもらわないと」

「その人って、本沢さんを知らないんですか？」

「誰がうちのお客さんかは、言えませんね。個人情報にかかわることなんで」

「違うなら否定すればいいのでは？」

「それも、逆の意味での個人情報の漏洩《ろうえい》になります」

攻めどころがない……今は、「個人情報」という言葉を出せば、大抵のことを隠蔽できるのだ。

「あなた、今年の七月にアメリカに行きませんでしたか？」

「何でそんなことをあなたに話さなくちゃいけないんですか」

「教えると、何か都合の悪いことがあるんですか」

藤川は無言だった。カウンターを出ると、ドアの方に向かう。手には携帯電話を握っていた。警察にでも通報するつもりかと思ったが、黙ってドアを開け、吾妻を睨《にら》みつけた。何となく、爬虫類《はちゅうるい》をイメージさせる目つき。冷たく、感情を感じさせない──強い生存本能だけは読み取れる。自分が生き残るためなら、相手を殺すのも厭《いと》わないような……。

「お帰り下さい。お話しすることは何もないですよ」

「ちょっと大袈裟《おおげさ》じゃないですか？　過敏過ぎるように思いますが」

「お帰り下さい」藤川が無感情な声で繰り返す。頭を下げもせず、さらに大きくドアを開け放つ。

潮時か……攻め方を間違ったな、と後悔しながら、吾妻は彼の脇をすり抜けた。その瞬間、かすかに肩が触れ、藤川がびくりと体を震わせたのが分かる。人との接触を恐れるタイプなのだろうか。それでは、アメリカでギターの買いつけなどできない気がするが。

吾妻はゆっくりと階段を上がった。既に熱気が体を包み、また汗が噴き出し始めている。途中で一度振り返ったが、既にドアは閉まっていた。しかし階段を上がり切った後も、藤川がこちらを監視しているような気がしてならなかった。

「何やってるんですか、カン先生」杏子が露骨に不満そうな表情を浮かべた。

「何って、君ね……俺のことを何だと思ってるんだ？」

「カン先生はカン先生でしょう？　こんな事件ぐらい、さっさと解決するかと思ってました。案外ダメダメなんですね」

「俺は刑事でも探偵でもないよ」

吾妻は溜息をつき、パソコンをシャットダウンした。研究室に寄ったのだが、集中できるわけもなく、ぼんやりとネットサーフィンしているところに杏子が訪ねて来たのだった。もしかしたら嫌がらせか、と疑ってしまう。この娘《こ》は、こちらが精神的にダメージを負っている時に限って顔を出すような気がしてならない。

「しっかりして下さいよ。いい加減犯人が捕まらないと、安田さん、浮かばれないじゃないですか」

「そういうことは警察に言ってくれ」吾妻は立ち上がった。

「どこへ行くんですか？」鋭い口調で杏子が追及する。

「どこって、まだ昼飯を食ってないんだよ」既に一時半。午前は完全に無駄になったな、と思うとがっかりする。

「じゃ、おつき合いします」杏子があっさり言って立ち上がった。

「あのね、何で君と飯を食わなくちゃいけないんだ？」

「一人で食べるのは寂しいじゃないですか。食事は、誰かと一緒に食べるから美味《おい》しいんですよ」

それは食べる相手によるけどな、と吾妻は心の中で毒づいた。何かと口うるさい杏子が一緒だと、料理を食べた気にならないことも多い。だいたい何で、この娘と食事をしなければならないのか……しかし、一人寂しく空腹を満たす気になれないのも確かだった。しょうがない、今日は彼女の愚痴というか非難を浴びながら食べるのを覚悟しよう。

「暑いから、冷やし中華な」

「それじゃ、揚子江菜館ですよね」途端に杏子が嬉《うれ》しそうな表情を浮かべる。

「まあ……神保町で冷やし中華って言ったら、揚子江菜館になるよな」

「はーい。じゃあ、お供します」

何がそんなに嬉しいのだろう。確かにあの店は「元祖冷やし中華」を謳《うた》っているのだが、こんなに嬉しがるのは大袈裟だ。まあ、いいか……とにかくこの暑さ、それにストレスのせいで食欲はない。酸味と冷たさ——今の俺が食事に求めるのはそれぐらいのものだ。

吾妻は定番の「五目冷やしそば」を頼んだが、杏子は「担担冷やしそば」にした。最近これに凝っているという。

「学生が食べるにしては高いな」ランチに千円は、東京では普通の値段だが、神保町価格にしたら安くない。

「先生の五目冷やしの方が高いじゃないですか」

「まあ、元祖だからな。でも、学生がこんなところに頻繁に出入りしてて大丈夫なのか？」

「バイトで稼いでますから」

「俺のところだけじゃなくて？」

「バイトなんか、いくらでもありますよ」杏子がにやりと笑う。

「若いうちから口が奢《おご》ってもなあ……スキートポーヅでもよかったんじゃないか？」

揚子江菜館のすぐ近くにある餃子《ギョーザ》専門店だ。ここの焼き餃子は包みこむタイプではなく、春巻きの形に近い。

「あそこだって安くないですよ。大皿定食は千二百五十円だし」

「大皿って……十六個も食べられないだろう」吾妻はせいぜい、十二個入りの「中皿定食」だ。

「それにあそこ、狭いしいつも混んでるじゃないですか」

「それは気にならないんだけどな」

料理が運ばれてきたので、餃子談義は中止になった。ここの冷やし中華は、皿にべったりと寝ている感じではなく、うず高く盛りつけられている。錦糸卵が上に乗り、キュウリやチャーシューなどの具材は麺に立てかけられているのが特徴だ。担担冷やしは、上に錦糸卵ではなくピーマンが乗っている。

「ピリ辛がいいんですよ」嬉しそうに言って、杏子が麺を啜《すす》り始めた。

この娘にはストレスなんかないんだろうな、と吾妻は羨ましく思った。まあ、学生の頃からストレスに悩まされるようでは、将来が思いやられるが。

「それで先生、今どうなってるんですか?」食事を半分ほど終えたところで、杏子がおもむろに訊《たず》ねた。

「そうだな……」吾妻は口を閉ざした。ランチタイムを過ぎているので客はほとんどいないが、何となく話しにくい。揚子江菜館は、いかにも昔の建物らしく広々しているのだが、それ故喋りにくい。密談には適さない造りだ。

「全然進んでいないんですか?」杏子は気にしていない様子だった。

「いろいろ細かい材料はあるけど、まだ上手く結びつかない」

「レプリカの話、どうだったんですか？」

「確かに二本あったらしい。レプリカというより、同時期に二本作られたみたいだな」しかし片方にはシリアルナンバーがない。もしかしたら、ジム・サーが使っていた「００１」が一号機で、今回オークションにかけられたのはそれ以前のもの――いわばプロトタイプかもしれない。

「そんな古い話、分からないよね」

「五十年前だからなあ……まあ、当時の工場の関係者で、まだ健在な人からは警察が話を聴くだろうけど」

「先生も行けばいいじゃん。夏休みだし」

「まさか」吾妻は苦笑したが、一瞬真面目にその案を検討した。父親がやけに張り切って調べてみると言ったのだが、その後連絡はない。例によって気まぐれぶりを発揮し、自分で言ったことをすっかり忘れている可能性もある。父親を当てにするよりは、自分で渡米して関係者から事情聴取した方が話が早い……それは間違いないが、論点がずれている、と吾妻は自分を戒めた。肝心なのは、安田を殺した犯人を捜すこと。副次的に「58」が見つかればベストだ。それは、安田の妻に対するささやかな援助になるかもしれない。安田本人が亡くなっている以上、現在の「58」の所有者は妻ということになるはずだ。もしも上手く処分できれば、生命保険の受取額よりはるかに大きな金額が懐に入る。子どもたちの将来のためにも、金はいくらあってもいいはずだ。

「どう？　何だったら私も同行するけど」

「よせよ」吾妻は顔の前で手を振った。「そこまでやるのは筋違いだ」

「じゃあ、早く犯人を捕まえないと」

「まあな……」

何だか責め立てられている気分になり、食欲は失せてしまった。何とか全部食べたものの、最後の方はただ義務的に麺を啜るだけだった。食事を終えても、何となく気持ちが上向かない。藤川のせいだ、と気づいた。あの男の態度……別に「容疑」をかけたわけではないのに、あまりにも反応が激し過ぎた。知らぬ間に藤川の急所を突いてしまったのではないかと、吾妻は自分の発言を思い出していた。

「ＴＣＣの本沢社長をご存じですか」

「今年の七月にアメリカに行きませんでしたか？」

「教えると、何か都合の悪いことがあるんですか」

これらの質問に対する、藤川の過敏な反応。質問をつなぎ合わせて解釈すると、藤川は本沢とは旧知の関係で、七月にアメリカに行っていた――拡大解釈すれば、本沢の意を受けて渡米した。理由は――オークションへの参加。

いや、こうやって想像するだけでは何にもならない。実際に藤川の口から証言を得なければ……しかし彼の口を割らせるのは難しそうだ。警察に任せてしまうのが、常識的なやり方である。しかし敦賀が、このネタに食いつくかどうか……容疑者扱いできる人間がいれば、今よりもずっと捜査は慎重に進めねばならないだろう。何となく、食いつきは悪そうな気がしていた。

「――カン先生？」

「あ？　ああ」

「どうしたんですか、ぼうっとして」杏子が非難するように言った。

「ちょっと考え事だ」

「一人で抱えこまれたら困りますねえ」杏子が眉根を寄せる。

「君は、首を突っこみ過ぎだ」

「情報、教えてあげたじゃないですか」

「それぐらいはいいけど、これは遊びじゃないんだ。素人が首を突っこむと危ないよ」

「カン先生だって素人じゃないですか」

俺はいいんだ、と言おうとして言葉を呑みこむ。安田は大事な後輩ではあるが、自分には捜査する権限はない。吾妻が古いヨーロッパ産のミステリを毛嫌いするのは、何の権限もない素人探偵が、警察を出し抜いて活躍するからだ。そんなリアリティのない話は、勘弁してもらいたい。

しかし……これはリアルな世界の出来事であり、俺はもう事件に深く首を突っこんでしまっている。今さら抜けるのは不可能だ。

「とにかく君は、これ以上かかわるなよ」

「別にかかわってませんよ。いろいろ考えているだけで」杏子が耳の上を指さした。

「何だか危ないんだよなあ」

「信用ないんですね」

「とにかく、ここまで」吾妻はテーブルの上に指で線を引いた。「何か分かったら教えるから」

「終わってから教わっても、面白くないんですよねえ」

「いいから」釘《くぎ》を刺してから、吾妻は伝票を取り上げた。「飯を奢ってやるんだから、大人しくしてろよ」

「ずいぶん安いんですね、私も」

杏子が頬を膨らませたが、それは当たり前だ。学生は安い。自分を高く見積もるのは勝手だが、周りの人はそうは見ないものだ。

研究室へ戻ったものの、吾妻の集中力は完全に切れていた。発表用の資料を揃《そろ》えていたかと思うと、いつの間にか藤川との会話をメモに書き出している。ネットサーフィンして、「58」に関する新しい書きこみが掲示板にないかチェックしたり、ジム・サー関係のページをぼんやりと眺めたりした。

新しい情報、なし。

そう結論づけた時には、もう午後八時近くになっていた。父親から電話があるかもしれないから、夜はなるべく家にいようと決めていたのだが……こんな時、携帯電話のない不便さを感じることになる。急いで研究室を出る。夏休みのせいもあって、建物の中は静まり返っていた。都心の大学だが敷地が広いだけに、人がいない時間帯は不気味な雰囲気が出てくる。

裏口から出て、一方通行の道路を靖国通りに向かって歩き出す。裏道なので人通りもなく、静かなものだった。マンションと、小さな会社が並ぶ通り……靖国通りまで出れば賑《にぎ》やかな雰囲気になるのだが、この辺は都心部とは思えないほど静まり返っている。昼間杏子と話した「スキートポーヅ」で夕飯を食べていこうかと思ったが、この時間だともう閉まっているはずだ。だいたい、食事をするのも何だか面倒臭い。辛い物でも食べて気力を回復しようか。カレーの「ボンディ」はまだやっているはずだから、あそこに寄って行こう。カレーの伴《とも》に生ビールもいい。

食べる物が決まっても、足取りは重いままだった。どうしたものか……いっそ今夜は、どこかで徹底的に呑んでみるか。本当はこんなことをしている――考えている場合ではないのだが。藤川を攻める手を考えるべきなのだ。

ふいに、背後で気配がした。何だ？　誰かにつけられている？　いや、人間ではない。立ち止まって振り向いた瞬間、突然光が爆弾のように破裂する。同時に、激しいスキール音。車だ――認知すると同時に、吾妻は右側に体を投げ出した。ビルの入り口に頭から突っこむ格好になり、全身に痛みが走ったと思ったら、爆発するような音が響く。やられた――と思ったが、車が電柱に激しくぶつかった音だと気づく。痛みを抱えたまま、這《は》うようにしてさらにビルの奥に進む。階段に身を横たえ、何とか後ろを振り向くと、車はまたスキール音を発して走り去るところだった。クソ、ナンバーは……吾妻は辛《かろ》うじて、四桁のナンバーだけを頭に叩きこんだ。

何とかこの記憶だけは残ってくれ、と願いながら、薄れる意識と戦う。殺されそうになって、そのまま車を逃がしたら、死んでも死にきれない。

「骨折はないですね」医師の言葉に、吾妻は胸を撫で下ろした。その割には、全身に痛みが残っているのだが……特に右肩、それに頭がひどい。頭は、どうやら階段の角にぶつけたらしく、髪の生え際付近を切ってしまったから仕方ないかもしれないが。

「頭が痛いんですが」

「今夜は病院に泊まった方がいいかもしれませんね。脳震盪《のうしんとう》を起こしているかもしれない」

そうしようか、と考える。一人暮らしの部屋だから、夜中に何か起きたら、と考えると不安だ。一晩だけの入院、寝て起きたら元気になっているはずだと自分に言い聞かせ、医師の進言に従うことにする。

しかし、簡単には休ませてもらえなかった。処置室から出ると、制服姿の警察官が二人、待っていたのだ。神田署の交通課所属と名乗り、すぐに事情聴取を始めようとする。

「ちょっと待って下さい。何で交通課なんですか？」

「それは、事故だから」年長の方の警官が、何を言っているんだとでも言いたげに目を細める。

「違います。刑事課の人を呼んで下さい」

「どうしてまた」

「事故じゃないんです。俺は殺されかけたんですよ」

二人の警官が顔を見合わせる。年長の警官が、面倒臭そうに口を開いた。

「しかし、現場の様子では……」

「車が突っこんできたんですよ。それも、ヘッドライトを消して、隠れるように近づいてきて、いきなりスピードを上げたんです」しかも俺が振り向いた瞬間にヘッドライトをつけて、目くらましまでした。これが故意でなくて何なのだ。

吾妻の説明を聞いて、二人はまた顔を見合わせた。

「間違いないんですか」年長の警官が念押しする。

「頭はそこまで強く打ってないんで」吾妻は拳で自分の頭を軽く小突いた。小さな衝撃が、傷の痛みを蘇《よみがえ》らせる。「妄想はしてないですよ。だいたい、現場を調べたらすぐに分かるんじゃないですか？　急ブレーキをかけた跡もないはずです。アクセルべた踏みで、一直線に突っこんできたんだから、殺意があったとしか考えられない」

「ちょっと……待っていただけますか」

年長の警官が、首を振りながら離れて行く。残された若い警官は、不安の色を隠そうともしなかった。

「大丈夫」少しだけ同情して、吾妻は慰めにかかった。「仮にこれが殺人未遂でも、あなたの担当じゃないから。刑事課に引き継いで、後は任せればいいんだ」

「本当に、頭は大丈夫ですか？」

そっちを心配していたのか、と吾妻は苦笑した。確かに、いきなり「殺されかけた」と訴える人間の証言を疑うのは当然だろう。

「意識はしっかりしてるよ」

質問することがなくなってしまったのか、若い警官が黙りこむ。吾妻は無意識のうちに、近くのベンチに座りこんだ。全身が痛い……一種の全身打撲なわけだが、体の衰えを実感した。何も身を投げ出さずとも、安全な場所に駆けこめたのではないか。そうすれば、こんな痛みを抱えることもなく、車のナンバーだってきちんと確認できた。

そう、ナンバーだ。

「車のナンバーを見てるよ」

「それを先に言って下さい」蒼白《あおじろ》い顔をして、若い警官が手帳を取り出す。

「四桁の数字だけだけど、34－82」だった。

「34－82ですね？　すぐ手配します」

若い警官が、無線を摑みながらその場を離れる。一人取り残された吾妻は、溜息をついてから両手で顔を擦《こす》った。その瞬間、左腕の違和感に気づく。シャツの袖が、肩のところで破けているのだ。改めて全身を確認すると、ジーンズの膝も抜けて穴が開いてしまっている。ダメージ加工好きな人間なら喜ぶかもしれないが、生憎《あいにく》吾妻にはそういう趣味はない。被害甚大だよ……と情けなく後悔しているうちに、年長の警官が戻って来た。彼の言葉を聞いて、さらに後悔の念が強まる。

交通課に任せておけばよかった。

「何やってるんだ、先生」敦賀は不機嫌の極みにあった。

「何で敦賀さんが出てくるんですか」刑事課には、敦賀以外に人がいないのだろうか。

「当直なんだよ。何で俺が泊まりの日に限って、あんたは厄介ごとを起こすんだ？」

「そんなこと言われても」

吾妻は肩をすくめた。個室のベッドの上なので、そんな仕草をしても格好がつかないのだが。

「で、犯人は誰なんだ」

吾妻は口をつぐんだ。心当たりは……ないでもない。自分はかなり危険なポイントに足を突っこんでいるはずだ。それも今日の午前中。そのことを告げるべきかどうか、悩む。時間が経《た》つに連れてあちこちの痛みが激しくなり、集中力が失われているのだ。それに、この件を警察に持って行かれるのも気に食わない……しかし既に、自分を襲った車のナンバーは告げているのだから、半分は警察に引き渡したも同然だ。

「ナンバー、どうなりました」

「盗難車で該当しそうなものがある」

「ああ」予想できたことだった。いくら何でも、マイカーで人を殺そうとする人間はいない。

「で、犯人は誰なんだ」

「話が長くなりますけど、いいですか」

「全然、問題なし」敦賀が皮肉っぽく笑った。「今日は書記を連れて来てるからな」

敦賀の後ろから、若い刑事が顔を覗かせた。ひょろりとして頼りなく、顔色も悪い。特捜本部事件で、こき使われているからだろう。既に手帳を広げ、右手にはボールペンを構えて準備万端といった様子だった。

「状況は、交通課の方から聞いた」

「それは喋った通りです」

「問題は、何でこんなことが起きたか、だ。先生、まだ余計なことに首を突っこんでいるのか？」

仕方なく、吾妻は自分が調べていたことを正直に話した。本沢のこと、藤川のこと……敦賀は何も言わずに聞いていたが、途中から眉が引き攣《つ》るように動き始める。怒っている時の癖だ。吾妻が話し終えると、いきなり言葉を叩きつける。

「何で勝手に動き回ってるんだ！」

「ですから、それは流れで……」

「先生は、刑事でも何でもない。後輩の仇を取りたい気持ちは分からないでもないが、やり過ぎだぞ。これは、公務執行妨害に当たる可能性もある」

「公務執行妨害は、公務員が職務を執行するに当たり、これに対して暴行又は脅迫を加えた、というのが条文にありますよ。刑法九十五条。俺は別に、物理的妨害は――」

「そんなことは分かってる」敦賀が威勢よく首を横に振った。「とにかく、先生が警察を出し抜こうとしてるのは間違いない。気に食わないね」

「もう少しはっきりした形が分かったら、お伝えしようと思っていたんですよ」

「だから、それがいらないことだって言うんだ。それで怪我《けが》してるんだから、馬鹿丸出しじゃないか」

むっとしたが、同時に反省もした。自分は見極めができていない、と実感する。どこまで突っこめば危険なのか、自然に分かるようでなければ……いや、自分は刑事ではないのだ。研究室に籠る身としては、「危険」のことなど考える必要はない。本来ならば。

「――いずれにせよ、この藤川という男からは話を聴かないといけないな」

「それは、警察の判断ですから」

「同席はさせないぞ」

「それはそうでしょう」吾妻は肩をすくめ、右肩に残る痛みに思わず顔をしかめた。

「どうなんだ？　安田さんと何かトラブルでもあったと思うか」

かかわるなと忠告している割に、こちらの考えを聞きたがる。シャーロック・ホームズでお馴染みの、ヴィクトリア朝の間抜けな警官か、と吾妻は皮肉に考えた。もちろん、当時の警察の捜査能力は、現代のそれとは比べ物にならないほどお粗末だったはずだが。

「ギター絡みで何かあったかもしれませんけど、具体的な材料はありませんよ」

「たかがギターで、人を殺そうとするかね」

「一億円なら、あり得ますよ」

「結局『58』の問題に戻ってくるわけか」敦賀が溜息をついた。「先生は、痛いところを突いたかもしれないな。例えば、藤川もオークションに参加していたかもしれない」

「その辺は、出国記録を調べればすぐ分かるんじゃないですか」

「アメリカに行ったかどうかぐらいはな」敦賀が顔を歪《ゆが》める。「オークションに参加していたかどうかは、証明できないと思う。オークション会社は、とにかく口が堅い」

「でしょうね」

「諦めないがね。先生と俺たちでは、使える力に大きな差がある」

「ええ。拷問でも何でも、好き勝手にやって下さい」

「今の警察は、そんなことはしないよ……ま、先生はせいぜい養生してくれよ」

敦賀は別れの挨拶もなしに、あっさり病室を出て行った。つき合いは長いのに、この男の真意はなかなか読めないな、と吾妻は苦笑した。どうやら自分は、研究室に閉じ籠っている時間が長過ぎたのだと思う。人間観察の技は、街をうろついていてこそ、養われるのだ。

10

翌朝、病院を出た瞬間に吾妻は後悔した。今日も強い陽射《ひざ》しが、痛みの残る体を容赦なく痛めつける。家までは一キロかそれぐらいだし、坂を下りていくだけなので大したことはないだろうと思っていたのだが、病院の敷地を出ないうちから、徒歩での帰宅を断念せざるを得なかった。タクシーを摑《つか》まえ、自宅の場所を指示して、シートに背中を預ける。

ＪＲ御茶ノ水駅から駿河台下へ向かう道路……普段、ここを車で走ることはほとんどない。徒歩よりも少しだけ低い視線から見る街並みは新鮮だったが、それをじっくり味わう余裕などなかった。

吾妻は、自宅の少し手前でタクシーを降りた。危機管理、ということを考える。少しだけでも歩いて、尾行がついていないかどうかを確認すべきだろう。昨日のように、いきなり後ろから車で襲いかかられたらたまらない。

何度も振り返りながら歩いて行くうちに、首が痛くなってきた。何ともないという診断だったが、まさか首をやられているのでは……むち打ち症の症状は、時間が経《た》ってから出てくることも多いというし。

「カンさん、どうかした？」

いきなり声をかけられ、びくりと体が震える。そこまで臆病になることもないのに……振り返ると、保子が店の前に立ち、怪訝《けげん》そうな表情で吾妻を見詰めていた。

「どうも。おはようございます」挨拶してから、胸を撫《な》で下ろす。

「おはようって、もう十時過ぎてるわよ。私なんか、五時間も前から起きてるんだから」

「そうですね」いつも通りの早起きか。

「何か元気ないけど、どうしたの？」

「いや……ちょっと、今朝まで病院にいたので」

「何、どうしたの、若いのに」

「そんなに若いわけじゃないですよ」吾妻は苦笑した。

「でも自分の足で歩いてるぐらいだから、大したことはないのね」

「まあ、何とか」

「お茶でも飲んで行く？」

一瞬躊躇《ちゅうちょ》した後、「いただきます」と答える。本当は、一刻も早く自宅に戻らないといけないと思っていたのだ。もしかしたら誰かに荒らされているとか……いや、それはないだろう。あのマンションは、防犯については最新のシステムを導入している。何かあれば、警備会社から警察にも連絡が行くはずで、自分の耳にも情報は入ってくるだろう。何もなかったのだと自分に言い聞かせ、吾妻は保子の店に入った。奥にあるテーブルにつくと、保子がすぐに熱いお茶を淹《い》れてくれる。例によって異常に濃く、しばらく眠れなくなりそうな代物だ。

「で、どうかしたの？」

探りを入れるように保子が訊《たず》ねる。年をとっても、好奇心には一切衰えがない。苦笑しながら、吾妻は適当に誤魔化して話をした。軽い交通事故に遭って一晩入院した、と。

「あら、怖いわね」保子が自分の体を抱くようにした。「気をつけないと」

「どこで事故に遭うか、分かりませんからね。保子さんも気をつけて下さいよ」

「私はこの通りから滅多に出ないし、ここはそんなに車の通りも多くないから」

「俺が事故に遭った場所だって、そんなに賑《にぎ》やかじゃないですよ。大学の裏の方ですから」

「それにしても、ひき逃げはひどいわね」保子が顔を歪《ゆが》める。「犯人は？」

「まだ捕まってないと思います。ま、犯人のことは、俺が気にしてもしょうがないですから」「大変ねえ……バナナでも持ってく？」

「いや、いいですよ」吾妻は苦笑して首を横に振った。「病院でちゃんと朝飯は出ましたから」

「そう？」

「ええ。ご心配なく」

呑気《のんき》な会話を交わしているうちに、少しだけ落ち着いてきた。この街の人──特に昔からの住人は、自分にとって精神安定剤のような存在だと強く意識する。話しているだけで気分が落ち着き、日常が戻ってくるのだ。

「ちゃんと治してね」

「そんなに大変な怪我《けが》じゃないから、大丈夫ですよ」お茶を呑《の》み干し、立ち上がる。途端に体のあちこちに痛みが走り、本当に「大変な怪我じゃない」のか、自信がなくなった。

自宅へ戻り、まず留守電をチェックする。誰もメッセージを残していなかった。父も……期待してはいけないと自分を戒める。気まぐれなあの人を当てにしていたら、何も前に進まないような気がした。

急いでシャワーを浴び、汗を洗い流す。風呂上がりにビール……これもまずいだろう。怪我した状態で、アルコールは避けるべきだ。結局ミネラルウォーターで体を内側から冷やし、ついでに体中で一番痛みがひどい肩に湿布を張った。これで多少ましになるといいのだが。

上半身裸のままエアコンの冷気を浴びている時に、電話が鳴った。父かもしれない。アメリカ中部は今何時ぐらいだろうと思いながら受話器を取ったが、あまり声を聞きたくない相手だった——敦賀。

「藤川を捕まえたんですか？」

「いや」

「あいつは犯人じゃない？」

「アリバイが成立してね。昨夜、事故があった時間には、客と呑んでたそうだ。ついでに言えば、彼は免許を持っていない」

「免許がなくても、車の運転ぐらいできるでしょう」

「そう簡単なものじゃない」

「一緒にいた客は……まさか、本沢じゃないでしょうね」

「違う、と本人は言っている。これから確認しなければならないが」

「怪しくないですか？　二人で口裏を合わせていたら——」

「考え過ぎだ」吾妻の言葉の語尾に被《かぶ》せるように、敦賀が言った。「想像するのは勝手だけど、口に出すなよ。名誉毀損になりかねない」

「敦賀さんが何も言わなければ、分からないでしょう」

「情報はどこから漏れるか、分からないんだよ」敦賀が渋い口調で言った。

「まさか……敦賀さんが藤川に会ったんですか？」

「ああ。泊まり明けの眠い目を擦《こす》りながらねえ」こんな時でも皮肉をかまさずにいられない男が敦賀だ。

「どんな印象でした？」

「あれは、蛇だな」

冷たい言葉を残して、敦賀は電話を切ってしまった。蛇……自分も爬虫類《はちゅうるい》を想像したのだが、会う人ごとにそういう印象を与えるということか。ガラス玉のように不気味な目。思い出すと、思わず身震いしてしまった。


情報はどこから漏れるか分からない——吾妻はそれを、身を以《も》って実感することになった。ひき逃げ——実態は殺人未遂だが——された事実はいつの間にか広まり、あちこちから電話がかかってきたのだ。まず杏子。「怪我するようじゃ、カン先生も年ですね」と馬鹿にした後で、バイト先の話を唐突に始めた。ライブハウスなので、先生も一度聴きに来たら？　まさか。この痛みを抱えたままでは、爆音には耐えられそうにない。

続いて「オールド・ネイビー」の岡崎。きついエスプレッソを飲めば治るからすぐに来い、と誘ってきたが、さすがに断った。エスプレッソはむしろ感覚を研ぎ澄ますもので、痛みはひどくなるはずだ。今日一日ぐらいは大人しくしていよう。

何故《なぜ》か和田からも電話がかかってきた。

「どこから聞いたんですか」さすがに確かめずにはいられなかった。彼は、普段の自分の行動範囲にはいない人間である。

「それは、ちょっと……」

「もしかしたらあなた、本沢さんや藤川さんとグルなんじゃないんですか」

「俺を犯人扱いしないで下さいよ」憤慨して和田が否定した。「何で俺が、あなたを殺そうとしなくちゃいけないんですか」

「そんなの、俺に分かるわけないでしょう」

「……藤川には会ったんでしょう？」

「会いましたよ」

「どんな感じでしたか」

「爬虫類」

「は？」

「何か、冷たそうな」

「ああ、そういう意味で……冷たいというか、悪い男ですから」

「宮平社長からは、散々愚痴をこぼされましたよ」

「そういう男なんですよ。欲しい物を手に入れるためには、何でもやるタイプ」

「あなたも被害に遭ったことがある？」

「被害というか……一本のギターを取り合いになって、負けたことはありますよ」

それは、あんたが交渉下手だからではないか、と吾妻は皮肉に思った。どうも和田というのは、使えない男のようだ。業界の内情を聞くにはちょうどいい存在なのだが、本人の商売は上手《うま》くいっているのだろうか、と心配になる。

「だったら、本沢さんと組んで、何か悪さをしたかもしれませんね」

「どうなんでしょうね……そんなことがあると、噂《うわさ》で流れてくるものだけど、何も聞いてないいな」

「まあ……何か耳に入ったら教えて下さいよ。あなたは、業界の内情に詳しいんだし」他のことでは当てにならないんだけどな、と思いながら吾妻は頼みこんだ。

和田は何かぶつぶつ言っていたが、吾妻はそのまま電話を切ってしまった。ひどく疲れているのを改めて意識する。電話で話しただけで、こんなに疲れるとは……自分で考えているよりもダメージが大きいのかもしれない。

一眠りするか。慣れない病院での一夜は、睡眠不足を生んだだけだった。今日ぐらいは自分を甘やかしてもいいだろうとソファに寝転がった瞬間、また電話が鳴る。いい加減にしてくれよと思いながら、父からの電話かもしれないと期待して、受話器を取り上げてしまった。

予想もしていない人物からだった。水嶋。

「おはようございます」

「別に早くないよ」壁の時計を見て苦笑する。いつの間にか、昼近くになっていた。

「何かあったのか？」

「昨夜、何回か電話したんすけど」

「それは申し訳ない」さすがにこの男は、俺が襲われたことを知らないようだ。事情を話す気にもならず、「昨夜はちょっとお泊りだったんだ」とだけ告げる。

「そうなんすか？　先生も外泊するんですね」

「いい大人を摑まえて、外泊とか言うなよ」

「すみません」水嶋が軽く笑った。「あの、次の店が決まったんで、そこの連絡先を教えておこうと思って」

「君の携帯の番号は知ってるよ」

「先生が持ってないじゃないすか。携帯同士じゃないと、何となく……」

確かに、その感覚は分かる。吾妻は苦笑しながら「この近くかい？」と訊ねた。

「いや、新大久保の方にある店です。小さいんだけど、店長を任せるって言ってもらえたんで」

「そりゃよかったじゃないか。出世だな。でも、新大久保って、そんなに楽器屋があったかね」まったくそういうイメージがない。

「神保町ほどじゃないけど、駅の西側に何軒か、固まってるんすよ」

「そうか……何か不自由、してないか？」

「お陰様で、何とか大丈夫っす」

吾妻は立ち上がり、元々子機を置いてあるテーブルについた。住所録――携帯を持たない吾妻にとってはこれが命綱だ――の「み」のページを開ける。水嶋の名前を書きつけ、店の名前と電話番号を確認した。

「ここ、どんな店なんだ」

水嶋が一瞬言葉に詰まった。どうかしたか、と聞こうとした瞬間に再度声が聞こえた。

「中古専門なんです」

「へえ」

「あの……こんなこと、あまり言いたくないんだけど、うちの店で扱っていたギターを、何本か持って行くことにしました」

「それは――」所有権が明らかになっている物を勝手に持ち出せば、当然窃盗だ。

「いや、奥さんの許可は取ってますよ、もちろん」慌てて水嶋が言った。「在庫はほとんど売って、奥さんにお金を渡したんですけど、どうしても売れないのもあって……安く売ったら駄目なギターもあるんですよ。そういうギターは、売るのに時間がかかるんです」

「例えば『58』とか？」

「いや、『58』が盗まれてなければ、こんなことにはなってないんですけどね」水嶋が暗い声で言った。

「そりゃそうだ」全てはそこから始まったのだ、と吾妻は思い出した。「58」はいったい、どこに消えてしまったのか……本沢の家に忍びこめないか、と空想する。絶対に無理だ。向こうも俺を警戒しているのだから、家に近づくことさえ不可能だろう。

「何か、新しい店の目玉になるようなギターはあるのか？」

「ありますよ」急に水嶋の声に自信が戻った。「オリジナルのギブソン・フライングV」

「それは……」このギターについては、和田から話を聞いた記憶がある。

「一説では、九十八本しか作られなかったとかいう話っすね」

『58』ほどじゃないにしても、すごいよな」知っていることだったが、話を進めるために驚いて見せた。

「でしょうね。これ、簡単には売れませんよ」

「いったい、値段はいくらになるんだ？　いくらなら売る？」

「うーん……そうっすね、ポルシェの新車一台分ぐらい？　もっと高値でも買う人がいるかもしれません。コンディションがいいんで」

「そいつは、店に飾ってあったかな」吾妻は、安田の店の壁を思い出した。V字型のギター……そういう物はなかったような気がする。

「店の奥で、厳重に保管してましたよ」

「それじゃ売れないだろう」

「まあ……うちが持ってること、知ってる人は知ってましたから。何度か商談したんですけど、結局まとまらなかったんすよね」

「同じ値段だったら、ギターよりポルシェを買うかなあ」

「先生ならそうかもしれないっすけど、車よりギターに金を出す人もいるんですよ」

「だろうな。そうじゃなけりゃ、君たちの商売はあがったりだ」

「そういうことっす……すんません、無駄話で。今度何かあったら、新大久保の方の店へ……」

「俺は、ギターを買う趣味はないよ」

「今から始めてもいいんじゃないすか。ギター、面白いっすよ」

「考えておくよ。そう言えば、もう一人のバイトの小海君は？」

「あいつは、神保町の店で働き口が見つかりました。ミヤダイラ楽器ですけど」

「ああ、そこの社長と昨日、会ったよ」

「何でまた？」水嶋の口調が尖《とが》る。

「単なる町内会の集まりだ」自分でも意識していないのに、咄嗟《とっさ》に嘘《うそ》が口を突いて出る。

「あそこ、町内会が違うじゃないすか」水嶋は簡単に吾妻の嘘を見抜いた。「先生のところは神保町だけど、ミヤダイラさんは駿河台でしょう？」

「細かいことを気にするなよ」吾妻は苦笑して話を誤魔化した。「それより、小海君は大丈夫なのか？」小海は水嶋よりも年上だが、何となく頼りない印象があった。

「大丈夫っすよ。ミヤダイラさんは大きい楽器屋だから。転勤、あるかもしれないっすけど」

「そうか……ま、元気でやってくれよ」

「ありがとうございます。ギターが欲しくなったら、声かけて下さい」

「それはないと思うけどなあ」

電話を切って、吾妻はかすかな違和感を覚えた。水嶋は、妙にはしゃいでいた感じがする。安田が殺された後、ずっと萎縮して何かに怯《おび》えているようだったのに、全ての問題が解決してしまったように、すっきりした態度だった。確かに、事件からある程度時間は経っているが、こんなにあっさり割り切れるものだろうか。何となく釈然としないが……。彼も、店の後始末で必死に走り続けて、一段落ついてほっとしたのだろう、と解釈する。

俺がこうやって足掻《あが》いている間にも、事態はどんどん変化していく。一人、悶々《もんもん》としている場合ではないな……思い切って立ち上がり、いきなりストレッチを始めてみる。体のあちこちが悲鳴を上げたが、無視してひたすら体を伸ばし続けた。そのうち、少なくとも背中と腿《もも》の痛みは消えてくれた。肩だけはどうしようもない……骨折はしていないが、手ひどい打撲だから、これは仕方ないだろう。体が解《ほぐ》れたところで洗面所に向かい、傷口に気をつけながら顔に冷水を叩《たた》きつける。シャワーでは取れなかった汚れが、わずかだが落ちたような気がした。

そして、また電話……今度は誰だと舌打ちし、タオルで顔を拭いながら部屋に戻る。

「おお、やっと摑まったか」父親だった。

「電話してたんだ?」

「昨夜からずっとだ。お前、夜遊びでもしてたのか?」

「まあ……そういうことかな」向こうは何時だろう、と訝《いぶか》った。今はサマータイムのはずで……すぐに計算を諦めた。恐らく、まだ夜早い時間だろう。

「夜遊びぐらい、どうでもいいな。面白い話を聞いたぞ」

「例の件で？」

「他に何がある？」

吾妻は言葉を失っていた。まさか、本当にギブソンのことを調べていたとは。気まぐれな父は、この前電話を切った数分後には、別の方に興味が向いてしまっているのでは、と思っていたのだが。

「ギターの世界も、奥が深いものだな」

「そうみたいだね」

「たかが工業製品かと思ったら、とんでもない。まあ、あれだ。伝説と神話に彩られた世界だよ」

たかだか五十年前のアメリカで神話もあるまいと、吾妻は苦笑した。父は昔から、大袈裟《おおげさ》な話が好きな男なのだ。というより、表現が大袈裟。ラフカディオ・ハーンの影響でもあるまいが。

しかし、父が語った「話」は大袈裟でも何でもなかった。この事件に、一つの筋道をつけるものだった。

とはいえ、攻め手がない。情報を抱えたまま、吾妻はしばらくぼんやりとしていた。まず、これまでに自分で得た情報、父がもたらした情報を組み合わせ、大まかな筋道を組み立ててみる。しかしまだ穴が空いており、それを塞ぐ材料が見つからなかった。ここはやはり、警察の力を借りるしかないのか……吾妻は立ち上がり、壁の時計をちらりと見た。いつの間にか、午後一時になってしまっているのに気づき、驚く。それだけ思考に没頭していたわけか。

急いでメモを作り始めた。フローチャートのようなもの……中でも重要なのは、オークションが始まる前の様子だ。吾妻はまったく気づいていなかったが、「58」がオークションに出品されるという情報が流れた直後、ネット上では既に「偽物」という話が出ていたと父は言っていた。オークション会社はこれを全面的に否定、予定通りオークションを行って安田が落札した。この「偽物説」が、後に「レプリカ説」にすり替わったようなのだが……関係者が何か言い出さない限り、こういう話は出てこないわけで、父はそこにも突っこんでいた。こんなに行動力、調査能力があったのかと唖然《あぜん》とすると同時に、少しずつ構図が見えてきたような気がした。

やはり、本沢は嘘をついていた。

しかし、彼一人が嘘をついていたわけではない。

調べ物のために パソコンを立ち上げていたので、ふと気になったことを調べる。情報はすぐに見つかり、電話をかけてさらに調べてみたのだが……吾妻はそこで、さらに「嘘」に気づいた。

これは何としても、本沢の家に侵入しないと。警察に全面的に任せる、という考えも頭に浮かんだのだが、それはもう少し先でいい。問題は、吾妻自身がコケにされたことである。こんな状態は我慢できない。これは吾妻のプライドの問題でもあるのだ。

よし、考えよう。この際、不法手段も厭《いと》わない。そのために誰かを危ない目に遭わせることになるかもしれないが……ここは一つ、助けを求めよう。こういうことなら、調子に乗って助けてくれる人間を、吾妻は何人も知っている。

石原と落ち合えたのは夕方だった。面倒臭い話を持ち出すお詫《わ》びとして、食事を奢《おご》ることにする。といっても、カレーだ。石原はカレーが大好物で、明央大の職員食堂のカレーのレシピに口を出し、味を変えさせたというのは伝説になっている。そう言えば昨夜もカレーを食べ損ねていたので、ちょうどいいか……石原は「共栄堂」を指定してきた。吾妻の好みからすると少し辛過ぎるのだが、石原はとにかくスパイシーなカレーを好む。これも神保町の有名店「エチオピア」で、辛さを増したカレーをよく頼んでいるらしい。

共栄堂はカレー店では老舗なのだが、気取った店ではない。店内のインテリアは、むしろ気さくな喫茶店のようだ。その気安さは、吾妻の好みでもあったが……先に来ていた石原は、もうビールを呑んでいた。

「ポークカレーでいいよな?」向かいに座るなり、石原が切り出す。この店の定番だ。

「ああ……いいですよ。ちなみに今、焼きりんごはないですよね」

「あれは十月からだ。まだ早い」

参ったな……スマトラカレーを標榜《ひょうぼう》するこの店のカレーは、吾妻にはスパイスが効き過ぎていて、食べているうちに汗が滲《にじ》んで——やがて流れ落ちる。カレーの後に、まろやかな焼きりんごを食べて、ようやく舌の感覚が蘇《よみがえ》る感じなのだが……仕方ない。今日は水を頼りに食べよう。

予想よりも汗をかいてしまった。今日も暑い一日で、体の中に閉じこめられていた熱が、カレーを触媒にして汗に変化してしまったようだった。おしぼりで何度も汗を拭い、水をお代わりして何とか食べ終える。一方石原は、まったく平然としていた。

「しかし、安い用事なんだろうな」先に食べ終えた石原が、ビールを呑み干す。「ポークカレーは九百五十円だぞ」

「それにビール五百三十円と、これからのコーヒー代も足して下さい」吾妻は手を上げ、アイスコーヒーを二つ注文した。たっぷりガムシロップとミルクを加えて、辛さを抑えよう。本当はコーヒーフロートが良かったのだが、大の大人が、アイスコーヒーに浮いたアイスクリームをいじっている姿はみっともない。

「なるほど。じゃあ、千数百円分で。何の話だ？」

「以前、本沢のことを伺ったんですが、覚えてますか？」

「ああ。それが何か？」

「石原先生、本沢と会えませんか？　何とか理由をつけて……」

「何でまた」石原の太い眉がくっと寄る。

「家の様子を見たいんです。家というか、ギターを保管してある部屋を」

「何だい、吾妻先生、ギターに興味でも出てきたのか？」

「そういうわけじゃありませんよ」苦笑して、顔の前で手を振る。「とにかく、そこの様子を見て来てほしいんです。石原先生なら、怪しまれないで会えるでしょう？取材とか何とか、適当に理由をつけて」

「それはできるけど、そんなところを見てどうするんだ？」

吾妻は財布を取り出し、「58」の写真をテーブルに置いた。石原が目を細め、腕組みをする。

「これは？」

「ギターですよ」

「それぐらいは分かるけど、これがどうしたんだ？」

「このギターが、本沢の家にあるかどうか、確かめたいんです」

「ほう……」

「コレクションルーム、見たことがあるんでしょう？」前回の会話を思い出しながら吾妻は言った。

「ああ」

「そこにこのギターがあるかどうか……」

「そのギターが、そんなに大変なものなのか？」

「一億、ですよ」

「は？」石原が甲高い声を上げた。「確かにそんな話はしていたけど、本当にそんな金を使ったのか？」

少し声が大き過ぎる。吾妻は素早く周囲を見回し、唇の前で人差し指を立てる。石原が唇を引き結んだ。

「アメリカのオークションで、私の後輩が落札したんです。その後、盗まれました」

「本沢が盗んだと？」

「それは分かりませんが、可能性はあると思います」吾妻は一層声を低くした。「本人が盗んだんじゃなくても、誰かが盗んで持ちこんだ可能性もある」

「盗まれたものだと分かって買ったら、問題になるんじゃないか？」

「盗品譲受け、ですね。刑法二百五十六条。盗まれたものだと分かっていて買ったら、十年以下の懲役、及び五十万円以下の罰金です。無償で譲り受けたら、三年以下の懲役」

「さすが、法学部だ。何で司法試験を受けなかったの」

「何ででしょうね」今考えれば、検事になる手もあったと思う。こうやって事件と向き合うためには、「大学教授」という肩書きは何の役にも立たないのだ。

「吾妻先生が、このギターを探しているの」

「そういうことです」

「警察でもないのに？」

「後輩のためなんです」

一瞬、沈黙。やがて石原が「しょうがないな」と一言言った。

「やってもらえますか？」

「奢ってもらうんだから、それぐらいはやらないとね。でも、少し時間がかかるかもしれない。本当に取材だと思わせる、上手い手を考えなければいけないから」

「助かります」吾妻はテーブルに額がつくほど低く頭を下げた。

しかし実際には、そんなことをする必要はなかった――頭を下げなくても、カレーを奢らなくてもよかった。

幸運は、思わぬところからやってくる。

自宅まで歩いて帰って来ると、マンションの前に見知らぬ男が立っていた。いかにも誰かを待っている様子……向こうは吾妻に気づいていない。嫌な予感がして、手前の路地に引っこんで男を観察する。見た目は普通のサラリーマン、という感じだ。真夏なので、ネクタイはなし。ボタンダウンのシャツに、淡いグレーのスーツを合わせている。年の頃、四十歳ぐらいか……荷物は、薄いブリーフケースのみ。しきりに額の汗をハンカチで拭っているのは、ここまで走って来たからかもしれない。何となく、焦っている様子も窺《うかが》える。

いずれにせよ、吾妻の知り合いではなかった。誰か別の人を待っているのだろう……大家としては、不審者の存在は気になるが、気にし過ぎるのも間抜けだ。そこまで怯える必要はないだろうと判断し、意識して大股で歩き出す。ズボンのポケットから鍵を取り出した瞬間、向こうが気づいてはっとした表情を浮かべた。すぐに吾妻の下へ駆け寄って来て、「吾妻先生ですよね？」と声をかける。

害のなさそうな男だが……昨日の今日だ。刺客が車ではなく人に変わっただけ、とも考えられる。吾妻は返事をせず、しばらく男の顔を凝視した。

「私、ＴＣの岡井《おかい》と申します」背広の内ポケットから名刺入れを取り出し、慣れた仕草で名刺を差し出す。吾妻は名刺を一瞥《いちべつ》したが、受け取らなかった。代わりに、「人の家の前で待ち伏せしてるのは、あまり上品なやり方じゃないですね」と指摘する。

「申し訳ありません。どこでお待ちするか迷ったんですが……」

「そもそも、どうやってうちの場所が分かったんですか」

「それは、何とでも」

「あまり気分のいい話じゃないですね」岡井が目を合わせようとしないのが気になった。

「申し訳ありません」もう一度言って、岡井が深く頭を下げた。

取り敢《あ》えず、無茶をする男ではないと思えたが、油断はできない。自宅へ上げるわけにはいかなかった。

「で、私に何の用ですか」

「ちょっとお時間をいただけますか。お話ししたいことがあるんです」

「じゃあ、ちょっとお茶でもつき合ってもらえますか」確か、「さぼうる」は十一時までやっている。

「はい、おつき合いします」

吾妻は、先ほど歩いて来た道を引き返し始めた。岡井の前に出ないよう、気をつける。まだまだ人通りは多いが、後ろを取られたくなかった。並んで歩くよう、歩幅を調整する。

さぼうるは、吾妻にとって喫茶店のスタンダードのような店である。什器《じゅうき》がすり減るほど年季が入っているし、店内も狭くて、客が多い時には居心地が悪いのだが、それでも何十年も通い続けている。

店の中央――複雑な造りになっているのでそこが本当に中央かどうかは分からないのだが――付近にある、よく座る席に腰かけ、煉瓦《れんが》を積み上げた仕切りをちらりと見る。ここには勝手に落書きしていく人間が後を絶たず、吾妻はこの席に座る度に、新しい落書きがないか、確かめるのが癖になっていた。

まだ喉の奥にカレーの辛みが残っているのに気づき、イチゴの生ジュースを頼む。コーヒーを注文した岡井が、意外そうに目を見開いた。

「さっき食べたカレーが、滅茶滅茶辛かったんですよ」言わなくてもいいことだが、吾妻はつい言い訳してしまった。何故かカクテルも充実していて、そちらを頼んでもよかったのだが、アルコールでは辛みが消えないことは、経験上分かっている。しかし、運ばれてきたピンク色のジュースは、見た目では間抜けなことこの上なかった。

「先日、社長のライブにいらっしゃいませんでしたか？」

「ああ」少し気が抜けた。あそこで見られていたのか……ということは、彼も「犠牲者」の一人なのか。

「ひどくないですか？」

「演奏の腕ですか？」

「それもありますけど、あの社長はひど過ぎます」

「あの……」吾妻は顎を掻いた。昨日の事故から髭《ひげ》を剃《そ》っていないので、指先に触れる感触が鬱陶しい。「何の話ですか？　私に会社の不満を言っても仕方ないでしょう」

「すみません。でも、このままではいけないと思ったので」

「何がですか」

「社長は……滅茶苦茶です。会社の金をギターに注《つ》ぎこんでいるんですよ」

「ギターでは、大した額では……」吾妻は言葉を呑みこんだ。彼のコレクションのハイライトであろう、二千万円のレスポール。それを筆頭に、どれだけの額をギターに使っていたのだろう。横領、背任……警察が喜んで手をつけたがる額に達していたかもしれない。

「誰も止められないんです」

「ワンマンですよね」

「悪いワンマンです」岡井が皮肉に顔を歪め、コーヒーを一口飲んだ。「基本的に仕事には口を出さないで、金だけを引き出していくんです。会社を、自分のポケットだと思ってるんじゃないですか」

「二代目の社長なんて、そんなものだと思いますけど」

「いや、とんでもない話なんですよ」岡井が身を乗り出した。「オーナー企業だからって、何をやっても許されるわけではないでしょう」

「それはそうでしょうけど……そんな話を私にして、どうするつもりなんですか？もしも犯罪行為だと思うなら、警察にでも行けばいい。何だったら検察でも。私が紹介してもいいですよ」

「私は……矢表に立ちたくないんです」

「警察は、情報提供者を守ってくれますよ。特に、会社の犯罪絡みのことになったら」

「そうとは限らないでしょう。先生から、警察に言ってもらうことはできませんか？」

「それは……」吾妻はジュースを一口飲んだ。それほど甘くないが、喉の奥に残った辛みが引いていくのが分かった。

「先生、うちの社長のことを何か調べてますよね」

「どうしてそう思います？」

「私は社長の一番近くにいる人間なんです。状況はよく見ていますよ」

吾妻は、改めて名刺を受け取った。「社長室」勤務か……だったら毎日のように本沢とは顔を合わせ、予定も摑んでいるはずだ。

「先生と社長が、何回か接触しているのは知っています。そもそも、あのライブの時に、話してましたよね」

「ええ、まあ」見られてしまったならしょうがない。認めて、吾妻はまたジュースを啜《すす》った。

「いったい何を調べているんですか」

「あなたは、何を摑んでますか？」

吾妻は逆に質問した。岡井がすっと身を引き、コーヒーカップ越しに吾妻の顔を見詰める。

「金の問題ですか？」吾妻はさらに突っこんだ。「本沢さんが、会社の金をどれぐらい使いこんだか、把握してるんじゃないですか」

「……はい」

「でも、この事実をどこへ持って行っていいか分からない。警察へ行くのは怖い、ということですね」

「そうです。私にだって立場がありますから」

「匿名で通報することもできますよ。例えばあなたが、手元にしっかりしたデータを持っていれば、名前を告げないまま、それを警察に渡してもいい」

「家族がいるんですよ。もしもばれて、会社を馘《くび》になったら、本当に困るんです」いつの間にか岡井の目は潤んでいた。「先生が情報の仲介役になってくれれば、社長の不正は糺《ただ》せるんです」

罠《わな》だ、と判断した。これがどんなマイナスにつながっていくかは分からないが、素直に話を聞いて警察との仲介役を買って出たら、落とし穴にはまるような気がする。

「資料は、もう用意してあるんです」岡井がブリーフケースを開き、封筒から一枚の紙を取り出した。表計算ソフトで作った一覧表。さっと見ただけでは、金の出し入れの状況は分からない。

「説明してもらえますか？」

「ＴＣＣに、『東京情報処理』という子会社があります。完全なペーパーカンパニーで、代表者に社長の名前があるだけなんです。うちからそこへ、業務委託費として金が渡っているんですよ」

「業務の名目は？」

「調査分析。マーケットリサーチなんかをやる会社――ということになっています。実態はまったくありません」

よくあるトンネル会社の手口だ。会社というのは、何か悪さをしようとする時に、実にいい隠れ蓑《みの》になる。おそらく本沢は、この会社に業務委託費の名目で金を流させ、そこから自分の懐に金を入れていた。会社の決算を赤字に装っておけば、税金の面でも有利だっただろう。

吾妻はちらりと書類に視線を落とした。かなり細かく、頻繁に金が流れているのが分かる。数十万円から百万円程度……しかし、今年の六月、一気に九桁の金額が記載されているのに気づいて、吾妻は目を見開いた。

「……これは何ですか」声に出さず、数字だけを指さした。

「いや、何かは分からないんです。こちらは、言われたままに金を出しただけで」

「これは、冗談にならない額ですよ」

そして、「58」の落札金額と一致する。もしかしたら、安田のスポンサーは本沢だったのか？　だとしたら、この事件の構図は、吾妻がぼんやりと想像していたのとはまったく違うものになる。本沢が、安田を殺してまでギターを奪った……その想像が成り立たなくなる。もしかしたら、単なる代理人だった安田が、「58」をどうしても自分の手元に置いておきたくなったのかもしれない。それがトラブルに発展したのか。

「分かっています」岡井が顎に力を入れる。

「これだけの金額を、何の疑問もなく出していたんですか？　それも問題ですよ」横領の共犯になりかねない。

「社長室の中に、社長の経理を専門にやる人間がいて、そいつが金の流れを一手に握っているんです。自分の懐にも入れていると思いますけどね」

「そんなことをしていたら、会社の屋台骨が揺らぎますよ」

「分かってます」岡井が表情を引き締めてうなずいた。「とにかく、社長の馬鹿な行動を、このまま放っておくわけにはいきません」

岡井の決意は本物だ、と吾妻は判断した——自分を騙《だま》しているのでは、という疑いはまだ消えなかったが。しかし、この情報を警察に流しても、何か問題が起きるとは思えない。警察は、立件できそうだと考えれば捜査に乗り出すだろう。その辺の機微に関しては、捜査について素人の吾妻が判断できるものでもない。

それにしてもやはり、もう少し強い押しが欲しい。そして岡井の「本気度」を測りたい……吾妻は、自分も危険を冒す覚悟を決めた。石原にだけ、任せておくわけにはいかない。

「一つ、私のお願いを聞いてもらえませんか?」

「何でしょう」

「あなたは、本沢さんのスパイかもしれませんよね」

「スパイ……まさか」岡井が頬を引き攣《つ》らせた。「何で私が、そんなことをしなくちゃいけないんですか」

「私の動きを探りにきたとか」

「そんなことはありません」

「だったら、社長の刑事責任を追及して、最終的には追い出し、会社の経営を健全化するのが狙いなんですね」

「まさにその通りです」顎に力をこめて、岡井がうなずく。

「本沢さんに対して、ちょっとした違法行為をしかけるぐらいはできますね？　私に協力してもらえますか？」

「違法行為……法学部の先生が、そんなことしていいんですか？」

「できるかどうか、検討してもらえませんか？　それを可能にしてくれたら、警察とのブリッジ役になりますよ」


これはチャンスなのかどうか……吾妻は、高鳴る鼓動を無理に抑えつけようと、何度も唾を呑んだ。本沢の家に忍びこむ――明らかに家宅侵入なのだが、既に開き直っていた。誰にも見つからずにコレクションルームを家探しし、「58」が見つかればそれでよし、見つからなければ黙って出て行く。その場合は、また何か別の手を考えなければならないが。

本沢の家は、渋谷区の閑静な住宅街にあった。「お屋敷」と言っていい規模の家が集まる一角で、その中でも本沢の自宅はひときわ大きい。これも会社の名義なのだろうか、と吾妻はぼんやりと考えた。

ブロック塀と植え込みの隙間から、家の様子を覗《のぞ》く。二階の窓から煌々《こうこう》と灯《あか》りが漏れているのは、パーティが開かれているからだ。岡井の説明によると、本沢はこの家でしばしばホームパーティを開いている。社員が呼ばれることもあるそうだが、最終的には社長のギターの独演会になるので、嫌われているということだった。あれなら当然……本沢に感情的な恨みを抱く社員は多いだろうな、と吾妻は同情した。

まだ本沢の独演会は始まっていないようで、耳障りなギターの音は漏れてこない。もしかしたら防音設備が完璧なのかもしれないが……吾妻は息をひそめ、耳を澄ませた。そもそも、家の方から何も音がしない。パーティの存在を感じさせるのは、二階の窓に時々映る人影だけだ。

それにしても、下品な家だ……父親の代からこの家なのか、本沢本人が建てたものかは分からないが、どちらにしてもセンスが悪過ぎる。リゾート地にある、料理が美味《う》いオーベルジュの雰囲気……ということは、ヨーロッパの城を模した建物をさらに真似《まね》した感じか。特に、二階の東側に張り出したバルコニーがひどい。卓球の試合ができそうな広さがあり、今そこに、三人ほど人が出て来たところだった。これで女性がドレス、男性がタキシードでも着ていたらまさにお笑い草なのだが、男二人はネクタイなしのスーツ姿、女性は仕立てのよさそうなカットソーに膝丈のスカートという常識的な格好だったので、少しだけ安心する。手にしているのがフルートグラスというのが、何となく気に食わなかったが。シャンペンだろう。こんなクソ暑い夜にはビールにすべきだよな、と少しだけ白けた。

ちらりと腕時計に視線を落とす。約束の時間を五分過ぎていた。まずい。いつまでもこの植え込みの陰にいたら、誰かに気づかれるかもしれない。やはり岡井は裏切ったのか……立ち去る潮時を考え始めた瞬間、芝生を踏む足の音がした。植え込みの切れ目から覗くと、岡井が低い姿勢を保ったままこちらに近づいて来るところだった。

「右……先生から見て左の方へ移動してください」

「どうして」打ち合わせと違う。

「ここだと、バルコニーから見えるかもしれません。死角になる場所がありますから」

やはり騙されているのでは、と疑ったが、ここまで来てしまったのだ。家宅侵入で逮捕されたらされたで、ひと騒動起こすきっかけになるかもしれない、と自分に言い聞かせる。

吾妻は体を伸ばし、数メートル移動した。死角になる場所というのは、裏口だった。すぐに金属製の扉が開き、岡井が顔を覗かせる。吾妻にうなずきかけると、さらに扉を大きく開けた。吾妻は体を屈《かが》め——ドアは背が低かった——素早く邸内に侵入した。裏口の方なのに、庭の芝生がしっかり手入れされている。適度に刈りこまれた芝生を踏むと、さくさくと軽い音がした。少し湿っているのは、夕方にでも水を撒《ま》いたからだろうか。ちらりとバルコニーの方を見たが、こちらからは完全に様子が窺えなくなっていた。向こうからも間違いなく死角だろう。

「今日は何のパーティなんですか」

「社長の友人……よく分からない組み合わせですけどね」岡井が皮肉っぽい笑みを浮かべる。「有名人好きなんで、先生もご存じの人がいると思いますよ。芸能人とか」

「で、どうしてあなたはここに？」

「雑用係に決まってるじゃないですか」

岡井が顔を引き攣らせながら答える。この男のストレスは相当高まっている、と確信した。会社では金を勝手に引き出され、仕事が終わった時間までプライベートな事情で引っ張り回されている……これではたまらないだろう。

「こちらへ」

岡井が先に立ち、家の方に向かった。薄明りの中、勝手口がぼんやりと浮かび上がっている。芝生の中に石畳の通路があるので、そこを歩いて行く。岡井が何故か中腰を保っているので、吾妻も倣って低い姿勢を取った。こうやっていれば見つからない訳ではないだろうが。

家に入ると、吾妻は脱いだ靴を、背負ったデイパックに入れた。今日の料理はケータリングなのだろう、キッチンには使われた形跡がなかった。二階の喧噪《けんそう》がかすかに聞こえてくる。BGMは……ディープ・パープルらしい。パーティに相応《ふさわ》しい曲とは思えなかったが、今日はこの手の曲が好きな人間が集まっているのだろうか。また本沢の趣味を強制されているとしたら、ご愁傷様だ。

「下へ行きますよ」

先導する岡井が、振り返りもせずに言った。広いキッチンを抜け、ドアを開けて廊下に出る。二階の騒ぎが、さらにはっきりと伝わってきて、吾妻は緊張感が高まるのを感じた。長い廊下を抜け、玄関まで辿《たど》り着くと、岡井が左手にあるドアを開けた。岡井の肩越しに覗きこむと、急な階段が下に続いているのが見える。中に入ってドアを閉めると、パーティの喧噪が完全に消えて、吾妻は一息ついた。取り敢えずは侵入に成功。

階段室には、ひんやりとした空気が漂っていて、吾妻は一気に汗が引くのを感じた。階段は急で、思わず手すりを摑んでしまう。岡井も、この下に行ったことはあまりないようで、慎重に歩を進めていた。

ほどなく、地下室のドアに行き当たる。岡井がドアを開けると、薄い灯りが零《こぼ》れ出てきた。

コレクションルームというのは、大袈裟でも何でもなかった。二十畳ほどの広い部屋の左右の壁を埋めるように、ギターが飾られている。一部はガラスケースに入っていたが、それは特に高価なものだろう。しかし……「58」はない。何度も写真で見て、完全に記憶に叩きこんであるので、あればすぐに分かるはずだ。クソ、わざわざ違法行為を承知で忍びこんだのに、結果はこれか。吾妻は思わず唇を噛《か》み締めた。

いや、諦めるのはまだ早い。どこかに隠してあるかもしれないのだから……。

エアコンの静かな音のほかは、何も聞こえなかった。部屋の片隅に小型のアンプが置いてあるのは、この部屋でもギターを弾くためだろう。正面は天井まである窓だが、左右に広がるタイプのブラインドが閉まっていて、外の様子は窺えなかった。妙に気になって窓に近寄り、ブラインドを手で広げて——当然手袋はしている——外の様子を確認する。コンクリート製の濠《ほり》のようになっているのが分かった。高さは三メートルほど。残念ながら、何かあってもここから脱出するのは難しそうだった。いわゆるドライエリアだ——外から見えないように洗濯物を干せる場所。

吾妻は部屋の中央に立ち、岡井と対峙《たいじ》した。岡井は不機嫌を極めたような表情で、立ち尽くしている。

「あなた、ここへ入ったことはありますか」吾妻はできるだけ低い声で訊ねた。

「ありますよ。というか、入らせられた」

「で、社長の説明を延々と聞かされたんですね」

「ふざけるなって話ですよね」今日の岡井は、少しだけ乱暴だった。「ギターのことは全然分からないけど、値段について聞かされればむかつきますよ。こんなことに会社の金を使うなんて……」

「分かります」

「で、問題のギターはあったんですか」

「いや」

吾妻の答えに、岡井が露骨にがっかりした表情を浮かべた。

「何だ、じゃあ、完全に無駄じゃないですか」

「いや」短く言って、吾妻は室内を見回した。左側の壁にドアがある。もしかしたら、まだ隠し部屋があるということか……本当に高価なギターは、そちらに保管してあるとか。

吾妻はドアの前に立ち、ノブに手をかけた。鍵がかかっている。こじ開けることは……難しそうだ。何か手はないかと考えているうちに、ふいに小さな話し声が耳に入った。

「まずい」小さく叫んで、窓辺に駆け寄る。逃げ場は……外に行くしかない。岡井も慌てて飛んで来た。鍵を開け、ブラインドをかき分けるようにして外に出る。窓を閉め……ブラインドの揺れが収まることを祈った。たぶん、本沢が誰かを案内してきたのだろう。異変に気づかれたら、終わりである。

吾妻はしゃがみこんだまま、耳を澄ませた。ドアが開く音がして、話し声が大きくなる。会話の内容まではっきり聞こえないが、本沢の相手をしている人間が誰かはすぐに分かった。

石原。

何も、こんな日に来なくても。きちんと打ち合わせをしておかなかったことを、今さら悔いた。

11

外に出ると、部屋の中の音が聞こえにくくなった。防音はしっかりしているらしい。ブラインド越しに、本沢と石原が歩いている影が見える。会話の内容を聞ければ……しかしそれは無理そうだ。傍らにしゃがみこんだ岡井は、目を閉じて浅く呼吸している。絶体絶命、と諦めかけているだろう。声をかけてやりたかったが、そんなことをすれば、本沢にこちらの存在を教えてしまう恐れがある。

「——すごい」石原の声がかすかに聞こえた。本当にすごいかどうかは分からないはずで、この驚きは一種の社交辞礼だろう。壁のギターをじっくり見ながら「58」を探してくれているはずだが、当然そこにあるはずもない。

吾妻は、ブラインドが少しだけ開いているのに気づいて、動転した。少し移動しないと……と思った瞬間、歩き回っている石原と目が合う。石原が一瞬だけ目を見開いたが、慌てる様子はなかった。吾妻は素早く移動して、中からこちらの姿が見えないようにしたが、その直後、石原の声がはっきりと聞こえてきた。こちらに状況を知らせようと、少し声を張り上げたようだ。

「ちょっと一杯いただきたいですね」

本沢が何か言っているのが聞こえた。ほどなくブラインド越しに、二人が出入り口の方に向かって行くのが見える。吾妻は胸を撫《な》で下ろし、ゆっくりと息を吐いた。あまりにも力を入れ過ぎていたのか、頭が痛い。

「行きましょう」岡井が声をかけた。「今のうちに逃げ出して――」

「駄目です」

「え?」岡井が目を見開く。

「まだ、見てない部屋があるでしょう」

「いや、危ないですよ。いつ戻って来るか分からないんだから」

「ここで見逃したら、せっかく中に入った意味がない」

吾妻はブラインドをかき分けるようにしてサッシを開けた。二人はもうここにいないと分かっているのに、やはり緊張する。室内を見回し、足音を立てないように気をつけながら、足を踏み入れる。振り返ると、岡井はまだ外で躊躇《ちゆうちよ》していた。

「急いで下さい」

声をかけると、岡井がようやく部屋へ入って来た。顔色は悪く、吾妻と目を合わせようとしない。愚図愚図している暇はないのに……吾妻は「とにかく部屋を確認しましょう」と少し声を荒らげた。

何とかしようと思って近づいた問題のドアに鍵はかかっていなかった。いつの間にか本沢が開けたのだろうか。急いで引き開け、中に入る。照明のスウィッチは……見当たらなかったので、大きい部屋の方から入りこんでくる光を頼りに中を確認——あった。

正面の壁に「58」がかかっている。ついにご対面かと思うと、吾妻も一瞬、体が固まるような緊張感と興奮を覚えた。アンバーの色合い、そして独特のデザインは、記憶にある通りである。ゆっくりと歩み寄り、顔の高さに飾られた「58」をじっくり観察した。防犯設備は……個別のギターに関しては、セキュリティを施してはいないようだった。ただし、ネック部分に手錠のような輪がはめられ、壁から完全には引き剝がせないようになっている。

吾妻はギターに手をかけた。

「まずいですよ」低い声で岡井が忠告する。

「大丈夫」言ってはみたものの、吾妻の鼓動は激しかった。壁から剝がした瞬間に、ブザーが鳴り響くのでは——しかし、ネックを握って壁から浮かしても、何の反応もなかった。それでほっとして、ギターを裏返す。ヘッド裏のシリアルナンバーは……予想通りだった。吾妻はギターを抱えたまま、岡井に「写真をお願いします」と頼んだ。

「写真って……」

「私のデイパックにカメラが入っています」吾妻は岡井に背中を向けた。

岡井が、渋々といった様子で吾妻のデイパックに手を突っこむ。カメラが出た気配があったので、慎重に振り返って彼の顔を見た。依然として顔色は悪く、どこか諦めが感じられた。

「ばれなければ、犯罪は存在しないことになりますよ」

「え？」

「とにかく、見つからなければいいんです」慰めにならないなと思いながら、吾妻は言った。だがそれで、岡井の顔に少しだけ血の気が戻る。

吾妻はギターのヘッド裏を岡井に示した。その部分をズームして撮影するよう指示し、さらにギター全体の裏表を撮影させる。ギターを壁に戻して、この小さな保管庫全体の写真も……これで一応、「証拠写真」は手に入ったわけだ。問題はこれをどう使うか、である。自分が今、不法な家宅侵入をしているという意識はある。警察に持ちこめば、まずそれが問題になるだろう。何か抜け道は……ある。何とか上手《うま》くいきそうな手を考えつき、吾妻はその可能性を転がしていくことにした。完全とは言えないかもしれないが、正義が行われれば、責任の有無は曖昧になるのではないだろうか。

家を出るまで、ずっと鼓動は高鳴りっ放しだった。マラソン選手の気分を少しだけ味わった吾妻は、十分安全と思われるところまで離れた時点で、道に座りこんでしまいたいという欲望と必死に戦わなければならなかった。もっと安全なところへ逃げこんで、撮影した写真を保管しなければ。

岡井は息を切らしていた。走って来たわけではないのだが、今にも吐きそうなほど顔色は蒼《あお》く、肩を上下させている。荒い呼吸はまったく落ち着く気配がなかった。

「あのギターは……」駅の方へ向かって歩き出しながら、岡井が苦しい息の下、辛《かろ》うじて訊《たず》ねた。

「あなたは知らない方がいい」

「いや、しかし……」

「私はまだ、あなたを百パーセント信用したわけじゃないんです」吾妻ははっきりと宣言した。「社長のスパイかもしれないじゃないですか」

「この期に及んで、まだそんなことを言われるんですか」岡井がむっとして言い返す。「何でこんな危険を冒したと思うんですか？　会社のためですよ」

「本当にそうかどうかは、いずれ分かるでしょう。もしも私が逮捕されたり、身の危険を感じることがあったら、あなたの名前を出します」

「そんな……」岡井の喉仏が上下した。

「お互い様でいきたいですね。あなたはこの件を黙っている。私は、社長を追い詰める手を考える。それでウィン‐ウィンじゃないですか」

何とも下手な脅しだ……しかし十分効いたと確信する。岡井の顔色は、先ほどまでと同じぐらい蒼くなっていた。

吾妻は自宅へ戻らず、岡崎の店「オールド・ネイビー」に向かった。家は危険……かどうかは分からないが、用心に越したことはない。事前に連絡しておいたので、岡崎はすぐに、店の二階に通してくれた。危険かもしれないと忠告したのに、岡崎はむしろ嬉《うれ》しそうだった。顔の下半分を覆う髭《ひげ》のせいで、いつもは表情が曖昧なのだが、今日ははっきり分かるほどにやけている。

「岡崎さん、もう少し危機感を持ってもらわないと」

「危険こそ我が人生、だな。エスプレッソ、飲むか？」

「いただきます」半ば呆《あき》れながら、吾妻は濃いコーヒーを受け入れることにした。コーヒーが準備できるのを待つ間にパソコンを立ち上げ、先ほど撮影した「58」の写真を移動させる。さらに無線ＬＡＮでネットに接続し、自分用に用意したサーバーにコピーを置いた。この辺のことは苦手なのだが、杏子が事情を聞かずに手伝ってくれた。

これで一応、安全に保存された……ほっとすると、急に力が抜ける。目を閉じると、軽い目眩《めまい》が襲ってくるようだった。まさか、自分が犯罪行為に手を染めるとは……元々は後輩の安田のためにむきになっていたのだ。しかし今、それが正しかったかどうか、分からなくなっている。誰かに利用されたわけではないはずだが、だからといって納得できるものではない。

結局頼りになるのは、自分の正義感だけだ。

「どうした」

岡崎に声をかけられ、はっと目を開ける。彼にはどこまで事情を話していいものか……「今夜、店の二階を貸して欲しい」としか頼んでいない。事情を話せば、ある意味彼も「共犯」になりかねないからだ。家宅侵入を犯した人間をかくまった……犯人隠匿？　しかし、事情を知らなければ罪に問われることはない。

いや、今は法律なんかクソ食らえだ。法律よりもっと大事なものは、いくらでもある。しかし、やはり岡崎を巻きこむわけにはいかなかった。自慢のエスプレッソを一口飲むと、脳天を直撃される苦さで一気に目が覚める。砂糖を少し加えたいところだが、今は我慢しよう。意識を鮮明に保っておくのが先決だ。

「あとは自分でやりますから」

「手伝えることがあるなら……」岡崎が言い淀《よど》む。吾妻がまずいことに手を出しているのには、薄々気づいているはずだ。

「岡崎さんを巻きこむわけにはいかないので」

「俺はいいけどね。要するに、安田の件だろう？」

「まあ、そうですけど……それ以上は事情を知らない方がいいと思います」

「しかし、同じ町内会の仲間として――」

「これは、俺と安田の問題なんです」吾妻は岡崎の言葉を途中で遮った。

岡崎が黙りこみ、白くなった髭を擦《こす》る。そうしながらも吾妻を凝視していたが、やがて諦めたように溜息《ためいき》をついた。

「カン先生も頑固だからねえ」

「すみません」吾妻は素直に頭を下げた。「とにかくこの件は――」

「ああ、分かった、分かった」今度は岡崎が吾妻の言葉を遮った。「終わったら声をかけてくれ。下にいるから」

本当は、営業時間はとうに終わっている。彼にとってはとんだ残業だな、と思いながら、吾妻はもう一度頭を下げた。

岡崎がいなくなり、広い二階に一人きり……夜も遅いこんな時間に、この場所にいるのは初めてだった。古本特有の臭いが満ちて、普段は安心できる空間なのだが、今は何となく気味が悪く居心地がよくない。吾妻は頬を張って自分に気合いを入れてから、パソコンの画面を覗《のぞ》きこんだ。

この写真をどう使うか……頭の中では一つの作戦が固まりつつあったが、その前に写真を精査することにした。

さすがに最近のデジカメの性能は凄《すさ》まじく、適当に撮った写真なのに、非常に鮮明だった。シリアルナンバーもはっきりと写っている。「001」、つまりジム・サーが持っていた真正の一本である。

ある意味、どうしようもない。これはオークションにかけられた——安田が競り落としたギターではないのだ。本沢がギターを盗み、果ては安田も殺したという推測は、ここで完全に崩壊してしまう。何しろ本沢が保管していたのは、唯一世に出ていた「58」なのだから。そもそもどうして手に入れたかという問題はあるが、追跡は難しいだろう。ジム・サー本人に当たって、どういう経緯で手放したか聞くのが手始めになるだろうが、それで本沢の入手経路が分かっても、安田の一件とは直接関係がない。あるいは不法な手段で手に入れていた？　だとしても、それを追うのは吾妻の仕事ではない。

首をぐるりと回すと、ばきばきと硬い音がした。疲れている……パソコンの画面はやはり苦手だ。しかし、見れば何かが見えてくるかもしれない。

その「何か」は「差異」だった。比較対象の写真が小さ過ぎて、明確な自信はないが、やはり差異はある。今まですっかり忘れていた父の情報を、この時点で完全に思い出した。それがきっかけになって、何とはなしに線がつながり始める。問題は、本沢が大事に保管していたこの「58」は、本当は何なのかということである。

何度も見比べる。間違いない……次第に確信は強くなった。

父の情報は頭に残っているが、いかんせん彼もギターに関しては素人である。基礎知識がない状態で難しい話を聞いても、上辺《うわべ》だけしか理解できなかったのではないか。吾妻にすれば「又聞き」の状態である。

やはり、専門家に話を聞かないと。パソコンを片づけ、デイパックを背負って階段を下りる。岡崎が「もういいのか」と心配そうに声をかけてきたので、わざと快活に「謎は解けそうです」と答えておいた。

「そうか?」岡崎が首を傾《かし》げる。

「解きますよ」宣言して、吾妻は店を出た。こちらの身の上を案ずるような岡崎の視線をなおも感じたが、何とか振り切って歩き始める。いきなり襲撃されるようなことはあるまいが、不安は残った。時折立ち止まって周囲を見回しつつ、わざと遠回りして歩く。携帯電話を持っていないのを、初めて悔いた。連絡を入れてから訪ねようと思っていたのだが、今時、公衆電話を見つけるのはひどく厄介なのだ。

自分は時代遅れの人間なのだ、と実感する。それでも生きていけるのが、この街のいいところではないか。

「またですか」予《あらかじ》め連絡を入れておいたのに、和田は「面倒臭い」という本音を隠そうともせず、ドアを細く開けるだけだった。

「ちょっと教えを請いたいと思いましてね」

「教えることなんか、ないでしょう」

「いやいや、是非……」

「困りますよ」ドアの隙間は広がらなかった。「先生につき合ってばかりいるわけにはいかないんで」

「強引に押し入ってもいいんですよ」

「それは犯罪でしょう」和田が目を細める。

「こっちは既に犯罪者なんでね。もう一つぐらい罪が増えても、大勢に影響はないんです」

「また、馬鹿なことを――」吐き捨てるように言って、和田が吾妻の顔を凝視する。

その瞬間、吾妻が嘘《うそ》をついていないと気づいたようで、急に目が泳ぎ出した。

「何やったんですか、先生」

「そんなこと、あなたに言えるわけないでしょう」

吾妻はドアに手をかけた。大きく開くと、和田が慌てて後ろに飛びすさる。そんなに怯《おび》えることもないのに――自分はそれほど兇暴《きょうぼう》な顔でもないと思いながら、吾妻は玄関に足を踏み入れた。

「ちょっと前に、簡単に教わった話の復習ですよ」

「何の話でしたっけ」和田は恍《とぼ》けているわけではないようだった。元々、記憶力はそんなによくないのだろう。

「レプリカの話」

「ああ」ようやく思い出したのか、素早くうなずく。「それが何か?」

「もう少し詳しく、具体的な話を聞かせて下さい」

吾妻は後ろ手にドアを閉めた。途端に、和田の顔が蒼褪《あおざ》める。それを無視して、吾妻は鍵をかけた。

「ちょっと――」

「自分の身を守るためですよ」吾妻はわざと、大きな笑みを浮かべた。「何しろ追われてる身なので。鍵のかかった場所にいないと安心できないんです」

「先生、いったい何をしてるんですか」和田が、ほとんど悲鳴を上げるように言った。

「それは秘密です……あなたは知らない方がいい」吾妻は口の前で人差し指を立てた。

「必要な情報だけ貰《もら》ったらすぐに帰りますから。何だったら、後でお礼を差し上げてもいい。その代わり、あなたの知識を総動員して、俺が知りたいことを全部喋《しゃべ》ってもらいますよ」

どうしたものか……吾妻は当てもなく、神保町を歩き回った。白山通りから裏に入って、お茶の水小学校の裏辺り。雑居ビルや小さな飲食店が並ぶ賑《にぎ》やかな通りは、まだ人で賑わっていた。まだ夕食を摂《と》っていないので、飲食店にやたらと目がいってしまう。五百円でそれなりに美味《うま》いラーメンが食べられる店。今や貴重な「大衆酒場」、昼間はサラリーマンの行列ができるうどん店……どこも一度は入ったことのある店だ。

自分の街。

そこに、金を巡る陰謀が渦巻いていたのだと思うと、非常に気分が悪い。もちろん、経済行為に関しては咎《とが》められるべきではないのだが、それが違法ならば、やはり問題である。ましてや、人が一人死んでいるのだ……ただし今となっては、自分で恨みを晴らしてやろうと思っていた人間が、単なる被害者とは考えられなくなっていた。

ほどなく、一方通行の出口に出る。右手にマクドナルド、左手に銀行。この時間でも車で溢《あふ》れている靖国通りにぶつかる。ここを渡ってもう少し歩けば、自宅に辿《たど》り着く。だが、そこが安全かどうか、保証はない。もしも本沢が侵入者の存在に気づけば、まず吾妻を疑うかもしれない。

しかし、他に行くべき場所もない。知り合いは何人もいるが、彼らに迷惑をかけるわけにはいかないのだ。

意を決して靖国通りを渡り、自宅へ戻ることにした。馴染《なじ》みの古本屋街は、自分という人間を作ったベースであり、歩く度に心が落ち着くのだが、今夜はそんな具合にはいかなかった。自宅が近づいて来るにつれ、緊張感が高まり、かすかな吐き気を覚える。

保子の店はとうに閉まっているし、自宅の近くは少しだけ闇が深い。自室に戻って灯《あか》りを点《つ》け、少なくとも玄関先には荒らされた形跡がないのを確認して、ようやく安《あん》堵《ど》の吐息を漏らした。しかしまだ安心できない——武器になりそうなものがないので、長さが五十センチほどある金属製の靴べらを摑《つか》み、部屋を見て回る。誰もいなかった。誰かが侵入した形跡もなかった。思わず、リビングルームの中央にへたりこんでしまう。ディパックが床に落ち、パソコンとデジカメがフローリングに当たる硬い音がした。

何とか立ち上がり、戸締まりを確認してから一息つく。取り敢《あ》えずビールでも……と思った瞬間に電話が鳴り、鼓動が跳ね上がった。電話の前に立ったが、無視することにする。ナンバーディスプレーにしておかなかったことを後悔した。

ほどなく留守番電話に切り替わり、石原の声が流れ出す。吾妻は慌てて受話器を摑み、「もしもし」とほとんど叫ぶように言った。

「あれ？　吾妻先生、いたんだ」石原が気の抜けた声で言った。

「今帰って来たんです」

「そう……無事にね」石原の喋り方は慎重だった。

「無事ですよ」吾妻はわざと軽い調子で答えた。

「あれは……まずいよ」

「石原先生、助けてくれたんでしょう？」彼が酒の話を持ち出さなかったら、本沢もずっとあの部屋にいたはずだ。いずれ、ドライエリアでうずくまっている二人に気づいた可能性もある。

「我が人生最大の失点かもしれないね。犯罪行為に手を貸したことになるんじゃないかな」

「犯罪者に対抗するのに違法行為をしても、犯罪になるとは思いませんけど」

「法学部的見解では、そういうことなのか？」

「いや……」吾妻は唇を舐《な》めた。「とにかく、ギターはありました」

「俺が見た限りではなかったけど」不審そうに石原が言った。

「あの部屋の奥に、さらに保管庫があったんですよ」吾妻は狭い部屋の様子を頭に思い浮かべた。空調は完璧に効いていて、いかにもギターの保管に相応《ふさわ》しい部屋だったが、壁にかかっていたギターは「58」一本だけである。あの部屋を、「58」専用の保管庫にしていたのだろうか……ご本尊のように。確かに、「58」はそれだけの扱いを受ける価値のあるギターである――本物ならば。

「ああ、あの部屋か。社長が鍵を開けたんだけど、急に気が変わったみたいで、中は見られなかったんだ。そこにあったのか?」

「ええ」

石原が電話の向こうで溜息をついた。「無茶するねえ」と情けない声で感想をつけ加える。

「それは、自分でも分かっています」

「俺は、見なかったことにしておくから。犯罪に対抗するのに犯罪行為というのは、やっぱり正当とは思えないね。とにかく、巻きこまれないようにさせてもらうよ」

「当然です」吾妻は見えない相手に向かって頭を下げた。

「俺を送りこむだけじゃ、納得できなかったのか」石原が不満そうに言った。

「状況が変わったんです。あそこに入る機会を得たので……石原先生には、説明している時間がなかったんですよ」

「携帯を買いなさいよ」石原が忠告した。「携帯さえあれば、どんな場所でもどんな時間でも連絡が取れる。今時、携帯がないとどんなに不便か、分かったでしょう」

「痛感しました」吾妻は正直に言った。「購入、検討しますよ」

「検討じゃなくて、明日にでもドコモショップに行きなさい」忠告ではなく命令だった。

分かりました、と言うしかない。しかし吾妻の予定では――明日、携帯を買いに行っている時間はない。


吾妻は翌日、朝から動いた。あまり会いたくない相手に会い、重要な手がかりを得てから、昼過ぎには新大久保にいた。ほとんど馴染みのない街……神保町を出ると、自分の力が半分ほどに削《そ》がれたような感じがする。とんだ内弁慶だな、と苦笑しつつ、駅を出て、大久保通りを東へ歩いて行く。雑居ビルが建ち並ぶ街で、水嶋が店長を務める店は、コンビニエンスストアの隣のビルの一階と二階にあった。「大久保店」とあるから、他にも店舗はあるわけだ。

自動ドアが開き、冷気がすっと流れ出てくる。今日も暑いのだ、と改めて実感した。耳に飛びこむＢＧＭは、古臭いブルース。ヘヴィメタルでなくてよかった、とほっとする。真夏のフェスに、重低音の効いたヘヴィメタルは必須だが、吾妻の好みからすると暑苦し過ぎる。

店内には、水嶋しかいなかった。二階には別の店員がいるかもしれないが、そもそもそれほど広い店ではない。水嶋が吾妻の姿を認める。表情が、驚きから笑みへと、一瞬で変わった。

「まさか、本当にギターを始める気じゃないっすよね」軽口で話しかけてくる。

「悪くないよね」吾妻はうなずいた。「金が絡まなければ、ギターはいい趣味だ」

「いいギターは高いですよ」

「一つ、教えてくれないか」吾妻は人差し指を立てた。どんなペースで行くべきか、まだ分からない——雑談を続けて相手の気持ちを解《ほぐ》してからにするか、一気に本丸に攻めこむか。一気にいくことにした。こちらには、材料があるのだから。

「何ですか」水嶋の顔がにわかに緊張する。しかし、吾妻に椅子を勧めるだけの余裕はあった。

小さな丸椅子はギターの試奏用だろう。座面は小さく、低く、座りにくいことこの上なかった。水嶋は、カウンターの向こうで立ったまま……ひどく見下されている感じになって話しにくい。結局吾妻は、立ち上がった。

「知らなかったんだけど、『58』にレプリカがあるそうだね」

「レプリカの話は、前にもしませんでしたっけ？」

「ギブソンが作った自社製のレプリカ、二号機のことじゃないよ」

水嶋が真っ直《す》ぐ吾妻の顔を見た。唇を引き結び、目を細めている。

「アメリカには、本物そっくりのレプリカを個人で作っている人がいるそうだね。俺も初めて聞いたけど、少なくとも普通の人が見た限りでは、元のブランドのものなのか、レプリカなのか、見分けがつかないらしい」

「ああ」水嶋が咳払《せきばら》いをした。「執念深い……というか、凝る人がいるみたいですね。わざと当時の錆《さび》ついた部品を集めたり、塗装の剝がれ具合を研究したり。実際、本物よりも本物らしいっていう評判も聞きますよ。ギブソンなんか、最近は作りもあまり良くないですからね」

「そうか。ギブソンは、作りが悪いのか」

水嶋が「しまった」という顔をした。ギブソンがキーワードになったのは間違いない。迂闊《うかつ》な奴……とも思ったが、吾妻はその思いが顔に出ないように表情を引き締めた。

「プロのミュージシャンが、そういうレプリカを使うこともあるそうだね。確かに、ツアーに五十九年製のレスポールを持ち出して、壊したり盗まれたりしたら悔やみ切れないだろう。その代わりということだね」

「まあ、そうなんでしょうね。そういうギタリスト、何人か知ってますよ。別に隠してるわけでもないですし」

「本沢さんを知ってるね」吾妻は話題を変えた。

「本沢さん……」

「ＴＣＣという会社の社長で、古いギターのコレクターだよ。安田とはつき合いがあったそうだから、君も知ってるだろう」

「いや、知らないっす」水嶋が目を逸《そ》らした。カウンターの上に置いた指が、忙《せわ》しなく天板を叩《たた》いている。

「そうか、知らないか」吾妻はバッグから写真を三枚、取り出した。全てギターヘッドの裏側である。一枚は安田がオークションで落としたもので、シリアルナンバーはない。もう一枚は、ジム・サーの「58」のもので、「００１」のシリアルナンバーが何とか読み取れる。最後の一枚には、くっきりと「００１」が写っている——昨夜、本沢の家で撮影したものだ。

「これは……」吾妻がカウンターの上に三枚の写真を並べると、水嶋が覗きこんだ。困惑した表情を浮かべて顔を上げ、「これが何なんすか？『58』ですよね」と訊ねる。

「どういうことかは、君の口から説明してもらえないかな」

「いや、俺は別に……」

吾妻は、シリアルナンバーのない写真を取り上げた。

「これは君が持ってた写真だぜ」

「ああ」ようやく思い出したとでも言うように、水嶋が左の掌《てのひら》に右の拳を打ちつけた。

ひどくわざとらしい仕草に見える。「そうでしたね。先生、勝手に持っていったんですか？」

「悪いけど、そうさせてもらった……オークションで落としたものは、ギブソンが二台作ったうちの一台だと思う。当時の職人も、二台あったことは証言しているんだ」

「そんなこと、調べたんすか」

「ある人がね」父親が、と認める気にはなれなかった。何となく、自分が何もしていないような気分になる。「それで、問題はこれだ」昨夜撮影した写真を持ち上げ、水嶋の顔の前まで持っていく。

「何すか」水嶋が顔を背けた。「もう一台の『58』でしょう？」

「三台目の『58』だよ」

「まさか……」水嶋が漏らしたが、依然として写真を見ようとはしない。

「完璧なレプリカを作る人もいる。技術的には難しいだろうけど、不可能なわけじゃない。そうだろう？」

水嶋は答えなかった。汗が一筋、頬を伝う。追いこみつつある、と吾妻は確信した。

「しかし、隅から隅まで完璧っていうのは、やはりあり得ないんだ。そもそも『58』は、ジム・サーが持っていた一台しかないと思われていた。つまり、レプリカを作るにしても、手本はそれしかない。写真なんかは出回っていたはずだけど、本物を見ずしてレプリカが作れるだろうか」

何だか講義の時のような口調になってしまった。咳払いし、写真をさらに水嶋の顔に近づける。水嶋が嫌そうに顔を背けた。

「このギターを作った人は、残念ながらシリアルナンバーまで完全にコピーすることはできなかった。書体が全然違う」

「それ、俺に何か関係あるんすか」

「このギターが、どうして本沢さんのところにあったんだろう」

「そんなこと、知らないっすよ」

「オークションで落とした『58』はどこにある？」

「何で俺が、そんなこと知ってなくちゃいけないんすか」水嶋が突っ張って言ったが、迫力はなかった。

「知っていてもおかしくないと思うけどね」はったりだった。いくつかの断片が頭の中にあるだけで、水嶋が何かしたという証拠はない。しかし彼の自信なげであやふやな態度は、吾妻の疑いを高めるに十分だった。

ただし、水嶋の方で喋り出さない限り、吾妻としてはこれ以上突っこめない。自分には強制捜査権はないのだし、手がかりもここまでだ。分かっているのは、「58」は三本あったということだけ。市場に出てジム・サーが使っていた一本、ギブソン社で眠っていた「二号機」、そしてほぼ完全なレプリカ。

「本沢さんは、この『58』を本物だと思っていたんじゃないかな」

吾妻が写真をカウンターに置くと、水嶋がようやくほっとした表情を浮かべる。写真から毒気が漂って、ダメージを受けていたようだった。

「本物かどうか、素人さんには判断できませんよ」

「プロが勧めたとしたらどうだろう――例えば、安田が、とか」

「そんな話、聞いてません」

「ところが、そうなんだ」

吾妻は、プリントアウトした紙を取り出した。最終兵器――ないしはそれに近いもの。それを見た瞬間、水嶋の顔から一気に血の気が引く。

「こんなものは……あるわけがない」

「だろうね」吾妻はカウンターに紙を置いた。「売買記録、だね。店で保管していたものは、君が消去したんだろう。残っているとまずい事情があるから」

吾妻は、マーカーペンで強調した一行を指差した。ほぼ一年前の取り引きの記録で、安田が売った相手は本沢だった。品目は「58」、価格は二千万円。

「安田は、案外マメな男だったんだよな。一番大事な売買記録は、店の他に自宅でも保管していた。今日の午前中、奥さんに会ってこの記録を出してもらったよ。この頃、君はもう安田の店で働いていただろう。二千万もの金が動いて、それを知らなかったというのは考えにくい」

「店長は、秘密主義なんで……」水嶋の声が途中で途切れた。

「俺は大学で教えている。専門は刑法と刑訴法だ。これは実に実際的な学問でね……条文そのものや判例に関して解釈の余地はあるけど、想像力は働かない。勝手に想像したら、法律は何の役にも立たないからだ。でも今回は、ちょっとだけ想像してみた。自分の専門外のことだから許して欲しいんだけど」

ちらりと水嶋の顔を見る。厳しい表情で唇を嚙《か》み締めていた。両手も強く握り合わせ、手の甲に血管が浮いている。

「安田が、レプリカだと分かって『58』を本沢さんに売りつけたかどうかは分からない。分かっていてやったら、詐欺罪が成立するけど、それは今更検証しようがない。本沢さんが何を言うかは分からないけど、肝心の安田が亡くなっているからな」

言葉を切ってもう一度水嶋の顔を凝視した。また頰を汗が伝い、今や額も濡《ぬ》れている。店の中は、震えがくるほど冷房が効いているのに。

「何かの拍子でレプリカだと分かれば、本沢さんは激怒しただろうな。要するに、偽物を摑まされたわけだから。そうなったら、本沢さんはどんな反応を見せただろう。どうしただろう」

普通は返金を求めるだろう。それが叶《かな》わなかったら、詐欺で警察に告訴するとか、裁判で白黒つけようとするとか。しかし本沢は、そういう方法を選ばなかったに違いない。一応は名の通った会社の社長が、趣味の問題で警察や裁判所とかかわり合いになっては格好がつかない。あの男は身勝手、かつどうにも鈍そうだが、社内の人間が自分をどう見ているかぐらいは分かっていたのではないだろうか。社内で立場が悪くなるのも困るだろうし、陰で文句を言っている社員を割り出して処分するようなことも避けたかっただろう。しかし、偽物——レプリカを摑まされた鬱憤は何としても晴らしたい。

そのためには、本物を手に入れるしかない。

オークションの情報がいつ流れたのか、吾妻はまだ知らない。ジム・サーが持っていた本物が今はどこにあるかも分からない。後で調べたところでは、サーは現在軽い認知症を患っており、まともに話をするのが難しい状態だという。つまり、オリジナルの「58」がどこにあるか、手がかりを摑むことさえ難しいようなのだ。

水嶋が大きく息を吐く。左手で額の汗を拭い、そのまま手をジーンズに擦りつけた。その仕草に気を取られていて、いつの間にか彼が右手にナイフを持っているのに気づかなかった。逃げろ——と頭が命じる。しかし、刃渡り二十センチほどもありそうな巨大なナイフは、吾妻の動きを止めてしまった。クソ、しっかりしろと自分を叱咤《しった》しても、足が動かない。

「先生、どこまで知ってるんすか」

「今のところ、ここまでだな」

しかもかなりの部分が想像である。そうつけ加えてみたが、水嶋は信じていない様子だった。

「本当はどうなんですか?」

「どうもこうも――」

水嶋がカウンターの外に出て来る。右腕を伸ばしているので、ナイフは今にも吾妻の胸に触れそうだった。こいつがこんなことをしているのは、この事件に絡んでいた証拠――しかしそれが分かっても嬉しいわけではなかった。命と引き換えにするほどの話なのか?

「そこまでだ」

急に背後で声がする。水嶋が目を見開き、ナイフを持った右手を背中側に隠し、カウンターの中に逃げこんだ。すぐに、ナイフを隠している様子が窺《うかが》える。

「ちょっと待った。動かないように」

振り返ると、いつもは聞きたくない声の持ち主が立っていた。敦賀。しかし今や、彼は救世主だった。

「何でこんなところにいるんだ」

敦賀の質問に、吾妻は同じ質問を返した。

「何でここにいるんですか」

「捜査の秘密は言えないな」

「水嶋は捜査線上に上がっていたんですか」

「それも含めて」真面目な顔でうなずいたが、次の瞬間には敦賀はにやりと笑った。

「まあ、お前のお陰で逮捕の理由ができたからよかったよ。これから任意で引っ張って、吐くかどうか保証はなかったからな」

「任意……容疑は何なんですか」

敦賀は何も言わなかった。しかしふと気づくと、体の脇に垂らした右手で「OK」のサインを出している。

「金ですか？」

「金の流れを追うのは、現代の捜査の基本だからねえ」敦賀がどこか自慢気に言った。

「つまり、水嶋の周りで不審な金の動きがあったということですか」

「おっと」敦賀が、口にチャックをする真似《まね》をした。「これ以上は言えないな。お前に漏らすと、また無茶をするかもしれない」

「先輩、ここまでかかわってきたんですから――」

「関係ない」敦賀がぴしゃりと言った。「とにかく、大学の先生が首を突っこむ話じゃないんだよ。俺は引き上げるが、いつまでもこんなところにいるんじゃないよ」

現行犯逮捕の容疑は、銃刀法違反。あれだけ大きなナイフを持っていたのだから、水嶋も言い逃れはできないだろう。敦賀は引き上げたものの、他の刑事たちはカウンターの周辺を調べている。いずれ鑑識がきて、もっと詳しく調べることになるだろう。

吾妻は、階段の途中に突っ立っている女性を見つけた。二階にいた店員だろうか。黒いTシャツにぴっちりした細いジーンズ、ギターのイラストが描かれたエプロンという格好で、今にも泣き出しそうな表情を浮かべている。吾妻は小さな笑みを浮かべ、彼女に向かって手招きした。女性店員が、恐る恐る階段を下りて、吾妻に近づいて来る。他の刑事たちの目は気になったが、取り敢《あ》えず何も言われなかったので、話をすることにした。

「青木由衣《あおきゆい》さんね」

名札を見て吾妻は言った。由衣は無言でうなずくだけだった。

「私は明央大で教えています」

「先生……ですか」

「そう。警察じゃないから、怖がらなくていい」あまり説得力がないなと思いながら吾妻は言った。「ちょっと水嶋君の話を聞かせてもらえないかな」

頼みながら、吾妻は由衣の腕を摑《つか》んで店の隅に引っ張って行った。おそらくここが、カウンターにいる刑事たちの死角になる。

「この店で一番高いギターは？」

「はい？」由衣が目を眇《すが》める。

「だから、一番高いギター」

全ての情報を喋《しゃべ》るわけにはいかないので、非常にもどかしい。これで由衣が喋ってくれなければ、もう少し情報を明かすしかないのだが……由衣が口を開いた。

「五十七年のストラトキャスターが、三百十万円、プラス消費税です。コンディションは3プラス、ぐらいですね」

「五段階評価で？」

「ええ。実際に使われていたプレイヤーズコンディションなので、それぐらいで」

「それはいつ、店に入ってきたんだろう。水嶋が、前の店から持ってきたのかな？」

「いえ。昨日入ったばかりですけど」由衣が不思議そうな表情を浮かべる。「店長がバイヤーの人から買いつけてきたんですけど……あ、でも、もう売り先が決まっているので」

「ＴＣＣの本沢社長？」当てずっぽうで言ってみた。

「何で知ってるんですか」由衣が目を見開く。

「ちょっとした推理だ」

吾妻は耳の上を人差し指で叩《たた》いた。由衣の表情が少しだけ緩んだが、吾妻は逆に厳しい顔を作った。

「水嶋は店長で……ここの社長は別にいるんだね？」

「はい、新宿の本店の方に」

「すぐにそっちへ連絡すべきだね。社長にここを任せて、君はさっさと逃げ出した方がいいと思う。バイト先は、他にもあるだろう？」

新大久保駅近くの喫茶店でデータを見直すのに、二時間。いくつか小さな発見があり、吾妻は腹を決めた。警察もすぐに数字の動きには気づくはずで、そうしたら本沢を急襲するだろう。こちらから警察に教えてもよかった。自分一人で「本丸」に突っこんでも、相手を逃がしてしまうかもしれない。しかし警察に任せると、相手に直接真意を聞く機会が失われる。もちろん公の裁判になれば彼の肉声を聞けるのだが、それでは駄目なのだ。一対一で対決し、本音を引き出さないと。

しかしそれが警察にばれたら面倒なことになる。

吾妻は賭けに出た。レジ脇にある公衆電話で神田署にかけ、敦賀を呼び出してもらう。水嶋を叩くのに忙しいかと思ったが、彼の声は比較的のんびりしている。思わず

「忙しくないんですか」と訊《たず》ねてしまった。敦賀が鼻を鳴らした。「気楽なもんだよ」

「俺はあくまで手伝いだからね」敦賀が鼻を鳴らした。

「水嶋、喋りましたか」

「それを先生に言う必要はないと思うが」途端に敦賀が警戒する。

「この件の裏にいるのが誰か、警察は分かってるんですか」

敦賀が黙りこむ。疑いは持っているが確証はない、という感じだろうか……吾妻は、「58」のレプリカ問題について説明した。

「つまり、同じようなギターが三本あったということか？」

「正確には、オリジナルのギターが二本、それを真似して作られたギターが一本です。そして本沢は、偽物の方を掴まされた」それが全ての始まりだった、と吾妻は読んでいる。安田が、自分の売りつけた「58」がレプリカだと知っていたのか知らなかったのかは、今や知りようもないが、二千万円も出す価値はないと本沢が後から判断したのは明らかである。

「それで？」

「この件を水嶋にぶつけてみて下さい」

「取り調べのやり方まで、先生に教えてもらうとはねえ」敦賀が鼻を鳴らした。

「それともう一つ、一緒に本沢に会いに行きませんか」

「ああ？　そんなこと、できるわけないだろうが。俺は手伝ってるだけなんだから」

「それでも、捜査していることに変わりはないでしょう？」吾妻は食い下がった。

「上手《うま》くいったら、敦賀さんの手柄にすればいいじゃないですか」

「無理だよ、無理。素人の先生を連れて行くわけにはいかない」

「たまたま現場で会ったことにすればいいじゃないですか。二時間やそれぐらい、署を抜け出すことはできるでしょう？」

敦賀が黙りこんだ。吾妻は彼を自分の方へ引きこむために、さらに言葉をぶつけようとしたが、その前に敦賀が口を開いた。

「先生は、この件ではえらく苦労してきたよな」

「というか、二回も殺されかけましたよ」先ほどのナイフの一件は、時間が経《た》つに連れて吾妻の心に恐怖を呼びこんだ。一突きすれば背中から突き抜けてしまいそうな長い刃が、店の照明を受けて鈍く光っていた……水嶋に覚悟があれば、ほんの一歩踏み出すだけで俺は死んでいた。

「無事に生き残ったんだから、褒美も必要かね」

どうしたんですか、と思わず聞きそうになった。敦賀は、あまりにも急に心変わりしたようではないか。しかし余計なことを聞けば、敦賀はまた強硬な態度になってしまうかもしれない。

「では、一時間後に、ＴＣＣの本社でどうですか」

「抜け出したのがばれると、面倒なんだけどな」敦賀がぶつぶつ文句を言った。

「本沢を逮捕して署に帰れば、一躍ヒーローじゃないですか」

俺は別に感謝状なんかいらないが、と吾妻は思った。ただ真実を知りたいだけ――しかし今は、単純に「安田のため」とは言えなかった。信じていた可愛《かわい》い後輩が、そもそもの原因を作ったとしたら……今はそれを考えたくない。自分の行動原理が、根底から覆ってしまうからだ――いや、これは研究活動と同じようなものだ、と自分に言い聞かせる。ただ真実を知るために動く。自分の好奇心を満たすため、と解釈しよう。


ＴＣＣ本社は、明治通り沿いのオフィスビルに居を構えている。十階建ての八階から上。本当は自社ビルが欲しいだろうな、と吾妻は想像した。社長がトンネル会社を作って、自分の懐に金を流しているせいで自社ビルが作れないとしたら……馬鹿馬鹿しい限りだ、と吾妻は思った。

敦賀は、約束の時間に五分遅れてやって来た。午後遅くなってもまだ気温は下がらず、ハンカチで顔の汗を拭いながら近づいて来る。吾妻はビルの出入り口にいたので、直射日光は当たらず、人が出入りする度に、ビルから流れ出てくる冷風に身を晒《さら》すこともできた。まあ……手柄になるのだから、多少の暑さは我慢してもらおう。

「クソ暑いな、ええ?」

「パトカーで来ればよかったじゃないですか」

「隠密行動でパトカーを使えるわけないじゃないか」言って、敦賀がハンカチを乱暴にズボンのポケットに押しこんだ。しかしすぐにまたハンカチを取り出して、握り締める。

「行きますか?」

「ああ」敦賀が表情を引き締める。

二人は並んでビルに入り、八階の受付に向かった。いきなり社長に会わせろと言って、通用するものか……案の定、受付では拒絶された。拒絶というより、「会議中」を理由に会えないと言われた。やはり会社では無理か……その瞬間、吾妻は思い出した。本沢は、定期的にライブをやっている。その「定期」の日はまさに今日ではなかったか? 敦賀が受付で脅したりすかしたりして粘っている間、吾妻は敦賀の携帯電話を借り、エレベーターホールの方に引っこんで何か所かに連絡を取った。

完了。本沢は、会社の中で摑まえるのは難しい人間かもしれないが、確実に会える場所がある——ライブハウス。よほどのことがない限り、ライブの予定をすっぽかすとは考えられなかった。いや、よほどのことがあっても出演を強行するのではないか。

吾妻は、まだ受付で粘っている敦賀の肩を叩いた。怒りの形相を浮かべて振り返った敦賀に、「ハード系のブルースロックは好きですか?」と訊ねると、彼の顔が醜く歪《ゆが》んだ。

「何なんだよ、これは」敦賀の顔は真っ赤になっていた。興奮しているのではなく、大声を張り上げないと意思の疎通もできないからだ。

初めて本沢のライブを聴いた、秋葉原のライブハウス。リハーサルの真っ最中で、轟音《ごうおん》が二人の体を包みこんだ。この前と同じく、ギターの音量が大き過ぎる……スピーカーの前に立つと、全身が総毛立つだろう。

吾妻は、店内をぐるりと見回した。カウンターの向こうに杏子の姿を見つけ、ぎょっとする。一生懸命グラスを磨いているのだが……そう言えばライブハウスでバイトだと言っていたが、どうしてここなのだ? 吾妻はつかつかとカウンターに近づいた。気づいた杏子が最初驚き、続いて笑みを浮かべる。その間も、グラスを磨く手は停《と》めない。一曲終わって静かになった隙を狙い、話しかける。

「こんなところでバイトしてるのか?」

「ライブハウスって言ったじゃないですか、カン先生。ここ、知り合いの店なんです」

「そうか……これから何が起きても、余計な口出しをするなよ。写真を撮って、ツイッターに流すのも禁止だ」

「そんなことしませんよ」

「君たち若い連中は信用できないからな。軽いノリでやられたら困る。とにかく、口出し無用だ」

「また、何かやらかそうとしてるんですか」

「やらかす、はやめろよ。若い女性が使う言葉じゃないぞ」

「はーい」忠告に、軽く肩をすくめて答える。頭に染みた様子はまったくない。

吾妻はステージに目をやった。いつの間にか演奏は止まっている。中央に立っている本沢が、こちらをじっと見ていた。はい、終了――と吾妻は心の中で皮肉を吐いた。あなたは、人生の優先事項を間違っているんですよ。

吾妻は、大股でステージに近づいた。正面からは敦賀が迫る。本沢は逃げ出すでもなく、ギターを抱えたままで立ち尽くしていた。吾妻はステージに上がると、本沢のギターがつながっているアンプのスウィッチを切った。本沢が凄《すさ》まじい形相で振り向いたが、無視する。その瞬間、敦賀がバッジを掲げ、「警察です」と大声で宣言した。

「バンドの皆さんは、楽屋にでもどこにでも引っこんで下さい。こっちは、本沢社長にだけ用があるんでね」

言われても、誰も動こうとしなかった。しかし敦賀が短く鋭い声で「早く！」と怒鳴ると、慌ててステージから消える。一人取り残された本沢は、相変わらず突っ立ったままだった。吾妻は客席から折り畳み椅子を三脚、ステージに持ちこんで広げた。吾妻と敦賀がそれぞれ腰を下ろすと、本沢が不安そうに二人の顔を交互に見る。吾妻は彼に手を差し伸べ、座るように促した。本沢がギターを丁寧にスタンドに置き、恐る恐る椅子に腰かける。いつもの自信たっぷりの態度は消え、今にも逃げ出しそうだった。

この男はバランスを失っているのではないか、と吾妻は想像した。水嶋が警察に引っ張られたことは、耳に入っているはずだ。警察が会社に押しかけて来たことも、当然知っているだろう。しかし彼は、逃亡よりもライブを選んだ。

あるいは、本沢は何も関係ないかもしれない。だからここにいる――嫌な予感が胸を過《よぎ》ったが、それでも思い切って攻めることにする。ここまで来てしまったのだ、躊躇《ためら》うのは馬鹿馬鹿しい。

「あなたは、『58』を持っていますね？　正確には、『58』のレプリカ」

「そんなものは――」

「ありますよね。私は知っています」

どうして、と突っこまれたら答えられない。しかし本沢は明らかに動揺し、そこまで考えが回らない様子だった。

「あなたと安田が、何度か取り引き――あなたが安田からギターを買っていたのは分かっています。記録が残っていますから」吾妻は例のデータを彼の目の前で振って見せた。「あなたは彼から、『58』のレプリカを買った。最初は本物だという触れこみだったんでしょう。でも、よく調べれば本物でないことは分かる。安田がアメリカでオークションに参加して、『58』の二号機を落札したのはその後です。関連があるんじゃないですか」

「知らない」本沢がさらりと言った。

「あなたは、私に嘘《うそ》をついた。高価なヴィンテージギターを大量にコレクションしているのに、そんなものはないと言ったり……」

「そういう噂《うわさ》が漏れると、あれこれ言う人がいるのでね」

「でも、自宅に招いた人にはコレクションを見せている。矛盾していますね」

「厳選した人に対してだけですよ」本沢が鼻を鳴らす。「口が軽そうな人には見せません」

「あの『58』は人に見せていなかった。目立つ場所に置かずに、奥の部屋に隠すように保管してありましたよね。どうしてですか」

「それは、私の都合だ」本沢が憤然として言った。

「どんな都合か分かりませんが、あの『58』のレプリカに、二千万円の価値があるんですか」

本沢が黙りこんだ。薄《うっす》らと汗をかいた顔は真っ赤になっている。怒りが肌を突き破って飛び出しそうな様子だった。吾妻は声のトーンを落とし、さらに続ける。

「もう一つ、あなたは嘘をついた。私は以前、あなたが安田にオークションに参加するよう依頼したのではないか、と確認しました。あなたは否定しましたね」

「そんな事実はないから」

「そうですか」吾妻はわざとらしく、データの綴《つづ》られた紙を顔に近づけた。「オークションの前後に、あなたから安田に一億円が渡ったというデータがあるんですけどね。これは、安田が保管していた売買取引のデータです。彼も商売をやっていますから、こういう記録はきちんと取っていたんでしょう」

「そんなもの、いくらでもねつ造できる」憤然として本沢が言った。

「あなたがやったのと同じように？」

本沢が眉をひそめる。吾妻が何を言おうとしているか、一瞬で悟った様子だった。ここがチャンスと、吾妻は一気に畳みこんだ。

「あなたは、トンネル会社を作って、そこに業務委託費の名目で金を流していた。それはほとんどそのまま、あなたの懐に入ったはずです。ギターを買うのに使った金は、そこから出たんですよね。いくら社長とはいえ、給料だけではどうにもならないこともある。他に自由に使える小遣いを捻出するために、トンネル会社を作ったんでしょう？　金の流れをクリアにすれば、業務上横領や背任に該当する可能性があります。そうですよね、敦賀さん。警察ももう、捜査を始めているんですよね？」

「あ？　ああ」

大きく目を見開いた敦賀が、話を合わせた。直後、思いきり目を細めて吾妻を睨《にら》みつけてくる。この野郎、そんな大事な話をどうして隠していたんだ、とでも言いたげに。

「この件に関しても、私は証拠を持っています。金の流れが明らかになるようなデータが……社長、会社の中では、あまり信頼されていなかったんじゃないですか。刺されないように、目立つようなことは避けないと。反発を食うだけですよ」

「誰がそんなことを言ったんだ！」

本沢が立ち上がった。両の拳が細かく震えている。敦賀がゆっくり立ち上がって肩に手を載せると、急に力が抜けて、椅子にへたりこんだ。パイプ椅子が、ぎしりと音を立てる。このライブハウスは、ずいぶん安い椅子を使っているようだ……。

「それは知らない方がいいでしょう」吾妻はさらりと言った。「証人がいて、証拠もある。問題なく立件できますよ。ただ、私が気にしているのはその先の話です」

吾妻はぐっと身を乗り出した。それを避けるように、本沢が椅子に背中を押しつける。ピンと直立した上半身が、どこか滑稽な感じだった。

「全部話してもらえますか？　『58』の件はともかく、トンネル会社から金を受け取っていた件については、すぐにでも立件できます。あなたは、全部失うことになるんですよ。その覚悟はできていますか？」

本沢ががっくりとうなだれた。芯が弱い男だ……もしかしたら、今、人生で初めて壁にぶち当たったのかもしれない。そんなことはこちらには関係ないが、と吾妻は白けた気分になったが、実は自分にとって――神保町の古手の住人にとっては、これが一種の復讐《ふくしゆう》劇になるのだ、と気づく。バブルの頃、本沢の父親は地上げで神保町をずたずたにした。その頃は対抗手段がなかったのだが、今、息子がしっぺ返しを受けようとしている。岡崎など、手を叩いて喜び、神保町を出て行ったかつての仲間たちと祝杯を交わすかもしれない。自分もその輪に入れてもらおうか……そんな気にはなれなかった。この結末は苦過ぎる。その行動には問題があったかもしれないが、長いつき合いの後輩が殺されたことに変わりはないのだから。

「本沢さん、ここで話してしまいましょう。話して楽になりましょうよ」

「全部、あいつが悪いんだ！」

「あいつ」が安田を指しているのは明白だった。

敦賀が署から他の刑事を呼び、本沢を連行していった。店を去り際、吾妻に「余計なことをしたな」と思いきり脅しをかける。しかし彼は、吾妻が本沢から話を聴く際に、ほとんど口を挟まなかったのだから、文句を言えた義理ではないはずだ。吾妻を事件から引き剝がそうとするつもりだったら、本沢が喋り始めた段階で、すぐに署に引っ張っていけばよかったではないか。

疲れた——吾妻はカウンターにつき、杏子にビールを注文した。ライブは当然中止になり、バンドメンバーが囁《ささや》き声で会話を交わしながら出て行くのが見える。自分たちに累が及ばないか、恐れているようだった。

杏子が、栓を抜いたバドワイザーの瓶を渡してくれた。瓶から直接呷《あお》り、喉から刺激が消えるのを待つ。ライブハウスの中の空気は淀《よど》んでいて、湿気が強い。吾妻はむき出しの左腕を搔《か》いた。そのうち湿疹ができるかもしれない。

「どういうことだったんですか」杏子がカウンターに両手をついて身を乗り出す。

「それは、君が知る必要がないことだ」吾妻は目を逸《そ》らした。

「私も手伝ったんですけど」

「まあ、それは……」痛いところを突かれた。学生だから、子どもだからと言って、こちらの都合だけで適当に使って後は知らんぷり、は教育上よくない。「話は長いぞ」

「今日、暇そうだから」杏子が肩をすくめた。「ライブも中止だし」

これでTCCの社員は、下手くそな演奏を聴かされずに済んでほっとするだろう。一部の社員は、社長が警察に連行されたことでクソ忙しくなるはずだが、大多数の社員は密《ひそ》かに——あるいは大っぴらに祝杯を挙げるのではないか。

「本沢の言い分が本当かどうかは分からない。当事者の片方は死んでいるから」前置きして吾妻は続けた。

「安田が本沢に『58』の偽物を摑ませたことがきっかけだった。わざとか、間違ってかは分からないけど、俺はわざとだったんじゃないかと思う。偽物——レプリカは俺も見たけど、すぐに本物との違いに気づいたぐらいだから、プロの安田が気づかないわけがない。本沢は、金に飽かせてギターを買いあさっている割には、ギターのことをあまり知らないから、簡単に騙《だま》せると思ったんじゃないかな。でも本沢は、他のバイヤーから、『58』が偽物だと聞かされた」知恵を吹きこんだのは藤川だった。

急に喉の渇きを覚えて、吾妻はビールをぐっと呑《の》み干した。まだ半分か、もう半分か……今のところ酔いは感じないが、今夜は悪酔いしそうな予感があった。

「本沢とそのバイヤー——藤川という男だ——は、共謀して安田を脅しにかかった。金を返すだけではなく見返りも要求したし、詐欺で警察に訴える、と脅しもしたようだな。追い詰められた安田は、たまたま起死回生の情報を手に入れた」

「それがオークションだったんですね」

吾妻は思わずにやりとした。この娘《こ》の勘の良さにはしばしば驚かされる。本当に司法関係者を目指すべきではないか、と思った。ビール瓶を左手で弄びながら続ける。

「安田は、本沢にオークションの話を持ちかけた。本物の『58』を手に入れる最後のチャンスかもしれないってね……本沢は基本的には調子がいい男だから、それに乗った。藤川も、『58』の希少性に関しては十分承知していたから、この話に乗るように勧めた。結果、本沢は安田のスポンサーになって、落札に成功した……ただ、成功して当たり前だったんだけどね」

「どういうことですか」

吾妻の父親の調査は徹底していた。落札価格の百二十万ドルは高過ぎる、という情報を関係者の証言から摑んできたのである。実際、他の落札者が示した最高価格は日本円にして五千万円に過ぎなかった。その倍の落札価格を提示したことで、安田はあっさり落札に成功したのだ。「58」に、本当にそれほどの価値があったかどうかは分からない。

何しろ、市場に出た一号機ではないのだから。二号機、セルフレプリカ、言葉は何でもいいが、ジム・サーが使っていたものに比べれば、価値はずっと落ちるはずだ。

「安田は無事に落札して日本に持ち帰って、あとはきちんとメインテナンスして渡すだけ……だったんだけど、安田はそこで、自分が落札した『58』が、目当ての本物ではなかったことに気づいた。最悪の展開だったんだね。本沢は、ジム・サーが使った『58』を手に入れるために、百二十万ドルも出資することにしていたんだから。違うとなったら、金をドブに捨てたのと同じことだ。安田は焦ったんだと思う。それで、『58』が盗まれたことにして――」

カウンターの奥で電話が鳴り始めた。無視してしまってもよかったのだが、妙に気にかかる。杏子が手を伸ばし、受話器を摑んだ。一言二言話すうちに、妙に愛想がよくなり、吾妻に受話器を差し出す。

「俺？」

「カン先生、本当にそろそろ携帯買ったら？　この店を連絡場所代わりに使わない方がいいわよ」

「電話代は向こうが払ってるんだから、いいじゃないか」

受話器を受け取り、耳に押し当てると同時に、敦賀の声が飛びこんでくる。

「問題のギター、発見したぞ」

「やっぱり、新大久保の店にありましたか」予想していた通りだった。

「ああ……俺たちがその店で本沢を締め上げている最中に、他の刑事が水嶋の口を割らせたんだよ。結局あのギターは、ずっと水嶋が持っていたわけだ」

敦賀の説明を、吾妻はメモなしで頭に叩きこんだ。馬鹿なことをした、と思う。しかし安田は、それぐらいしか思いつかなかったのだろう。行き詰まって自分に相談されても困るだけだった、と思う。「正直に謝れ」というアドバイスぐらいしか送れなかったはずだ。

電話を切り、そっと溜息《ためいき》をつく。ビールを一口呑んで喉を湿らせてから、続けた。

「安田はギターを隠して、『盗まれた』ことにしようとした。それで何とか本沢を納得させようとしたんだけど――」

「そんなの、どう考えても怪しいよね」杏子が相槌《あいづち》を打つ。

「当然だ。結局事態は悪化して、安田は殺される羽目になった」

「いきなり？」杏子が眉を吊《つ》り上げた。「それ、極端過ぎないですか？　だいたい安田さん、嘘をついていたことを認めたのかな」

「いや」吾妻は首を振った。「裏切者がいたんだよ。安田にとっての裏切者という意味だけど」

「まさか」杏子が唇を嚙む。「あの……水嶋さん？」

「ああ。水嶋は、ずっと独立を考えていたらしい。つまり、金が必要だったんだ。本沢に金を提示されて、それに目がくらんだんだろうな。安田がギターを隠していることを、あっさり本沢に教えたんだ」

「それがばれて、安田さんは殺されたの?」杏子が目を見開く。「そんな単純なことで?」

「百二十万ドル——一億円以上をドブに捨てたとなれば、笑って許せる人間はいないよ。それに本沢は、安田に二度、騙されたことになるわけだから」

「本沢が殺した?」

「本人が直接手を下したかどうかは分からない」吾妻は首を横に振った。「誰かにやらせた可能性の方が高いんじゃないかな。ああいう金持ちは、自分では汚れ仕事をやらないものだから」

「ひどい話」杏子が鼻を鳴らした。

「世の中、ひどい話の方が多いんだよ」

吾妻はビールを呑み干した。杏子が目線で「お代わりは?」と訊ねてきたが、首を横に振る。今は、これ以上のアルコールはいらない。

「結局、幻のギターに振り回されただけの話だったんだよね」杏子が念押しする。

「元々のオリジナルのギターは、どこに行っちゃったわけ?」

「それは分からない。追跡する意味があるかどうかも分からないな」この一件がニュースになれば、マスコミは動き出すかもしれないが。海外で自由に調査する必要があるが、彼らならそれも可能だろう。いずれにせよ、自分の出番ではない。

「何か、ずいぶん複雑な事件かと思ってたけど、本当は単純だったんだ」杏子が呆《あき》れたように言った。

「そうかもしれない。ギターが本物かどうかでは混乱したけど、事件の筋自体は簡単だったね……結局、欲張った人間同士のぶつかり合いだったから。昔からよくある話だよ」恐らく、人類誕生からずっと。そういう意味では、古典的な犯罪と言える。

「何か、馬鹿馬鹿しくない？」

「そうかもしれないな」

安田は殺され損だ……しかし彼も、余計なことをしたからこんなトラブルに巻きこまれたわけで、全面的に同情はできない。悪い奴ばかりの話だったんだ、と考えると溜息が漏れ出た。

「でも今回、カン先生のお父さん、大活躍だったじゃない」

「ああ、まあ……」吾妻は思わず苦笑いした。「まさか、こんな話に食いついてくるとは思わなかった。あの人も、相当変わってるからね。しばらく没交渉だったけど、会わない間にますます変人になったみたいだ」

「会えばいいのに」

「会う理由がないよ」

「お礼を言いに行くとか」

「何で俺が」吾妻は空になったビール瓶を摑んだ。「向こうは楽しんでやってたんだから、お礼を言う義理もないと思うけどね」

「変な親子」

杏子が鼻を鳴らす。吾妻は一切否定できなかった。こういう親子関係もある、と開き直ることもできるだろうが、杏子の前でそんなことをしても無駄だろう。

「とにかく、ひどい話だった」

「それは分かるけど、カン先生、これで終わりでいいと思ってるの？」

「これ以上やることはないよ」吾妻は肩をすくめた。

「どうせなら、オリジナルの『58』を探す旅にでも出ればいいのに」

「そんな無責任なことはできない」吾妻は乾いた笑い声を上げた。「大学だってあるし、他にもやることが……」

「じゃあ、このまま、本物の『58』がどこにあるか、分からないままでもいいんだ？いつも、疑問があったら分かるまで調べなさいって、私たちには言ってるじゃない」挑発するように言って、杏子がカウンターの上に身を乗り出した。「それに、もしかしたら三日で見つかるかもしれないし」

「まさか」吾妻はつぶやいた。しかし、心の中で「これでいいのか」という疑問が静かに流れ始める。

事件は解決した――これからするかもしれないが、一番大きな謎は残ったままではないか。このまま手を引くつもりだったが、その判断が正しいかどうか、にわかに分からなくなってきた。

「この店に、ジム・サーの音源はないかな」

「私、持ってるけど」

「ええ？　何で君が」

「カン先生がしつこく言うから、気になって買ってみたんだけど……私には合わなかったなあ」

それはそうだろう、と吾妻は苦笑した。杏子が自分の携帯音楽プレーヤーを取り出し、何やらセッティングを始める。ほどなく、馴染《なじ》みの曲が流れ始めた。「ラスト・デイ・オブ・ラブ」。ジム・サーの代表曲――イントロの激しいリフから、一転してメロディアスなメーンパートへ。サビのメロディが先行して頭に浮かんだが、重い音色のリフが、それを掻き消した。まるで雷のような音色。これを生み出した「58」は、今どこにあるのだろう。

にわかに興味を掻きたてられ、吾妻は頭の中であれこれ想像した。すっかり年老い、往時のイメージをなくして記憶も曖昧になってしまったジム・サーに会うのはどんな気分だろう。

激しく歪んだサーのギターが頭に染み入る。それはまさに、夏の雷音だった。

〈初出〉「STORY BOX」２０１３年3月号－２０１５年1月号
本書はフィクションであり、実在する個人、団体等とは一切関係がありません。

好評既刊

異境

堂場瞬一

一匹狼の新聞記者甲斐と女性刑事浅羽が追う謎の失踪事件。本社社会部から飛ばされた甲斐は横浜支局に着任早々、失踪した後輩の行方を探すことに。スクープを掴んでいたらしい彼の背後に外国人犯罪集団の影が……。(小学館文庫)

――本書のプロフィール――

本書は、二〇一五年四月に小学館より単行本として刊行された同名作品を改稿し文庫化したものです。

小学館文庫

夏《なつ》の雷《らい》音《おん》

著者 堂《どう》場《ば》瞬《しゅん》一《いち》

二〇一八年二月十一日　初版第一刷発行

発行人　菅原朝也
発行所　株式会社 小学館
〒一〇一-八〇〇一
東京都千代田区一ツ橋二-三-一
電話　編集〇三-三二三〇-五八一〇
　　　販売〇三-五二八一-三五五五
印刷所――大日本印刷株式会社

ISBN978-4-09-406493-3